Ursula Isbel

Reiterhof Dreililien

Sommer der Entscheidung

W0183446

Schneider Buch
EGMONT

Bibliografische Information Der Deutschen Bibliothek
Die Deutsche Bibliothek verzeichnet diese Publikation in der Deutschen Nationalbibliografie; detaillierte bibliografische Daten sind im Internet über http://dnb.ddb.de abrufbar.

© 2004 by Egmont Franz Schneider Verlag GmbH, München
Erstmals erschienen unter den Titeln:
Reiterhof Dreililien – Der Sommer im Tal (1984)
Reiterhof Dreililien – Alte Lieder singt der Wind (1985)
Alle Rechte vorbehalten
Vertrieb durch Egmont vgs verlagsgesellschaft mbH, Köln
Titelbild: Ulrike Heyne
Satz: Hans Buchwieser, Satz- und Druck-Service GmbH, München
Druck/Bindung: Ebner & Spiegel, Ulm
ISBN 3-505-12094-4

04 05 / 8 7 6 5 4 3 2 1

Inhalt

DER SOMMER IM TAL

1

Verschwenderisch war der Frühling in unser Tal eingezogen. Schlüsselblumen, Buschwindröschen und Veilchen blühten und verblühten auf den Wiesen. Im Wald gab es Maiglöckchen an heimlichen Stellen, die nur Jörn und Matty kannten, und am Bachufer leuchtete das Gelb wilder Schwertlilien. Aus dem Garten des Kavaliershäusls schickte der Flieder Duftwolken zu meinem Fenster hinauf, und im Wald schrie unermüdlich der Kuckuck.

„Herrje, ist das schön, man hält es fast im Kopf nicht aus", sagte Jörn eine Woche vor Pfingsten zu mir, als wir gerade ein Stück morschen Koppelzaun ausbesserten, dem der Winter und die regnerischen Apriltage endgültig den Rest gegeben hatten. Er ließ den Hammer sinken und sah zum Waldrand hinüber, wo Trollblumen im hohen Gras blühten und das junge Laub der Buchen in der Sonne leuchtete.

„Ja", sagte ich träumerisch. „So ungefähr stelle ich mir das Paradies vor – oder die Elysischen Felder, der Ausdruck passt besser."

Jörn lachte. „Bloß ohne kaputte Koppelzäune. Und ohne Geldsorgen. Ohne Büffelei fürs Abitur ...

Ach, es müsste vieles anders sein, Nell." Jetzt war sein Gesicht wieder ernst – sein schmales Gesicht, das ich so liebte, mit den tief liegenden blauen Augen unter dem blonden Haar, das vom indianischen Stirnband zurückgehalten wurde.

Schweigend arbeiteten wir weiter. Ich hielt die neuen Pfosten, er trieb sie mit kräftigen Hammerschlägen in die Erde. Dann nagelten wir die Querlatten daran fest.

Ich wusste, wie vieles ihn zurzeit beschäftigte, dass diese Monate entscheidend für sein weiteres Leben sein konnten. Gerade jetzt stand er mitten im Abitur; er hatte den Wehrdienst verweigert und sollte im Spätsommer als Zivildienstleistender in einem Rosenheimer Krankenhaus zu arbeiten anfangen.

Leise sagte ich: „Wir werden nicht mehr so viel zusammen sein, wenn du deinen Zivildienst machst."

Wieder ließ Jörn den Hammer sinken. „Ja", erwiderte er ebenso leise. „Aber das wird doch nichts zwischen uns ändern?"

Ich schüttelte den Kopf. „Für mich bestimmt nicht."

Eine Drossel sang nicht weit von uns in einem Holunderstrauch. Wir sahen uns an. Plötzlich dachte ich, dass ich eine Menge darum gegeben hätte, wenn unser Leben weiter so verlaufen wäre wie bisher, geteilt zwischen den Pferden und der Schule. Ohne Jörn würde auch Dreililien für mich nicht mehr so sein wie zuvor – nicht mehr jener Ort, der alles in sich vereinte, was ich zum Glücklichsein brauchte. „Ohne dich wird alles anders sein“, sagte ich schwer.

Jetzt lächelte er. „Du tust ja, als würde ich nach Australien auswandern. Ich werde doch abends nach Hause kommen, und wenn ich Wochenenddienst oder Nachtdienst machen muss, kriege ich dafür freie Tage. Und mittags, wenn du mit der Schule fertig bist und ich Pause habe, können wir uns treffen. Aber erst muss ich mal das Abitur schaffen.“

Er schnitt ein grimmiges Gesicht und schlug so heftig auf einen Pfosten ein, dass auf der angrenzenden Koppel die Pferde verwundert die Köpfe hoben und zu uns herübersahen.

„Und die Pferde“, sagte ich. „Die Reitschule! Was sollen wir ohne dich machen?“

Jörn nahm eine Holzlatte vom Leiterwagen und erwiderte: „Wir werden schon eine Lösung finden. Die Reitschule müsste jetzt so viel abwerfen, dass wir einen Ganztags-Pferdepfleger einstellen können. Vielleicht jemanden wie Mikesch, der bereit ist, für wenig Geld zu arbeiten, weil ihm der Job Spaß macht.“

„Einen wie Mikesch finden wir nicht noch einmal“, sagte ich voller Überzeugung. „Er ist ein einmaliger Glücksfall.“

Jörn grinste. Es hatte eine Zeit gegeben, da hatte er auf meine Bewunderung für unseren Reitlehrer sauer reagiert; doch das war vorbei. Er wusste jetzt, dass ich für Mikesch nichts als Freundschaft empfand.

„Ja“, sagte er. „Mikesch ist einmalig. Wir müssen schon froh und dankbar sein, wenn wir jemanden finden, der Pferde mag und sie gut versorgt und der mit einem kleinen Gehalt zufrieden ist.“

„Einer, der gern auf dem Land lebt, statt dauernd das Gefühl zu haben, an einem gottverlassenen Ort begraben zu sein“, fügte ich hinzu.

Jörn sah mich von der Seite an. „So wie du, als du herkamst?“

„Ja, aber da kannte ich euch noch nicht! Außerdem bin ich in der Stadt aufgewachsen. Ein Mensch, der immer nur in der Großstadt gelebt hat und im Vorfrühling aufs Land kommt, wenn alles noch kahl ist und wenn's wie aus Eimern gießt, wird wohl nicht gleich in Frohlocken ausbrechen und rundherum alles für total paradiesisch halten!“

Er griff in die Brusttasche seiner Latzhose und holte eine Portion Nägel heraus. „Du brauchst dich nicht zu verteidigen. Das war kein Vorwurf.“

„Ich weiß“, sagte ich. „Aber ich verstehe mich heute selbst nicht mehr so recht.“

Es lag nun schon über ein Jahr zurück. Im Vorfrühling war es gewesen, als ich zum ersten Mal nach Dreililien kam, widerstrebend und voller Vorurteile gegen das Landleben, vor allem aber gegen Kirsty, die Freundin meines Vaters. Sie hatte das kleine Haus im Tal von Dreililien von ihrer Tante Karen geerbt, das „Kavaliershäusl“, wie es hier jeder nannte. Vor langer Zeit hatte es zu dem mächtigen Vierseithof Dreililien gehört, auf dem Jörn und Matty Moberg mit ihren Eltern lebten.

Damals hatte ich mir nicht träumen lassen, dass dieses abgeschiedene Tal im Chiemgau einmal meine Heimat werden sollte, dass hier ein ganz neues Leben mit neuen Freunden auf mich wartete, mit Vater und Kirsty und meiner Schwester Kathrinchen, die erst vor vier Monaten zur Welt gekommen war. Ein Leben mit Matty und Mikesch, mit den Pferden – vor allem aber mit Jörn.

„Seltsam ... zu denken, dass das alles nicht passiert wäre, wenn Vater Kirsty nicht kennen gelernt hätte“, murmelte ich.

„Du könntest vielleicht genauso gut überlegen, was alles nicht passiert wäre, wenn du nicht geboren worden wärst“, meinte Jörn. Er richtete sich auf und beschattete die Augen mit der Hand. „Da drüben kommt Matty angeritten. Er war wohl mal wieder beim Postkasten in Mariabrunn, um die Nachmittagsleerung nicht zu verpassen.“

Ich spähte über die blühenden Wiesen. Zwischen den Alleebäumen sah ich eine Schimmelstute mit einem blonden Reiter auftauchen und gleich darauf hinter dem Gutspark von Dreililien verschwinden.

„Er schreibt ihr noch immer jeden Tag", sagte ich. „Ob Maja wohl in den Pfingstferien kommt?"

Jörn musterte mich erstaunt. „Das weiß ich doch nicht. Hat er es dir denn nicht gesagt? Er vertraut dir doch sonst immer alles an."

„Nicht, wenn's um Maja geht", sagte ich, während wir uns daranmachten, die letzten Querlatten anzunageln. „Da ist er verschlossen wie eine Auster. Aber ich denke schon, dass sie's irgendwie schafft, ihren Willen durchzusetzen und zu kommen, sogar wenn ihre Eltern dagegen sind. Wenn Maja sich etwas vorgenommen hat, führt sie's auch durch."

Maja, „das Mädchen mit den Pfefferkuchenaugen", wie wir sie alle nannten, war während der Weihnachtsferien im vergangenen Winter zum ersten Mal nach Dreililien gekommen. Damals hatte sie mit ihrer Familie in einem kleinen Ort in der Nähe von Frankfurt gewohnt. Inzwischen war sie nach Aschaffenburg umgezogen. Sie und Matty hatten sich auf Anhieb ineinander verliebt und schrieben sich regelmäßig. In den Osterferien, als auf Dreililien die zweiten Reiterferien abgehalten wurden, war Maja wiedergekommen; und nun hoffte Matty auf Pfingsten ...

Ich sah ihn mit Emily hinter dem Gutshof auftauchen, und es ging mir wieder einmal durch den Sinn, wie Leid es mir tat, dass seine erste Liebe so schwierig sein musste, dass sie nur aus Briefen, kurzen Begegnungen und langen Trennungen bestand.

Matty hatte uns offenbar ebenfalls bemerkt, denn er lenkte Emily über den Verbindungsweg, der zur Südweide führte. Dann schwang er sich aus dem Sattel, ließ die Stute mit schleifenden Zügeln am Wegrand zurück, wo sie eifrig an den Grasbüscheln zupfte, und kam auf uns zu.

Eine Weile blieb er neben uns stehen, die Hände in den Hosentaschen vergraben, und beobachtete, wie Jörn die letzten Nägel einschlug. Ich musterte Matty von der Seite. Dass ihn etwas bedrückte, war klar. Er konnte sich nicht verstellen, selbst wenn er es gewollt hätte. Ich hatte ihn so gern; er war wie ein Bruder für mich. Auf Matty konnte man sich verlassen wie auf kaum einen anderen Menschen. Er war immer da, wenn man ihn brauchte – und ich hätte ihm so gern geholfen, wenn ich es nur gekonnt hätte. Doch ich stellte keine Fragen; ich wusste, dass ich ihn nicht drängen durfte.

Schließlich sagte er: „Die ganzen Zäune müssten neu gemacht werden. Das ewige Flickwerk bringt auch nicht viel."

Jörn seufzte. „Was müsste nicht alles gemacht werden ... Wenn's danach ginge, müssten wir den ganzen Hof abreißen und neu aufbauen."

„Den Hof abreißen?" Ich starrte ihn an. „Das würdest du doch nie tun, oder? Ich meine, wenn du plötzlich Geld erbst oder im Lotto gewinnst, würdest du doch Dreililien nicht abreißen lassen?"

Er lachte. „Nimm doch nicht gleich alles so wörtlich! Ich würde den Hof schon so lassen, wie er ist; aber er müsste von Grund auf renoviert werden. Im Übrigen brauchen wir uns gar nicht darüber zu unterhalten, weil Leute wie wir sowieso nie zu Geld kommen."

Matty machte ein finsteres Gesicht. „Immer die gleiche Scheiße!", sagte er. „Dauernd hängt alles vom Geld ab!"

Das war es also. Ich ließ alle vornehme Zurückhaltung fallen und platzte damit heraus: „Kann Maja zu Pfingsten nicht kommen? Geben ihr ihre Eltern das Geld für die Reiterferien nicht?"

Matty starrte zu Boden. „Sie geben es ihr nicht, weil sie's nicht haben", erwiderte er. „Ihr Vater hat seinen Job verloren. Die Firma, für die er arbeitet, hat Pleite gemacht."

Jörn musterte ihn. „Oh, verdammt", sagte er nur.

„Dann soll sie eben herkommen, ohne was zu bezahlen", fuhr ich dazwischen. „Wir reden mit Mikesch. Er kriegt das schon irgendwie hin."

Matty zuckte mit den Schultern. „Daran hab ich auch schon gedacht, aber Maja will es nicht. Sie sagt, sie will keine Almosen und dass wir das Geld auch brauchen und so ... Ihr kennt sie ja, sie lässt sich nichts schenken."

„Das braucht sie auch nicht", sagte Jörn. „Sie soll herkommen und uns bei der Arbeit helfen. Dafür bekommt sie dann Reitunterricht. Wenn sie im Stall mithilft, kann sie dafür bei uns essen und wohnen. Das ist doch ein faires Angebot, oder?“

„Genau“, stimmte ich eifrig zu. „Wir brauchen jetzt sowieso dringend Hilfe, wo Jörn mitten im Abitur steckt, schreib ihr das! Hat sie Geld für die Bahnfahrt?“

Ein Hoffnungsschimmer zeigte sich auf Mattys Gesicht. „Sie wollte ursprünglich mit dem Fahrrad kommen – das war aber, ehe ihr Vater seine Kündigung bekommen hat.“

„Mit dem Fahrrad?“, sagte ich. „Die ganze Strecke von Aschaffenburg bis hierher?“

„Für Maja ist das kein Problem“, erwiderte Matty stolz. „Sie würde zwischendurch einfach in Jugendherbergen übernachten.“ Er sah sich um. „Ich bring Emily jetzt in den Stall und dann rufe ich Maja gleich an und frage sie.“

Seine warmherzigen Augen hatten wieder das alte Leuchten. Lieber Matty!, dachte ich und rief ihm noch nach: „Sag ihr, dass wir sie dringend brauchen, weil Jörn nicht mitarbeiten kann! Sie darf uns nicht im Stich lassen!“

„Den hat's richtig erwischt“, murmelte Jörn, während er den Werkzeugkasten auf den Leiterwagen lud. „Ich hätte nicht gedacht, dass ihm das auch mal passieren könnte – meinem kleinen Bruder Matty.“

Ich sagte: „Dein kleiner Bruder Matty ist nicht

mehr klein, merkst du das nicht? Er ist im Winter ein ganzes Stück gewachsen, und sein Gesicht hat sich verändert. Matty ist nur drei Monate jünger als ich. In ein paar Wochen wird er sechzehn."

Der Kuckuck schrie aus dem Wald. Aus dem Dorf kamen verwehte Glockenklänge zu uns herüber – das Vesperläuten, wie es die Bauern hier nannten. Wir griffen nach der Deichsel des Leiterwagens und zerrten den Wagen den steinigen Pfad entlang zum Kreuzweg. Im Rattern und Knirschen der alten Wagenräder gingen alle anderen Geräusche unter.

Vor uns lag der Hof von Dreililien im Licht der Spätnachmittagssonne – die viereckige Wohnanlage, mit einem Torbogen verbunden, der das steinerne Wappen mit den drei Lilien trug, die Dachtraufen in der Form Feuer speiender Drachen, die grauen, schon etwas eingesunkenen Schindeldächer. Der Innenhof mit der Linde und dem Ziehbrunnen war von Licht überflutet. Blühende Fliederbüsche nickten über das alte Gemäuer. Schwalben flogen durch die Stallfenster aus und ein, und unter einem Dachvorsprung nistete ein Wildtaubenpaar.

Wie schon so oft spürte ich auch diesmal den eigenartigen Reiz, der von diesem mächtigen Gutshof ausging. Der Hauch von Verfall schien ihn nur noch anziehender zu machen, war ein Teil von Dreililiens Zauber. Und über allem lag der herbe Geruch von Pferden – jener Geruch, der für mich untrennbar mit Dreililien verbunden war.

Ich blieb stehen und atmete tief ein. Jörn sah mich von der Seite an, lachte und sagte: „Du bist hoffnungslos romantisch, Nell."

Ich musste ebenfalls lachen. „Sag bloß nicht, du würdest ihn nicht lieben. Ich weiß, dass du es tust – du und Matty. Ihr liebt den Hof, mehr noch als ich."

Das Lachen verschwand aus Jörns Gesicht. „Ich glaube schon", erwiderte er ruhig. „Ich würde immer hierher zurückkehren; ich möchte nie an einem anderen Ort leben. Dreililien ist nicht nur mein Zuhause, der Ort, an den ich gehöre. Manchmal denke ich auch, es ist ein Stück von mir. Verstehst du das?"

Langsam nickte ich. Ja, ich verstand ihn. Doch zugleich verspürte ich auch ein leises Gefühl von Traurigkeit, etwas wie Neid, weil ich selbst eine solche Zugehörigkeit zu einem Haus und einem Stück Land nie gekannt hatte.

2

Kathrinchen bekam Zähne und schrie täglich stundenlang in den jämmerlichsten Tönen. Kirsty und Vater konnten kaum noch schlafen, und ich löste das Problem, indem ich mir nachts Watte in die Ohren steckte.

„Der Mensch ist ein geplagtes Tier“, sagte Frau Hopfwieser philosophisch, die jetzt zweimal wöchentlich ins Kavaliershäusl kam, um Kirsty im Haushalt zu helfen. „Zuerst plagen einen die Zähne, wenn sie kommen, und dann plagen sie einen, bis sie wieder draußen sind.“ Und sie sah mit einem tiefsinnigen Seufzer ins Abwaschwasser.

Ich fragte: „Sie kommen doch in den Pfingstferien wieder nach Dreililien und versorgen die Reitschüler, Hopfi?“

„Ja, freilich. Hab's schon mit dem Herrn Mikesch ausgemacht.“ Sie warf Kirsty, die im Schaukelstuhl saß und Kathrinchen stillte, einen besorgten Blick zu. „Hoffentlich können S' die zwei Wochen ohne mich auskommen.“

„Es wird schon gehen“, sagte Kirsty. „Dann ist's eben mal nicht so sauber bei uns. Herr Alois wird selig sein, wenn er seine Knochen wieder einige Zeit unter dem Teppich vergraben kann, ohne dass sie gleich jemand findet.“

Herr Alois, Kirstys wuscheliger brauner Hund, kam unter dem Tisch hervor, als er seinen Namen hörte. Er machte ein unschuldiges Gesicht; so, als wüsste er überhaupt nicht, was ein Knochen ist, und als wäre ihm die Möglichkeit völlig fremd, irgendetwas unter einem Teppich zu verstecken.

Ich musste lachen. „Wenn sie zu stinken anfangen, merken wir's schon“, sagte ich.

Hopfi rümpfte die Nase. „Hunde gehören nicht ins Haus“, predigte sie. Aber keiner achtete darauf, weil sie das immer mindestens fünfmal sagte, wenn sie bei uns war. Plötzlich hörte Kathrinchen zu trinken auf, verzog das Gesicht und begann zu heulen. Ihre rechte Backe war feuerrot. Sie schrie so jämmerlich, dass es einen richtig fertig machen konnte.

„Das arme Geisterl“, sagte Frau Hopfwieser, als Kathrinchen eine kurze Pause einlegte. Sie nannte Kinder oft „die kleinen Geisterl“. Herr Alois kratzte an der Küchentür. Wahrscheinlich wollte er in den Garten, um seine Ohren zu schonen.

Ich ließ ihn hinaus, setzte mich für eine Weile auf die Treppe vor der Haustür, Kathrinchens Jammergeschrei in den Ohren, und ließ mir die Sonne aufs Gesicht scheinen. Die Klematissterne blühten unglaublich blau an der Hauswand wie auf dem Bild eines alten Poesiealbums, und der Wind rauschte und flüsterte in der Eiche. Von Ferne schrie der Kuckuck; die Lerchen schwirrten wieder über den Koppeln wie im vergangenen Jahr. Der Sommer stand vor der Tür, mit seinem ganzen Reichtum, seiner Fülle.

Ich dehnte mich und hatte mit einem Mal das Gefühl, dass dieser Sommer wie ein unermessliches Geschenk, wie eine Kiste voller Schätze vor mir lag; mit Jörn und Matty und Mikesch, den Pferden, mit dem Heu auf den Wiesen, dem warmen Wasser des Waldteichs, den Lesestunden in der Hängematte.

Ich schleuderte meine Sandalen von den Füßen und ging barfuß durch das Gras des Gartens, das noch nass vom Morgentau war. Die erste Grille zirpte eindringlich zwischen den Apfelbäumen, und die Knospen des Kletterrosenstrauches, der sich bis zu meinem Fenster emporrankte, wurden schon dicker.

Herr Alois, der gerade im Obstgarten herumstöberte, hob den Kopf und bellte. Dann raste er mit fliegenden Ohren zur Gartenpforte. Ich drehte mich um. Diana, die gefleckte Jagdhündin von Dreililien, streckte den Kopf über den Zaun.

Wo Diana war, konnte Jörn nicht weit sein. Sie folgte ihm meist wie ein Schatten. Ich lief durchs Gras und auf den Kiesweg und merkte kaum, dass sich die kleinen Steine in meine Fußsohlen bohrten. Herr Alois zwängte sich durch die Pforte; er zeigte sich von seiner nettesten Seite. Er scharwenzelte um Diana herum, warf auffordernd den Kopf zurück und scharrte mit den Hinterpfoten, dass Gras und Steine flogen, doch sie kümmerte sich gar nicht um ihn. Sie sprang zur Begrüßung an mir hoch, und da tauchte auch Jörn zwischen den Haselnuss-Sträuchern auf.

Ich ging ihm entgegen. „Servus, Nell“, sagte er, und als wir uns umarmten, merkte ich, wie unruhig und angespannt er war. „Heute geht's zu Hause mal wieder rund. Meine Eltern sind in Frasdorf, und die Theres muss auf eine Beerdigung. Ich hab versprochen, schnell ins Dorf zu fahren und einzukaufen.

Matty hilft Mikesch bei den Reitstunden. Kommst du mit?“

Ich hatte fast vergessen gehabt, dass heute Samstag war; an den Wochenenden gab es auf Dreililien wegen der Reitschüler immer doppelte Arbeit. Jörn hatte heute lernen wollen, das wusste ich, aber irgendwie kam fast immer etwas dazwischen, was ihn davon abhielt.

„Kann ich nicht mit dem Fahrrad fahren und für euch einkaufen?“, fragte ich hastig.

Er legte den Arm um meine Schultern. „Das ist lieb von dir“, erwiderte er, „aber du hast ja keine Ahnung, welche Riesenmengen wir brauchen. Du würdest das Zeug gar nicht aufs Fahrrad bringen. Außerdem muss ich noch schnell beim Lagerhaus vorbeischauen und fragen, ob das Kraftfutter schon geliefert worden ist. Am besten nehmen wir den Traktor und den Anhänger, dann können wir die Säcke gleich mitnehmen, falls sie da sind.“

Ich sagte: „Du, wir teilen uns die Arbeit, dann geht's rascher. Ich kaufe ein, während du zum Lagerhaus fährst. Dann holst du mich beim Laden ab. In Ordnung?“

„Damit könnten wir eine halbe Stunde sparen, ja.“ Jörn sah sich seufzend um. „Die Erlenwiese müsste dringend gemäht werden. Hoffentlich kommt der Sepp heute noch. Im Moment hat er allerdings wohl mit seiner eigenen Heuarbeit genug zu tun.“

Sepp half auf Dreililien stundenweise als Stallknecht aus. Er hatte in der Nähe seinen eigenen kleinen Bauernhof, der jedoch nicht genug einbrachte, dass er und seine Familie davon leben konnten.

„Überall nichts als Arbeit – man weiß gar nicht, wo man anfangen soll!“, sagte Jörn düster. Zu wenig Geld und zu viel Arbeit – das war das ewige Problem auf Dreililien, auch jetzt, wo das Gestüt zur Reitschule erweitert worden war. Da die Pferdezucht nicht mehr genug abwarf, hatte Herr Moberg vor fast einem Jahr beschlossen, die Pferde zu verkaufen; und um das zu verhindern, war die Idee mit der Reitschule entstanden. Nun kam regelmäßig jeden Samstag und Sonntag ein ganzer Schwung junger Leute zum Reitunterricht nach Dreililien. Diese regelmäßigen Einnahmen von den Wochenend-Reitstunden und den Reiterferien brachten gerade so viel ein, dass man auf Dreililien jetzt einigermaßen um die Runden kam. Reichtümer ließen sich dabei allerdings nicht verdienen. Es reichte nach wie vor nur für ein winziges Gehalt für Mikesch, und die längst fälligen Reparaturen an den Gebäuden mussten immer wieder verschoben werden.

Doch unser wichtigstes Ziel hatten wir erreicht: Die Pferde mussten nicht verkauft werden. Es war schlimm genug, dass Friedrich Horkheimer, der Pferdehändler, von Zeit zu Zeit auf dem Hof erschien und eines von den Fohlen mitnahm ...

Ich murmelte: „Ich hole nur schnell meine Schuhe und sag Kirsty Bescheid. Vielleicht braucht sie auch etwas aus dem Dorf."

Jörn nickte. „Ist gut. Ich fahre inzwischen den Traktor aus der Scheune. Wir treffen uns dann am Kreuzweg."

Auf dem Weg nach Mariabrunn begegneten uns erst die Freundinnen Lisa und Martina auf ihren Fahrrädern. Sie kamen aus Frasdorf und schwitzten heftig, denn die Strecke nach Mariabrunn war eine einzige Berg-und-Talfahrt. Sie winkten und riefen uns etwas zu, was wir nicht verstanden. Am Dorfrand kam dann Roddy mit wildem Geknatter auf seinem Moped angefahren. Er hieß eigentlich Christian, doch wir nannten ihn wegen seiner Ähnlichkeit mit Rod Stewart nur noch Roddy.

Als er uns sah, hielt er an, hob die Klappe seines Sturzhelms und schrie: „Ich kann heute länger bleiben. Wenn's euch recht ist, helfe ich nach der Reitstunde bei der Heuarbeit."

Jörn stellte den Motor ab und sah zweifelnd auf ihn nieder. „Recht wär's uns schon, aber kannst du denn überhaupt mähen?"

„Klar. Ich war früher in den Ferien immer bei einem Onkel auf dem Land und hab ihm bei der Arbeit geholfen. Vielleicht kommt Carmen auch und macht mit."

Er fuhr wieder los und preschte so um die Kurve,

dass eine Schar Hühner mit lautem Gegacker flüchtete.

„Dann wäre wenigstens das Problem mit der Erlenwiese gelöst“, sagte Jörn erleichtert. „Manchmal denke ich, mir wächst alles total über den Kopf; aber dann geht's meistens doch irgendwie.“

Ich sah ihn von der Seite an. Sein schmales, fast hageres Gesicht war ernst; ein Muskel an seinem Kinn zuckte. Ich dachte, dass er für sein Alter eigentlich schon viel zu viel um die Ohren hatte. Sein Vater war seit einigen Jahren durch einen Autounfall schwer gehbehindert und seitdem trug Jörn eine Menge Verantwortung für den Hof – mehr, als gut für ihn war, fand ich. Durch Mikesch war das besser geworden; doch auch jetzt, wo Jörn sich eigentlich nur um sein Abitur hätte kümmern sollen, hatte er noch zu viele Pflichten.

Er setzte mich mit einer langen Einkaufsliste vor dem Supermarkt ab, der eigentlich überhaupt nicht in unser verschlafenes kleines Dorf passte, und fuhr zum Lagerhaus weiter. Zum Glück waren noch keine Feriengäste unterwegs, sodass ich an der Kasse nicht warten musste. Als ich wieder aus dem Laden trat, hatte Jörn den Traktor schon vor dem Gasthaus geparkt; er kam mir entgegen und schleppte einen Riesenkarton voller Lebensmittel über die Straße.

„Alles in Ordnung“, sagte er. „Das Kraftfutter war da. Jetzt nichts wie nach Hause. Kann ich heute zu euch in den Garten kommen und dort lernen? Wenn ich daheim bleibe, will doch bloß ständig einer etwas von mir. Da ist's besser, ich seile mich ab."

„Klar", erwiderte ich froh. „Du kannst mittags bei uns essen, und nachmittags mache ich dir dann Kaffee, wenn ich mit Hazel ausgeritten bin. Sie braucht dringend Bewegung."

„Allerdings. Sie wird in letzter Zeit ein bisschen zu fett", gab er zurück. „Übergewicht ist schlecht, das schadet auch ihren schwachen Gelenken. Du musst mit dem Füttern aufpassen, Nell. Ich glaube, du gibst ihr vor lauter Liebe zu viel zu fressen."

Ich sah ihn schuldbewusst an. „Vielleicht hast du Recht. Aber ich kann ihr nicht widerstehen, wenn sie mich so mild und geduldig ansieht, weißt du."

Jörn grinste. „Die Wahrheit ist, dass du das bisschen Taschengeld, das dir im Monat noch bleibt, für Äpfel, Bananen und Karotten ausgibst, weil Hazel sie so gern frisst. Man kann's auch übertreiben."

„Ja, schon. Ich denke bloß immer, sie könnte vielleicht wieder krank werden, wenn sie nicht genug Vitamine bekommt."

Hazel war mein Pferd, das liebste, gutmütigste Tier, das man sich vorstellen kann. Ich hatte sie Herrn Moberg im vergangenen Spätsommer um einen Spottpreis abgekauft, weil sie an einer schweren Hufkrankheit litt und getötet werden sollte. Jetzt konnte sie nur noch sehr vorsichtig geritten werden – doch ums Reiten ging es mir eigentlich gar nicht. Mir war es vor allem wichtig, dass Hazel auf Dreililien bleiben durfte, zusammen mit den anderen Pferden, und dass sie es gut hatte. Das hatte sie verdient.

Jörn sagte: „Bis auf die Hufrehe ist Hazel gesund. Es sei denn, du mästest sie weiter, bis sie platzt."

„Hab schon verstanden", sagte ich. „Du brauchst mir keine Moralpredigt zu halten. Ich werde in Zukunft besser aufpassen."

Als wir Dreililien erreichten, waren Mikesch und Matty mit den Reitschülern ausgeritten. Sepp war nicht gekommen; vermutlich mähte er gerade eine seiner eigenen Wiesen. Doch ich war sicher, dass Carmen bald auftauchen würde, so wie jeden Samstag, wenn Roddy hier war.

Carmen kam auch wirklich kurze Zeit später angeradelt, einen gewaltigen Sonnenbrand auf der Nase und den Oberarmen. „Jedes Mal, wenn's ans Heuen geht, krieg ich einen halben Sonnenstich!", stöhnte sie und lehnte ihr Fahrrad gegen die Stallmauer. „Wenn ich bloß so eine Haut hätte wie du, Nell! Du wirst erst rot wie eine Indianersquaw und dann richtig braun, aber ich mit meinen Sommersprossen und meiner Schweinchenhaut ... Ich glaube, meine Eltern haben auch nicht mit einem rotblonden Blasengel gerechnet, als sie mich ausgerechnet Carmen taufen ließen!"

Jörn grinste. „Sie hätten sich's eigentlich denken können, wo sie doch beide noch blonder und blauäugiger und pausbäckiger sind als du", sagte er. „Hör mal, Roddy wollte übrigens heute nach der Reitstunde länger hier bleiben und unsere Erlenwiese mähen. Er meint, er könnte das mit dir zusammen machen, aber wenn du sowieso schon einen Sonnenbrand hast ..."

„Ist egal", erwiderte Carmen rasch. „Dann zieh ich halt ein T-Shirt mit langen Ärmeln an. Leihst du mir eins, Nell?"

Ich nickte. „Klar. Du brauchst bloß ..."

Jörn fasste mich am Arm. „Seht mal", sagte er. „Da kommt Mikesch zurück – allein und ohne Pferd."

Wir spähten zum Waldrand, wo Mikeschs hohe Gestalt zwischen den Buchen aufgetaucht war. Die Sonne blendete uns so, dass wir zuerst nur seinen Umriss sahen. Dann sagte Carmen halblaut: „Er ist nicht allein. Ich glaube, er trägt jemanden!"

Wir wechselten einen erschrockenen Blick. Ohne ein Wort zu erwidern, raste Jörn los, den Pfad zwischen den Koppeln entlang.

„Verdammt!", sagte ich. Dann rannten wir ihm nach.

Es war Sabine Mayreder, die blasse, unscheinbare Dreizehnjährige, die meist unbeachtet im Hintergrund stand. Sie musste vom Pferd gestürzt sein, denn Mikesch trug sie auf den Armen. Einen Augenblick lang durchfuhr mich ein wahnsinniger Schreck. Ich dachte, Sabine wäre tot – doch als ich näher kam, sah ich, dass ihre Augen offen standen. Ihr linkes Bein baumelte irgendwie verdreht herab. Sie war leichenblass.

Schon war Jörn bei ihnen und fragte Mikesch, ob er ihm Sabine abnehmen sollte. Mikesch schüttelte den Kopf und ging weiter. Wer weiß, wie weit er sie schon getragen hatte. Ein Glück, dass er so groß und stark war.

Als wir dazukamen, begann Sabine zu weinen. Ich dachte zuerst, sie hätte Schmerzen, doch dann hörte ich sie schluchzend sagen: „Meine Mutter wird mich nie wieder reiten lassen!“

Ich biss mir auf die Unterlippe. In meine Erleichterung, dass der Reitunfall offenbar einigermaßen glimpflich abgegangen war, mischte sich Mitleid. Sabine mit der ängstlichen, gluckenähnlichen Mutter, bestimmt würde Frau Mayreder ihre Tochter nach diesem Unfall nie wieder auf ein Pferd steigen lassen! Und obwohl ich nur selten ein Wort mit Sabine gewechselt hatte, ahnte ich doch, wie wichtig das Reiten für sie war – vielleicht gerade deshalb, weil sie sich die Reitstunden so mühsam hatte erkämpfen müssen.

„Was ist passiert?“, fragte ich keuchend.

„Eileen hat vor einem Fasan gescheut, der aus dem Dickicht aufgeflattert ist“, sagte Mikesch. „Da ist

Sabine gestürzt und mit dem linken Bein gegen eine Baumwurzel geprallt."

Er machte ein grimmiges Gesicht, wie meistens, wenn ihm etwas Leid tat. Außerdem fühlte er sich wohl verantwortlich für den Unfall, obwohl es doch wirklich nicht seine Schuld war. Dass das ausgerechnet Sabine passieren musste! Bei jedem anderen Reitschüler wäre es nicht so schlimm gewesen ...

„Scheiße", sagte Jörn.

Als wir den Hof erreichten, lief Jörn ins Wohnhaus, um den Arzt anzurufen. Mikesch trug Sabine über den Innenhof und hinauf in die ehemalige Fuhrknechtskammer, wo er wohnte.

Carmen und ich folgten ihm schweigend. Er legte Sabine vorsichtig auf die große Matratze, die ihm als Bett diente. Sabine schien Schmerzen zu haben, sie biss die Zähne aufeinander. Doch sie jammerte nicht.

„Könnten wir nicht sagen, dass es ein Unfall mit dem Fahrrad war?", schlug Carmen nach einigen Minuten ratlosen Schweigens vor. „Ich meine, wenn du sonst nicht mehr reiten darfst ..."

Mikesch erwiderte: „Nein, das geht nicht. So eine Lüge bringt nichts. Außerdem würde es sowieso keiner glauben. Was meinst du, Sabine?"

„Nein", flüsterte sie mit tränenerstickter Stimme. „Es hat keinen Sinn, zu lügen."

Mikesch nickte. „Ich werde mit deiner Mutter reden. Vielleicht gelingt es mir, ihr klar zu machen, dass kein Mensch leben kann, ohne gewisse Wagnisse einzugehen – und dass sie dich nicht vor Schaden bewahren kann, wenn sie dich ständig in Watte packt und in einen Glaskasten steckt."

Sabine sah zu ihm auf. „Sie wird's nicht verstehen", sagte sie.

Ich glaubte es auch nicht. Vom Hof her klang Hufgetrappel zu uns herauf. Matty war mit den Reitschülern vom Ausritt zurückgekommen. Doch das gewohnte Stimmengewirr blieb aus. Ein Pferd wieherte erregt, und Matty rief etwas. Obwohl wir die Reitschüler nicht sehen konnten, hing die Bedrückung, der Schrecken über den Unfall, doch fast greifbar in der Luft.

Mikesch kniete vor der Matratze und machte sich sehr behutsam daran, Sabine den linken Reitstiefel auszuziehen. Sie biss die Zähne zusammen, stieß dann aber doch einen Schmerzensschrei aus.

„Es geht nicht", sagte er schließlich. „Das Bein ist schon zu sehr geschwollen. Wir müssen den Stiefel aufschneiden."

Auf der Treppe erklang Gepolter. Matty tauchte im Türrahmen auf und streckte den Kopf ins Zimmer. Er war bleich um die Nase. „Wie geht's? Habt ihr den Arzt schon verständigt?"

„Jörn ist gerade dabei", erwiderte Mikesch. „Ich krieg den Stiefel nicht herunter."

„Ich hole ein scharfes Messer." Doch Matty war so

erhitzt und atemlos, dass ich rasch sagte: „Lass nur, das mach ich schon."

Ich war froh, aus der Fuhrknechtskammer herauszukommen. Es tat mir richtig weh, Sabines hoffnungsloses Gesicht zu sehen. Carmen folgte mir leise.

„Bringt Franzbranntwein aus der Hausapotheke mit!", rief Mikesch uns nach.

Auf dem Hofplatz standen die Reitschüler mit verwirrten Mienen. Roddy hielt Eileen am Zügel, die mit weit aufgerissenen Augen und geblähten Nüstern herumtänzelte.

„Was ist los? Wie geht's ihr? Hat sie sich den Fuß gebrochen?", riefen uns Martina und Lisa zu, als wir vorüberkamen.

„Ich glaube, es ist nicht so arg", murmelte Carmen. „Der Arzt muss jeden Moment kommen."

Jörn kam uns an der Vortreppe entgegen. „Dr. Erler hat gesagt, ich soll die Ambulanz anrufen", erklärte er, „damit Sabine sofort ins Kreiskrankenhaus zum Röntgen gebracht werden kann. Sie müssten in spätestens einer halben Stunde hier auftauchen." Er fuhr sich mit den gespreizten Fingern durchs Haar. „Am besten, wir sagen meinem Vater vorerst nichts von der Sache. Er sieht immer gleich alles so schwarz und denkt, die totale Katastrophe wäre über uns hereingebrochen. Glücklicherweise ist Mutter heute mit ihm zur Unterwassermassage gefahren, da kriegen sie von allem nichts mit."

Ich nickte wortlos. Jörn tat mir fast ebenso Leid wie Sabine, wie er dastand, das Gesicht blass unter der ersten Sonnenbräune. Zu allem anderen, was ihn zur Zeit belastete, jetzt auch noch das! Außerdem war ich nicht sicher, ob nicht vielleicht wirklich eine Katastrophe im Anrollen war. Man konnte nie wissen, wie Frau Mayreder reagieren würde. Es war ihr durchaus zuzutrauen, dass sie sich einbildete, wir – beziehungsweise Mikesch oder unsere Pferde – wären schuld an dem Unfall und die Leitung der Reitschule wäre verantwortungslos und unzuverlässig, und dass sie das überall herumposaunte und die Eltern unserer Reitschüler verrückt machte.

„Wenn sie Sabine abgeholt haben, kommst du aber wirklich zu uns in den Garten", sagte ich leise. „Ich massiere dir den Nacken, damit du dich ein bisschen entspannst und noch lernen kannst."

Jörn warf mir einen dankbaren Blick zu und lief weiter über den Innenhof. Roddy kam uns mit Eileen nach. Er sagte: „Verdammter Mist! Kann ich euch helfen?"

„Um Sabine kümmert sich schon der Mikesch", erwiderte Carmen, die noch röter geworden war, wie immer, wenn sie Roddy traf. „Nell, wenn du das Messer und den Franzbranntwein holst, gehen Roddy und ich jetzt zu den Reitschülern und helfen Matty, damit sie nicht ewig hier herumstehen. Wir müssen dafür sorgen, dass sie im Stall sind und sich um die

Pferde kümmern, wenn Sabine von den Sanitätern abgeholt wird. Ein Glück, dass heute wenigstens keine Eltern auftauchen!"

Ja, das war immerhin ein Trost. Allerdings würden die Reitschüler natürlich sofort erzählen, was vorgefallen war, sobald sie nach Hause kamen! In düsterer Stimmung öffnete ich die Tür zu der riesigen, ziemlich ungemütlichen Gutsküche. Hier war es sehr still bis auf das eintönige Ticken einer Uhr und das Summen der Fliegen, die gegen die Fensterscheiben prallten. Eine von den schwarzweißen Katzen – es gab insgesamt allein drei schwarzweiße Katzen auf Dreililien, die niemand auseinander halten konnte – sprang bei meinem Eintritt von einem Stuhl und strich mir maunzend um die Beine.

„Ich hab jetzt keine Zeit, dich zu streicheln", sagte ich. „Hier ist heute der Teufel los, aber das kümmert dich natürlich wenig, Katze." Und ich ging zum Kühlschrank und goss heimlich etwas Milch in das Katzenschälchen.

Während sie schnurrend die Milch aufleckte, fand ich ein Fleischermesser, das ausgesprochen gefährlich aussah, ging ins Badezimmer, holte die Flasche mit Franzbranntwein und rannte in die Halle zurück und aus dem Haus. Das Telefon schrillte, aber ich kümmerte mich nicht darum. Der Innenhof war jetzt leer; nur Diana saß vor der Tür zur Treppe, die in die Fuhrknechtskammer führte, und wartete auf Jörn.

Auf halbem Weg kam mir Mikesch entgegen. „Ich muss Sabines Eltern anrufen", sagte er. „Es hat keinen Sinn, sich länger davor zu drücken; sie müssen es ja doch erfahren."

„Pfui Teufel, ja." Ich hätte nicht mit ihm tauschen mögen, doch natürlich hatte er Recht. „Soll einer von uns mit Sabine ins Krankenhaus fahren?"

Mikesch nickte. „Das mach ich schon."

Es war typisch für Mikesch, dass er unangenehme Dinge tat, ohne sie auf andere abzuwälzen oder große Worte zu machen. Er drückte sich nie vor einer Verantwortung. „Wenn die Sanitäter inzwischen kommen, sag ihnen, sie sollen auf mich warten. Ich hoffe, dass ich bald wieder vom Telefon wegkomme."

„Hoffentlich." Ich sah ihm nach und stellte mir den Redeschwall vor, mit dem Frau Mayreder ihn überschütten würde. Dabei lief es mir kalt den Rücken herunter. Er war wirklich nicht zu beneiden.

Die Ambulanz tauchte zehn Minuten später auf, gerade als die Reitschüler die Pferde wieder auf die Koppel brachten. Natürlich blieben sie alle wie angewurzelt stehen und beobachteten mit großen Augen, wie Sabine auf einer Bahre über den Hof getragen und ins Sanitätsauto geschoben wurde.

Dann ging alles sehr schnell. Mikesch stieg ein und setzte sich neben Sabine. Ich erhaschte noch einen Blick auf ihr blasses Gesicht, die Sanitäter schlugen die Türen zu und der Wagen fuhr los.

Lisa versuchte uns zu trösten. „So schlimm ist es doch gar nicht“, sagte sie laut. „Den Fuß kann sich jeder mal brechen. Das kann einem auch passieren, wenn man aus dem Bett fällt. Eine Tante von mir ...“ Und sie erzählte eine lange, umständliche Geschichte von ihrer Tante, die nachts aus dem Hochbett gefallen war und sich den Knöchel gebrochen hatte.

Ich hörte nur mit halbem Ohr zu. Ich musste an Sabine und Mikesch denken und an Frau Mayreder, die die beiden bestimmt schon wie ein Racheengel im Krankenhaus erwartete. Neben mir stieß Matty einen tiefen Seufzer aus. Jörn stand ein wenig abseits, die Hände in den Hosentaschen vergraben, und starrte auf das abgetretene Pflaster.

Langsam und zögernd machten sich die Reitschüler auf den Heimweg. Carmen und Roddy fuhren mit der Mähmaschine zur Erlenwiese. Ich holte Hazel von der Koppel, sattelte und zäumte sie und ging dann zusammen mit Jörn zum Kavaliershäusl.

Hazel folgte uns mit schleifenden Zügeln. Im Wald rief der Kuckuck, und die Bienen summten in Kirstys Bauerngärtchen. Es war alles sehr friedlich und schön, doch ich musste an einen von Hopfis philosophischen Sprüchen denken, den sie besonders oft und gern benutzte: „Es muss immer was passieren, was den Himmel hebt.“

3

Als die Pfingstferien kamen, waren Jörns Prüfungen vorbei. Zwar hatte er das Ergebnis noch nicht erfahren, doch er wirkte zuversichtlich und sehr erleichtert und meinte, er hätte das Abitur wohl bestanden, wenn auch sein Notendurchschnitt ziemlich bescheiden ausfallen würde.

„Aber nachdem ich sowieso keine Lust habe, mal eine steile Karriere zu machen, kratzt mich das wenig“, sagte er.

Wir hatten schon oft darüber geredet, wie wir uns unsere Zukunft vorstellten. Ich selbst wusste noch nicht, welchen Beruf ich einmal ergreifen wollte, und Jörn war einigermaßen unsicher. Er spielte mit dem Gedanken, eines Tages zusammen mit Matty das Gestüt und die Reitschule zu übernehmen. Vorerst aber war Dreililiens Leitung noch in den Händen seines Vaters, und es sah nicht so aus, als würde Herr Moberg sich so bald vom Geschäft zurückziehen. So wollte Jörn erst einmal seinen Zivildienst leisten. Er hoffte, dass es sich während dieser sechzehn Monate vielleicht von selbst ergab, wie es mit ihm weitergehen würde.

„Manchmal passiert irgendetwas, und ganz plötzlich weiß man, welcher Weg der richtige ist", sagte er zu mir. „Ich glaube nicht, dass es einen Sinn hat, seine Zukunft fest vorauszuplanen. Vielleicht ist das Leben wie ein Fluss, der von selbst fließt und nicht erst angetrieben werden muss. Oft zappelt und strampelt man viel zu sehr, müht sich ab und zwingt sich zu Entscheidungen, wenn's eigentlich gar nicht nötig ist. Aber um abzuwarten, braucht man wohl auch ein bisschen Vertrauen in das Leben oder in das Schicksal, wie man's auch nennen mag."

Es war gut, dass er den Prüfungsstress hinter sich hatte, denn auf Dreililien wurden für die Pfingstferien wieder zwölf Reitschüler erwartet; und aus Erfahrung wussten wir, dass wir alle zusammenhelfen mussten, wenn es klappen sollte. So ein Ferienreitkurs mit einem Dutzend Schüler, die Dreililien Tag und Nacht unsicher machten, war anstrengender, als wir es uns je hätten träumen lassen. Es war selbstverständlich, dass wir alle unseren Teil zum Gelingen beitrugen – selbst Carmen kam und half, sooft sie konnte, obwohl es natürlich um diese Jahreszeit auch auf dem Bauernhof ihrer Eltern eine Menge Arbeit gab.

Sabine Mayreder lag noch immer im Krankenhaus; sie hatte einen ziemlich komplizierten Knöchelbruch. Jörn und ich besuchten sie zweimal nach der Schule, blieben jedoch nie lange, da ihre Mutter ständig am Bett saß und sie bewachte. Unter ihren ungnädigen Blicken war eine normale Unterhaltung gar nicht möglich. Zum Glück hatte sie wenigstens nicht versucht, uns mit der Reitschule Schwierigkeiten zu machen, was sicher Mikesch zu verdanken war.

„Ich hab mit Engelszungen auf sie eingeredet. Aber rede mal mit einer Glucke, die glaubt, sie müsste ihr Küken gegen ein Rudel Wölfe verteidigen!", sagte er. „Gut, dass Vater Mayreder wenigstens vernünftiger ist. Er hat versprochen, seine Frau zu beruhigen. Ob Sabine allerdings wieder reiten darf, steht in den Sternen. Im Moment ist es wohl besser, abzuwarten, bis sich die Aufregung über den Unfall gelegt hat. Wenn Sabines Bein wieder einigermaßen in Ordnung ist, kann sie ja einen Vorstoß wagen – und ich helfe ihr natürlich dabei, wenn sie das möchte."

„Nur gut, dass von den anderen Eltern keiner auf die Idee gekommen ist, die Reitstunden abzusagen", erwiderte ich hitzig. „Es gibt keine einzige Reitschule auf der Welt, die dafür garantieren kann, dass es beim Reiten immer ohne Unfall abgeht. Man muss natürlich vorsichtig sein, aber gegen alles kann man sich eben nicht absichern."

Das war einen Tag vor Ankunft der „Pfingstreiter". Wir saßen mit Carmen in der gemütlichen, holzgetäfelten Dorfgastwirtschaft von Mariabrunn und genossen die „Ruhe vor dem Sturm". Draußen regnete es in Strömen.

Matty strahlte an diesem Abend vor Glück. Vor zwei Tagen hatte Maja angerufen und endlich fest versprochen nach Dreililien zu kommen – mit dem Fahrrad, wie sie es von Anfang an geplant hatte.

„Heute früh ist sie losgefahren", verkündete Matty schon zum dritten Mal. „Sie will in Erlangen übernachten."

„Na, reiten wird sie jedenfalls ein paar Tage lang nicht können", meinte Carmen trocken. „Sie kommt bestimmt mit wund gescheuertem Hinterteil hier an."

„Gut, dass wir für die Ferien noch eine Hilfe im Stall haben", sagte Mikesch. „Maja versteht mit Pferden umzugehen. Ich frage mich, was Ende des Sommers werden soll, wenn du Zivildienst machst, Jörn. Wir müssen nach den Pfingstferien unbedingt mit deinem Vater darüber sprechen."

Jörn nickte. „Ja. Ohne zusätzliche Hilfskraft wird's auf die Dauer nicht gehen. Die Frage ist bloß, ob das auch finanziell drin ist. Es müsste jemand sein, der mit wenig Geld zufrieden ist, so wie du. Aber gibt's das noch mal?"

„Vielleicht", sagte Mikesch nachdenklich. „Ich werde mal meinen Freund Frank in München anrufen. Er ist Sozialarbeiter. Möglicherweise weiß er jemanden für uns. Es gibt genug junge Leute, die aus dem Knast kommen und keine Arbeit finden."

„Aus dem Knast?", wiederholte Matty. „Da bin ich

aber gespannt, was mein Vater zu diesem Vorschlag sagt."

„Das werd ich ihm schon erklären", sagte Jörn und machte ein grimmiges Gesicht. „Wenn er nicht bereit ist, jemanden anzustellen, der Schwierigkeiten gehabt hat und versucht wieder Fuß zu fassen, nehme ich ihm das schwer übel. Ich finde die Idee gut, Mikesch."

Mikesch grinste. „Ich hab nur gute Ideen", sagte er.

Als wir aus dem Wirtshaus kamen, regnete es noch immer. Das Dorf bot in der Abenddämmerung unter den Regenschleiern einen trübseligen Anblick. Die Hauptstraße war wie ausgestorben; nur in einigen Fenstern brannte Licht. Der Bäcker schloss gerade seine Rollläden, und aus der Schmiedewerkstatt hörte man klingendes Hämmern.

Noch vor nicht allzu langer Zeit war mir Mariabrunn als elendes, verschlafenes Nest erschienen, ein Ort, in dem zu leben eine Art Verbannung bedeutet. Heute aber liebte ich dieses friedliche Dorf, wo alles seinen ruhigen, gleichmäßigen Gang ging und die Zeit stillzustehen schien. Hier gab es weder Hektik noch Lärm. Die Leute kannten einander. Hier war es undenkbar, dass jemand wochenlang krank oder gar tot in seiner Wohnung lag, ohne dass es bemerkt wurde, wie das in der Stadt manchmal geschieht. Immer wenn ich nach der Schule mit dem Bus aus

Rosenheim hierher zurückkam, verspürte ich die gleiche Erleichterung, wieder zu Hause zu sein.

Wir verabschiedeten uns von Carmen. Im Regen ging sie den Kirchberg hinauf zum Hof ihrer Eltern, der hoch über dem Dorf auf einem Hügel lag. Dann fuhren wir im alten VW-Käfer der Mobergs die holprige Straße zwischen den Feldern entlang.

Im Auto roch es nach Hund und Pferden, und das Polster des Rücksitzes hatte eine kaputte Sprungfeder, sodass ich das Gefühl hatte, auf einem Kartoffelsack zu sitzen. Der Wagen quietschte und piepste bei jeder Unebenheit, und die Scheibenwischer veranstalteten ein schnarrendes Geräusch, das neu war und einem auf den Geist gehen konnte. „Lange macht er's nicht mehr!", schrie Jörn über den Lärm hinweg. „Beim nächsten TÜV kommt er nicht mehr durch, und was dann? Ein neues Auto können wir uns einfach nicht leisten."

„Das lassen wir mal an uns herankommen", sagte Mikesch seelenruhig. Er hatte in seinem Zimmer einen schwedischen Spruch hängen, der „Den dagen, den sorgen" hieß und etwa bedeutet, dass man sich nicht über ungelegte Eier aufregen soll. „Irgendeine Lösung wird sich schon finden, wenn's so weit ist."

Ich beneidete ihn wieder einmal um sein Gottvertrauen – oder wie immer man es auch nennen wollte – und nahm mir im Stillen vor, gleich morgen auch einen solchen Spruch über mein Bett zu hängen, damit ich ihn mir jeden Tag beim Aufstehen und Schlafengehen gründlich ansehen konnte. Mikesch war jemand, von dem man eine Menge lernen konnte, fand ich, was man wahrhaftig nicht von jedem Erwachsenen behaupten kann.

Als wir Dreililien erreichten, lag der Hof im Dunkeln. Nur ein einziges Fenster im ersten Stock des Wohnhauses war erhellt. Die Pferde wieherten leise und scharrten in ihren Boxen, als sie hörten, wie wir die Wagentüren zuschlugen. „Ich bring dich noch nach Hause", sagte Jörn zu mir.

Mikesch nickte uns zu und öffnete die Tür, die zur Vortreppe der Fuhrknechtskammer führte. „Ich höre noch ein bisschen Musik", murmelte er. „Zur Entspannung – wir haben morgen einen hektischen Tag vor uns."

Matty hopste mit ausgelassenen Kängurusprüngen über den Innenhof und pfiff glücklich vor sich hin. Ohne Schirm gingen Jörn und ich durch den Regen zwischen den Koppeln zur Wegkreuzung. Alles war still. Es roch nach nassem Gras, nach Erde und Heckenrosen.

Am Kreuzweg blieben wir stehen. In den Büschen und Bäumen huschte und flatterte es. Ein Vogel flog mit schwerem Flügelschlag zum Wald hin.

„Ein Kauz", sagte Jörn. „Die werden auch immer seltener. Wenn wir so weitermachen, wird's eines Tages in nicht allzu ferner Zukunft bloß noch Menschen und ein paar Schädlingsarten auf der Welt geben." Ich spürte am Ton seiner Stimme, dass er plötzlich bedrückt war. „Aber eigentlich könnte man uns Menschen ja auch zu den Schädlingen zählen – so, wie wir auf dieser Erde hausen."

Ich streichelte seinen Handrücken. „Du bist traurig", sagte ich.

„Irgendwie mutlos", gab er zu. „Manchmal packt mich eine solche Mutlosigkeit, weißt du. Das ist dann so ein Gefühl wie im Traum, dass man läuft und läuft und doch nicht von der Stelle kommt. Kennst du das? Manchmal denke ich einfach, mir wächst alles über den Kopf."

Ich nickte. „Kein Wunder. Dein Vater führt zwar das Kommando auf Dreililien, aber dir bürdet er seit Jahren den größten Teil der Verantwortung auf. Dafür bist du einfach zu jung."

Jetzt lachte Jörn. „Und du redest wie ein Schulpsychologe. Aber wahrscheinlich hast du Recht. Trotzdem geht's uns ja eigentlich gut, Nell. Ich darf über dem ganzen Kram nie vergessen, wie schön unser Leben hier ist und dass wir's trotz aller Schwierigkeiten besser haben als die meisten anderen Leute." Er stockte und fügte hinzu: „Außerdem hab ich dich."

„Ja", sagte ich und lachte ebenfalls. „Da hast du schon was!"

„Du, das ist jetzt kein Spaß." Jörns Stimme war

ernst geworden. „Seit du hier bist, hat sich für mich viel verändert. Ich glaube, ich bin früher meistens in meinem Schneckenhaus gesessen und hab finster vor mich hingebrütet wie ein einsamer Steppenwolf."

Ich sagte: „Ich dachte immer, du wärst einer von denen, die keine anderen Menschen brauchen."

„Nein, es gibt wohl kaum jemanden, der nur für sich allein und ohne andere glücklich sein kann. Ich hab zwar früh gelernt, allein klarzukommen und mir eingeredet, ich brauchte keinen – aber seit ich dich kenne, weiß ich, dass ich mir da nur etwas vorgemacht habe. Einfach, weil es mir jetzt viel besser geht. Und weil ich manchmal sogar glücklich bin."

„Manchmal?" Durch die Regenschleier und die Dunkelheit des Frühlingsabends versuchte ich seinen Gesichtsausdruck zu erkennen, doch es gelang mir nicht.

„Ja – manchmal", wiederholte er. „Das ist schon eine ganze Menge, für mich jedenfalls. Außerdem kann man schließlich nicht unentwegt glücklich sein. Im Leben geht's auf und ab, es ist eben mal kein ständiger Zustand der Glückseligkeit. Wo's keine Täler gibt, gibt's auch keine Berge, hat mein Großvater immer gesagt, und das stimmt wohl."

Ich nickte und dachte, dass auch ich nicht immer glücklich war – dazu gab es zu viele Probleme, zu viel Beängstigendes um mich herum. Man brauchte ja nur die Nachrichten im Fernsehen zu verfolgen ...

Sacht legte ich den Arm um Jörns Hals und drückte meine Wange an die seine. Aus den Wäldern erklang der klagende Ruf eines Nachtvogels. Jörns Gesicht war nass vom Regen. Auch sein Mund war nass, als er mich küsste.

4

Die kleine Hängematte, die Kirsty gehäkelt hatte, hing zwischen den Apfelbäumen im Garten. Kathrinchen lag darin und krähte vor sich hin. Ich ging zu ihr und beugte mich über sie. Als sie mich sah, ging ein breites Lächeln über ihr Gesicht. Sie fuchtelte mit den Händen in der Luft herum, erwischte schließlich meinen Daumen und zog kräftig daran.

„Hallo, kleiner Knopf", sagte ich. „Dir geht's hier gut, wie? Über dich brechen keine Pfingstreiter herein, du brauchst keinen Stall auszumisten und hast überhaupt nichts zu tun. Wie hältst du das bloß aus, den ganzen Tag so faul zu sein?"

„Brrrblllbb!", erwiderte Kathrinchen begeistert und versuchte an meinem Daumen zu lutschen.

„Genau", sagte ich. „Du hast es erfasst!" Sanft befreite ich meinen Daumen, küsste sie auf den nackten Bauch und schlüpfte durch die Hecke, die unser Grundstück von den Koppeln trennte.

Auf Dreililien waren gerade zwei besorgte Elternpaare damit beschäftigt, ihre Sprösslinge auszuladen. Sie wuselten wild um ihre Autos herum und luden Koffer, Reisetaschen, Reitstiefel und Kassettenrekorder aus, als ginge es um den Umzug einer zehnköpfigen Familie. Jörn und Matty hatten sich irgendwo verkrochen, doch der arme Mikesch hielt wie immer die Stellung und gab auf hundert Fragen geduldig Antwort.

„Und die Reitkappe – Schatzilein, vergiss nie, die Reitkappe aufzusetzen! Versprichst du mir das?"

Das „Schatzilein" war ein etwa zehnjähriges, strohblondes Mädchen mit kurz geschnittenen Haaren und mürrischem Gesichtsausdruck. Neben ihr stand ein Junge mit hängenden Armen und gottergebener Miene. Die beiden sahen sich ähnlich. Ich überlegte, dass das die Geschwister Baeker aus Passau sein mussten.

Eltern, dachte ich, sind manchmal komisch. Ich fing einen viel sagenden Blick von Mikesch auf und blinzelte ihm heimlich zu. Dabei sah ich, dass neben dem zweiten Wagen, der ein Ingolstädter Kennzeichen trug, ein hoch gewachsenes, schwarzhaariges Mädchen stand und Mikesch nicht aus den Augen ließ.

Ich wunderte mich nicht weiter darüber. Mikesch erregte fast immer Staunen und Bewunderung bei Mädchen und Frauen, wo er auch auftauchte; bei

Männern dagegen eher Misstrauen – ganz einfach deshalb, weil er so verblüffend gut aussah. Eigentlich konnte man ohne jede Übertreibung sagen, dass er schön war. Ich wandte diesen Begriff nur nicht gern auf ihn an. Für mich verband sich mit dem Ausdruck „ein schöner Mann“ immer die Vorstellung von einem hohlköpfigen, geschniegelten Dressman-Typ; und Mikesch war trotz seiner dunklen Locken und strahlend blauen Augen genau das Gegenteil.

Während ich das schwarzhaarige Mädchen beobachtete, das Mikesch noch immer mit unverhohlener Bewunderung anstarrte, dachte ich an meine eigene Überraschung, als ich ihn zum ersten Mal gesehen hatte – Überraschung und auch Ablehnung, denn damals hatte ich mir nicht vorstellen können, dass ein Mann wie er bereit sein könnte, für ein Taschengeld Ställe auszumisten und sich mit ungeschickten Jugendlichen herumzuplagen, anstatt als Fotomodell locker eine Menge Geld zu verdienen. Doch aus Erfahrung wird man klug oder auch nicht, wie Kirsty immer sagte. Dass mich mein erster Eindruck von Mikesch so getäuscht hatte, war mir eine Lehre, mich in Zukunft nicht mehr so sehr von Vorurteilen leiten zu lassen.

Hopfi tauchte im Türrahmen des Wohnhauses auf, kam über den Hof und nahm die Gäste in Empfang. Sie führte die Reitschüler ins Haus, um ihnen ihre Zimmer zu zeigen. Die beiden Elternpaare folgten.

Weder Herr Moberg noch seine Frau ließen sich blicken. Sie hielten sich aus dem Reitschulbetrieb meist heraus, so weit es nur ging.

„Der erste Tag ist immer der schlimmste", sagte Mikesch und machte ein Gesicht, als hätte er Zahnschmerzen.

„Der absolute Horror!", stimmte ich zu. „Du, ich glaube, da kommt schon wieder eine Wagenladung."

Von der Auffahrt her wurde Motorengeräusch laut. Ein BMW mit Nürnberger Kennzeichen tauchte hinter dem Torbogen auf. In unvermindertem Tempo preschte der Wagen haarscharf am Mauervorsprung vorbei und hielt mit quietschenden Reifen auf dem Hof.

„Jetzt hätte sie beinahe den Torbogen mitgenommen", murmelte Mikesch.

Hinter dem Steuer saß eine elegante Frau mittleren Alters und neben ihr ein Junge mit schmalem, ängstlichem Gesicht. Als er ausstieg, sah ich, dass er ausgesprochen schmächtig war. Er mochte nicht älter als neun Jahre sein.

Die Dame sah sich selbstbewusst um und machte dann einen Schritt auf Mikesch zu. „Ich bin Frau Danhofen", sagte sie, „und bringe Ihnen meinen Tommy. Sind Sie der Gutsherr?"

„Nein", erwiderte Mikesch, ohne eine Miene zu verziehen. „Ich bin hier nur das Mädchen für alles – Stallknecht und Reitlehrer und Büroangestellter. Ich heiße Mikesch."

Mikesch nannte eigentlich nie seinen Nachnamen; weshalb, wusste ich nicht. Vielleicht lag es daran, dass er nicht mit seinem Vater in Verbindung gebracht werden wollte, der ein bekannter Rennstallbesitzer war. Der Grund konnte aber auch seine Abneigung gegen Förmlichkeit sein. Ich erwartete die Erwiderung der selbstbewussten Dame nicht ab, sondern verzog mich durch die Hintertür in den Stall, um nach Hazel zu sehen.

Hazel hatte seit kurzem wieder etwas verdickte Fesseln, und ich machte jeden Tag Umschläge mit Arnika-Tinktur und Heilerde und ließ sie auf Mikeschs Rat in ihrer Box stehen, damit sie sich so wenig wie möglich bewegte. Natürlich gefiel es ihr überhaupt nicht, mit ansehen zu müssen, wie die anderen Stuten auf die Weide gebracht wurden, während sie allein zurückbleiben musste.

Zum Glück waren heute zwölf Pferde im Stall geblieben, denn der Reitunterricht für die Feriengäste sollte am späten Vormittag beginnen. So war Hazel nicht allein. Sie streckte sofort die Nase über die Boxwand, als ich die Stallgasse entlangkam, und wieherte so vorwurfsvoll, als hätte ich mich seit drei Wochen nicht mehr um sie gekümmert.

„Ich weiß ja, dass dir langweilig ist", sagte ich besänftigend, „aber Joschi und Rapunzel und die anderen sind doch auch da. Du musst Geduld haben, Hazel. Morgen kommt Dr. Hofbauer vorbei und sieht sich deine Fesseln an. Aber Mikesch meint, wir kriegen dich bald wieder hin."

Die anderen Stuten waren ausgesprochen unruhig, wohl wegen der fremden Stimmen und der Motorengeräusche, die vom Innenhof durch die geöffneten Stallfenster drangen. Sie polterten in ihren Boxen, während ich Hazel Umschläge machte, schnaubten und schlugen mit den Hufen gegen die Holzwände, dass es nur so knallte.

Als ich die Hintertür wieder öffnete, standen vier Autos und vier Elternpaare sowie vier Mädchen und zwei Jungen auf dem Innenhof. Mittendrin stand Mikesch wie ein Fels in der Brandung. Der sonst so verträumte Hofplatz erinnerte mich plötzlich an den Münchner Stachus. Hastig drehte ich mich um, schloss die Tür wieder hinter mir und verließ den Stall durch das zweiflügelige Haupttor. Hier war alles still. Der verwilderte Gutspark lag im Schatten und auf den Mauerresten blühten die Heckenrosen.

Ich machte einen Umweg über die Fohlenkoppel. Von weitem sah ich Nell, das Stutfohlen, bei dem ich zum ersten Mal Geburtshilfe geleistet hatte, mit den anderen Fohlen herumspringen, stark und ausgelassen. Und ich musste wieder an Odin denken, an Odin und seine Mutter Isabell. Wie schon so oft fragte ich mich, wie es den beiden wohl ergehen mochte. Im vergangenen Herbst waren die isabellfarbene Stute und ihr Hengstfohlen an einen Züchter in Westfalen verkauft worden. Das lag nun schon so viele Monate zurück – und doch versetzte es mir immer einen Stich, wenn ich mich an die beiden erinnerte, so, als hätten sie eine Lücke hinterlassen, die nichts und niemand je ausfüllen konnte.

Ich drehte mich um. An der Wegkreuzung stand eine schmale Gestalt – Matty, der auf Maja wartete. Aber wo war Jörn? Ich wusste, dass er den Trubel solcher Ankunftstage hasste. Vielleicht war er heimlich in den Wald geritten oder er kam auf Schleichwegen zum Kavaliershäusl, das eine Art Zufluchtsstätte für ihn geworden war. „Bei euch ist's immer friedlich und gemütlich", sagte er manchmal zu mir, „sogar wenn das Kathrinchen aus vollem Hals brüllt. Kirsty verbreitet so viel Wärme und Ruhe. Das Kavaliershäusl hat einfach eine gute Atmosphäre."

Ich konnte ihn verstehen, wenn ich an das Wohnhaus von Dreililien mit den vielen unbewohnten Räumen dachte, der hohen, rauchgeschwärzten Halle, dem feierlichen Treppenhaus, dem Wohnzimmer, das einem Museum ähnelte, und der saalartigen Küche. Da war das Kavaliershäusl schon etwas anderes, auch wenn ein oder zwei Zimmer mehr nicht übel gewesen wären.

Jörn saß wirklich in unserem Garten unter der Eiche. Zu seinen Füßen lagen Diana und Herr Alois. Ein Stück weiter saß Kirsty im Gras, Kathrinchen auf dem Schoß.

„Hierher hast du dich also verkrümelt", sagte ich und ließ mich neben Jörn auf die Bank fallen.

„Ja." Er grinste. „Ihr seid meine letzte Zuflucht. Wie sieht's drüben aus?"

„Hektisch", sagte ich.

„Ist Maja schon da?"

„Als ich herkam, hat Matty noch auf sie gewartet."

„Sind die Leute einigermaßen nett?"

„Ich weiß nicht", sagte ich zweifelnd. „Anfangs schätze ich sie oft völlig falsch ein, hab ich gemerkt. Später stellt es sich dann heraus, dass die Menschen entweder sympathischer oder weniger sympathisch sind, als ich gedacht habe. Außerdem benehmen sich die meisten Reitschüler sowieso ganz anders, wenn ihre Eltern mit dabei sind." Wir gingen in die Küche und kochten Kaffee für uns beide und Kirsty. Während Jörn Sahne schlug, hielt ich ihm meinen ersten selbst gebackenen Kuchen unter die Nase.

„Apfelkuchen mit einem Boden aus geriebenen Mandeln", sagte ich stolz. „Selbst gebacken nach einem schwedischen Rezept, das ich mal aus einer Zeitung abgeschrieben habe."

Mein erster Kuchen schmeckte allen sehr, besonders Herrn Alois, der sich vor dem Gartentisch postierte und drohend bellte, wenn man ihm nichts mehr abgab. Und bei jedem „Wuff" stieß Kathrinchen ein entzücktes Kreischen aus.

Nach einer Weile legte Jörn seine Kuchengabel

beiseite und sagte: „Herrje, hab ich ein schlechtes Gewissen! Hier sitzen wir und lassen's uns gut gehen, während der arme Mikesch sich abplagt."

„Der meldet sich schon, wenn er Hilfe braucht", erwiderte Kirsty. „Im Übrigen kann er mit Eltern umgehen, besser als ihr, würde ich sagen. Er wirkt so Vertrauen erweckend."

„Soll das heißen, dass wir nicht Vertrauen erweckend wirken?", fragte Jörn mit gespielter Entrüstung.

„Vertrauen erweckend? Ihr? Wirklich nicht", sagte Kirsty. „Stell dir mal vor, du hast einen Sprössling, der sich's in den Kopf gesetzt hat, reiten zu lernen, und du lieferst ihn für zwei Wochen auf einem Reiterhof ab. Dort kommen dir so ein paar junge Typen mit ziemlich langen Haaren oder Stoppelschnitt und dreckigen Jeans entgegen, einer davon sogar mit einem indianischen Stirnband – was würdest du da denken?"

„Klasse", sagte Jörn mit dem Mund voller Apfelkuchen. „Ich meine, ich würde denken: Klasse."

Wir lachten. „Du musst versuchen, dich in andere Menschen hineinzuversetzen – in die Lage besorgter Eltern", erklärte ich in belehrendem Ton. „Jedenfalls hat Kirsty Recht, das steht fest. Mikesch sieht genauso aus wie eins dieser männlichen Fotomodelle, die in den Pferdezeitschriften für elegante Reitkleidung werben – vom Gesicht und der Figur her, meine ich.

Obwohl er sich natürlich niemals so anziehen würde. Er hat einfach so was wie Klasse, auch wenn er in den geflicktesten Jeans und den schmutzigsten Reitstiefeln herumläuft."

Jörn sah Kirsty an. „Merkst du was?", sagte er mit Grabesstimme. „Sie liebt ihn."

Kirsty kicherte. „Da hab ich bisher aber ganz andere Beobachtungen gemacht", erwiderte sie. „He, halt! Was machst du da?"

Wir folgten ihrem halb entsetzten, halb belustigten Blick und merkten, dass Herr Alois Kathrinchen mit viel Eifer und Zärtlichkeit das Gesicht ableckte. Kathrinchen lag auf einer Decke am Boden und schien diese ungewöhnliche Säuberungsaktion recht spaßig zu finden, denn sie kicherte wie ein Kobold.

Kirsty stand auf, nahm ihre Tochter hoch und sagte nicht besonders streng zu Herrn Alois: „Lass das in Zukunft bleiben, verstanden? So was ist unhygienisch. Auch wenn du's gut meinst." Sie schüttelte den Kopf. „Ich glaube, jetzt muss ich zum Brunnen gehen und sie abwaschen."

„Ach was", sagte Jörn. „Als wir kaum richtig laufen konnten, haben wir uns mit Vorliebe im Pferdemist gewälzt, Matty und ich. In der Hundehütte sind wir auch immer herumgekrochen. Und es hat uns nicht geschadet, wie ihr seht. Vielleicht hat's uns sogar erst richtig abgehärtet, wer weiß."

„Hm", murmelte ich. „Womöglich sollten wir

Kathrinchen auch mal auf den Misthaufen von Dreililien setzen, was meint ihr? Kann doch sein, dass es ihr gut tun würde. Außerdem würd's ihr bestimmt Spaß machen."

Kirsty verzog das Gesicht. „Herzlichen Dank. Und wer darf das stinkende kleine Schweinchen dann wieder baden?"

„Wir werfen sie einfach in den Waldweiher", schlug Jörn vor. „Dann lernt sie bei dieser Gelegenheit auch gleich schwimmen. Säuglinge sollen schwimmen wie die Fische, heißt es."

Wir lachten. Kathrinchen zappelte mit Armen und Beinen und stieß krähende Geräusche aus. Sie mochte es, wenn die Leute lachten. „Ich glaube, das mit dem Misthaufen lassen wir sie selbst entscheiden, wenn sie größer ist", meinte Kirsty vergnügt. „Wahrscheinlich wird sie ihn sowieso früh genug entdecken. Kinder lieben Dreck. Und was den Waldweiher betrifft – vielleicht probieren wir's im Sommer wirklich mal aus, wie's ihr im Wasser gefällt."

„Und reiten soll sie auch bald lernen, auf Hazel", sagte ich.

Jörn grinste. „Du willst wohl ein Wunderkind aus deiner Schwester machen? Ich sehe schon die Schlagzeilen vor mir: *Säugling gewinnt Reitturnier!*"

5

Matty war selig. Er lief nur noch mit strahlendem Gesicht herum, was ihm bei den Pfingstreitern den Spitznamen „Honigkuchenpferd“ eintrug. Das störte ihn aber nicht weiter. Er meinte nur lachend, dass ein Honigkuchenpferd eben zu einem Mädchen mit Pfefferkuchenaugen gehört.

In den Weihnachtsferien, als Maja zum ersten Mal nach Dreililien kam, war ich eifersüchtig auf sie gewesen – fast wie eine Schwester, die lernen muss, ihren Bruder mit einer anderen zu teilen. Jetzt aber hatte ich diese Eifersucht überwunden und konnte mir eingestehen, wie gut Maja zu Matty passte. Die beiden verstanden sich ohne viele Worte; und Maja war stets da, wenn man sie brauchte. Sie war eine echte Hilfe im Stall, auf den Koppeln und im Umgang mit den Reitschülern; fast schien es, als gehörte sie hierher, als wäre sie immer schon da gewesen, so selbstverständlich fügte sie sich in unsere Gemeinschaft ein.

Nicht ganz so einfach war es mit den Pfingstreitern. Ein paar von ihnen waren verwöhnt und egoistisch. Sie erwarteten, dass wir sie von vorn bis hinten bedienten, und stöhnten schon, wenn sie ihre Pferde selbst satteln und zäumen mussten. Das galt vor allem für die Geschwister Baeker aus Passau.

„Fehlt bloß noch, dass sie ihre Reitstiefel abends vor die Tür stellen und erwarten, dass wir sie ihnen putzen", sagte Jörn am dritten Ferientag, als sich die beiden nach der Reitstunde hartnäckig weigerten, ihren Pferden die Hufe auszukratzen.

„Wahrscheinlich haben sie zu Hause nie gelernt, mit anzupacken", meinte Mikesch. Er sah ziemlich abgespannt aus. „Es gibt Eltern, die meinen, wer seine Kinder liebt, muss ihnen immer nur geben, ohne je etwas zu fordern. So erzieht man kleine Egoisten. Dass sie ihren Kindern damit das Leben nicht erleichtern, sondern auf die Dauer nur erschweren, wird ihnen meist erst zu spät klar."

„Dann wird's aber langsam Zeit, dass sie das Anpacken endlich lernen", erwiderte Maja hitzig. „Irgendwann muss doch auch mal dem Dümmsten klar werden, dass er nicht bloß immer die anderen schuften lassen kann."

Mikesch seufzte. „Meinen möchte man's", sagte er. „Aber da kenne ich genug Leute, die durchaus nicht dumm sind und doch alt und grau werden, ohne es zu kapieren. Egoistisch sein ist ja so bequem, das legt man nicht so ohne weiteres freiwillig ab."

Seine Stimme klang bitter. Ich sah ihn von der Seite an. Offenbar hatte er auf diesem Gebiet schon seine Erfahrungen gemacht. Während ich mit der

Mistgabel in Hazels Box ging, dachte ich, dass ich mich selbst auch ziemlich egoistisch benommen hatte, als mein Vater Kirsty kennen lernte. Aber da ich zu diesem Zeitpunkt keinen anderen Menschen gehabt hatte als ihn, war meine Furcht, ihn zu verlieren, vielleicht auch ganz natürlich gewesen.

Die Schwellung an Hazels Fesseln war zurückgegangen. Ich beschloss, Hazel abends noch ein Weilchen über die Schwammerlwiese zu führen, wenn die anderen Stuten im Stall waren. Sobald sie nämlich die Pferde draußen sah, bestand die Gefahr, dass sie nach der tagelangen Stallruhe plötzlich übermütig wurde und losgaloppierte; und genau das musste ich vermeiden.

Vor der Abendfütterung ritten Jörn, Matty und Maja noch zusammen aus. Ich kam nicht mit, weil ich nach wie vor ein bisschen Angst hatte, mit einem anderen Pferd als Hazel durch den Wald zu reiten. Ich wusste noch immer nicht, ob ich es schaffen konnte, mich im Sattel zu halten, wenn etwas Unvorhergesehenes geschah und mein Pferd durchging. Deshalb verzichtete ich lieber auf solche Ausritte, und Jörn meinte, ich sollte mich nicht zu einer Sache zwingen, bei der ich mich nicht sicher fühlte.

Als ich Hazel aus dem Stall holte, kam Mikesch gerade aus der Fuhrknechtskammer herunter. Zum zweiten Mal an diesem Tag fiel mir auf, dass er ungewohnt müde wirkte.

Ich blieb stehen, hielt Hazel an der Mähne fest und sagte: „Ich hab das Gefühl, dass du ziemlich fertig bist, Mikesch. Hoffentlich wächst dir der Reitschulbetrieb nicht langsam über den Kopf."

„Ach, so schlimm ist's nicht. Mir geht bloß manchmal alles ein bisschen auf den Geist." Er fuhr sich mit den Fingerspitzen durch die schwarzen Locken.

Plötzlich kam mir ein ganz neuer Gedanke. „Du solltest mal Urlaub machen", sagte ich. „Du bist jetzt schon acht Monate hier und hast noch keinen Tag Urlaub gehabt!" Dabei fragte ich mich insgeheim, wie wir ohne Mikesch zurechtkommen sollten, und wenn es auch nur für eine Woche war.

Er schüttelte den Kopf. „Das ist es nicht. Ich hab nur heute einen Brief bekommen von einer ... einer alten Freundin. Mein Vater ist krank."

„Oh!", sagte ich hilflos. „Ist es schlimm?"

„Ja, ich denke schon."

„Aber du ... dann solltest du zu ihm fahren und ihn besuchen!"

Mikesch schwieg eine Weile. Mir wurde unbehaglich zumute. Plötzlich war mir wieder eingefallen, dass man vorsichtig sein musste, wenn es um Mikeschs Vater ging. Mikesch redete nicht gern von seiner Familie. Doch diesmal hatte ich ganz spontan ausgesprochen, was ich dachte, und er schien mir auch nicht böse deswegen zu sein. Schließlich, als ich schon dachte, er würde gar keine Antwort mehr geben, sagte er langsam: „Ich weiß nicht, was ich machen soll. Ich habe ja schon seit vielen Jahren keinen Kontakt mehr zu meinem Vater. Wir hatten Streit, als ich von zu Hause wegging. Damals habe ich mir geschworen, kein Wort mehr mit ihm zu reden, solange ich lebe."

Das war es also! Wir hatten es längst geahnt, doch jetzt war es fast wie eine Auszeichnung, dass er es mir gegenüber offen aussprach. Hazel strebte ungeduldig vorwärts, aber ich hielt sie eisern fest. „Und jetzt", sagte ich leise, „jetzt denkst du, er wartet darauf, dass du zu ihm kommst?"

Mikesch nickte. „Ja, ich glaube schon. Ich bin ja der einzige Mensch, den er noch hat, außer ..." Dann schwieg er und jener bittere Zug erschien wieder um seinen Mund, den ich manchmal schon an ihm bemerkt hatte.

„Wart einen Augenblick", sagte ich hastig. „Ich bringe Hazel nur schnell auf die Schwammerlwiese."

Ich merkte an seinem Gesicht, dass er überlegte, ob er dieses Gespräch abbrechen oder fortführen sollte. Dann erwiderte er: „Ich komme mit."

Wir ließen Hazel auf der Wiese frei und setzten uns auf den Gatterbalken. Eine Weile sagte keiner von uns ein Wort. Ich dachte daran, wie böse ich selbst noch vor einem Jahr auf meinen Vater gewesen war, wie sehr ich mich damals gegen ihn verhärtet hatte – aus Eifersucht auf Kirsty. War es mit Mikesch und seinem Vater ähnlich gewesen? Auch seine Mutter war längst gestorben, das hatte er mir einmal erzählt. „Aber wenn er stirbt?“, fragte ich schließlich.

Er nickte, ohne mich anzusehen. „Ja, Nell, das habe ich mir auch überlegt. Wenn er jetzt stirbt und ich habe ihn nicht mehr gesehen ... Es ist schwer genug, einen Groll gegen jemanden mit sich herumzutragen, der am Leben ist, aber gegen einen, der vielleicht jeden Augenblick sterben wird ... Noch dazu, wenn es sich um den eigenen Vater handelt. Und zwischen ihm und mir gäbe es so vieles zu bereinigen – wenn das nur möglich wäre.“

„Dann fahr doch zu ihm“, sagte ich. „Wir kommen hier schon irgendwie zurecht.“

Wieder schwieg er. „So leicht ist das nicht, weißt du“, erwiderte er dann. „Ich kann nicht einfach hinfahren und seine Hand halten und ihm vergeben, wie es in Filmen und Romanen so rührend passiert: Versöhnung am Totenbett und so weiter. Ich müsste hingehen und ihm sagen: Ich komme, weil ich dich noch einmal sehen wollte, aber erwarte nicht, dass ich vergesse, was du getan hast.“

„Das ist immer noch besser, als gar nicht hinzufahren“, gab ich zurück. „Und es ist wenigstens ehrlich.“ Dabei fragte ich mich, was Mikeschs Vater denn so Schlimmes getan haben mochte, dass Mikesch es ihm einfach nicht verzeihen konnte.

Irgendwo jenseits des verwilderten Gutsparks erklang Stimmengewirr. Die Pfingstreiter – ich hoffte, dass sie nicht ausgerechnet jetzt über uns hereinbrechen würden. Zum Glück kam niemand und wir blieben ungestört. Hazel trabte über die Wiese; ihr Fell glänzte im Licht der letzten Abendsonne.

Mikesch murmelte: „Ich frage mich, was meine Mutter dazu gesagt hätte."

Verwundert sah ich ihn von der Seite an. „Sie hätte dir natürlich geraten hinzufahren!"

Er lächelte schwach. „Ach, Nell, das kannst du nur sagen, weil du die Hintergründe nicht kennst! Wenn du wüsstest ..." Er stockte. „Sieh mal, mein Vater hat ein Leben lang seine ganze Energie daran verschwendet, sich und anderen zu beweisen, dass er ein unwiderstehlicher Herzensbrecher ist. Weshalb er überhaupt jemals geheiratet hat, ist mir bis heute ein Rätsel geblieben. Die Frauen haben es ihm natürlich auch sehr leicht gemacht, denn er sah gut aus und hatte Charme. Er hatte an jedem Finger zehn, wie man so schön sagt, und meine Mutter musste sehen, wie sie damit fertig wurde. Ich glaube, sie hoffte immer, dass er sich eines Tages noch ändern würde, wenn sie nur genug Geduld und Verständnis für ihn aufbrächte. Aber irgendwann war es dann eben doch zu viel für sie ..."

Mikesch presste die Lippen aufeinander. Ich hörte mit angehaltenem Atem zu. Mir war nur zu deutlich bewusst, dass er diese Geschichte nur selten jemandem erzählte und dass sie sein Leben entscheidend beeinflusst hatte. Leise fuhr er fort: „Dann, mit fünfundvierzig, verliebte sich mein Vater in ein Mädchen, das genauso alt war wie ich damals. Vorher waren die Frauen immer eine Art Beute für ihn gewesen; er hatte sie erobert und verlassen, wie es ihm gerade gefiel, ohne Bedauern oder Mitleid zu empfinden. Diesmal aber war es anders – er kam von dem Mädchen nicht mehr los, wollte sich ihretwegen sogar von meiner Mutter scheiden lassen und ein ganz neues Leben beginnen, wie er sagte."

„Und deine Mutter?", fragte ich.

„Was in ihr vorging, weiß ich nicht. Sie hat nicht darüber gesprochen, hat auch keinen Brief hinterlassen. Aber die Geschichte mit dem Mädchen muss einfach zu viel für sie gewesen sein, mehr, als sie ertragen konnte – es war wohl der Tropfen, der das Fass zum Überlaufen brachte. Sie hat sich das Leben genommen, in dem Fluss, der am Rand unseres Dorfes vorbeifließt. Es war zu Beginn des Winters. Man hat sie erst zwei Tage später gefunden."

Mikesch sah zum Stalldach hinüber, als hätten die Schwalben, die da auf dem First saßen und zwitscherten, seine Aufmerksamkeit gefesselt. Doch ich wusste, dass er mit seinen Gedanken weit fort war.

Plötzlich musste ich an den Tod meiner eigenen Mutter denken – an den Schrecken, den Schmerz, die

Fassungslosigkeit und all die quälenden Erinnerungen, die mich noch heute manchmal überfielen. Vielleicht hatte Mikesch das alles ausgerechnet mir erzählt, weil er wusste, dass ich schon etwas Ähnliches erlebt hatte wie er? Freilich war es bei mir anders gewesen. Meine Mutter war an einer schweren Krankheit gestorben, seine aber war von ihrem Mann in den Tod getrieben worden – von Mikeschs Vater.

Mit gepresster Stimme sagte ich: „So etwas, das kann man nicht vergessen."

„Nein, das kann man nicht – sein Leben lang nicht."

„Wie alt warst du damals?"

„So alt wie Jörn. Achtzehneinhalb."

„Und dann bist du von zu Hause fortgegangen?"

„Ja. Vorher habe ich noch reinen Tisch gemacht und meinem Vater gesagt, was ich von ihm halte – nicht zum ersten Mal übrigens. Ich sagte ihm, dass ich nichts mehr mit ihm zu tun haben will und dass er meinetwegen zum Teufel gehen könne. Damals meinte ich das auch so. Ich habe ihn wirklich gehasst – lange Zeit."

„Und jetzt?"

Er hob die Schultern und ließ sie wieder sinken. „Ach, man kann nicht ewig an so dramatischen Gefühlen wie Hass oder Rachedurst festhalten, Nell. Ich bin älter geworden und habe begriffen, dass mein Vater wohl auch nicht voll verantwortlich war für das, was er getan hat. Er ist vielleicht nie richtig erwachsen geworden, und dieser krankhafte Drang nach Selbstbestätigung hat sein ganzes Handeln bestimmt wie eine Sucht. Was meine Mutter betrifft ... Sie hätte ihn rechtzeitig verlassen können, um ein eigenes Leben aufzubauen, statt auszuharren und sich dann selbst zu zerstören. Heute sehe ich das alles ein bisschen anders als damals."

„Dann kannst du ihm doch auch verzeihen", sagte ich.

Mikesch warf mir einen erstaunten Blick zu; dann nickte er langsam. „Ja, vielleicht könnte ich das sogar."

„Und dieses Mädchen? Hat er sie geheiratet?", fragte ich neugierig.

„Nein, die Beziehung ist durch den Selbstmord meiner Mutter auseinander gegangen. Jetzt lebt er seit Jahren mit einer Frau zusammen, die er noch von früher her kannte. Sie sind von derselben Art – beide oberflächlich und unstet."

„Und du? Wie ist dein Vater zu dir gewesen, als du ein Kind warst?"

„Er hat sich wenig um mich gekümmert. Wahrscheinlich spürte er sehr bald, dass ich auf der Seite meiner Mutter stand. Später, als ich erwachsen wurde, habe ich ihn verachtet; und auch das muss er gewusst haben."

Wir sahen beide auf, als wir ein Geräusch vom Torbogen her hörten. Hopfi tauchte auf, einen Fleckerlteppich unter dem einen Arm und unter dem anderen einen Teppichklopfer. Ihr folgte Frau Moberg mit einem zweiten Teppich. Mikesch stand auf.

„Danke, Nell“, sagte er.

„Wofür?“ Erstaunt sah ich ihn an.

„Für das Gespräch. Ich glaube, mir ist dabei einiges klar geworden.“

Mir war nicht bewusst, dass ich ihm irgendwie weitergeholfen hatte. Trotzdem freute ich mich. Ich hatte plötzlich das Gefühl, ihm näher gekommen zu sein. „Ich werde keinem etwas davon erzählen“, sagte ich noch.

Er nickte nur und ging zum Stall. Hopfi hatte die Teppiche ins Gras gelegt und drosch mit wilder Entschlossenheit auf sie ein. Die Stimmen der Pfingstreiter näherten sich. Ich sprang vom Balken und ging zu Hazel, die am anderen Ende der Wiese unter den Bäumen stand. Dort konnte mich keiner sehen. Im Augenblick war mir nicht nach Lachen und leichter Unterhaltung zumute. Ich hatte eine Menge Stoff zum Nachdenken.

6

Am nächsten Tag fuhr Mikesch mit dem alten VW-Käfer der Mobergs zu seinem Vater. Er versprach, auf keinen Fall länger als zwei Tage auszubleiben. Jörn und Matty hatten sich ohne Zögern bereit erklärt, den Reitunterricht zu übernehmen. Auch Carmen wollte kommen und helfen, als sie hörte, dass Mikesch zu seinem kranken Vater fahren musste.

Mehr als das wusste niemand – dass Mikeschs Vater schwer krank war, vielleicht sterben würde, und dass Mikesch ihn noch einmal besuchen wollte. Ich war die Einzige, die die wahren Hintergründe kannte, doch ich erzählte niemandem davon, nicht einmal Jörn. Ich vertraute Jörn, ihm konnte ich alles sagen – aber das Versprechen, das ich Mikesch gegeben hatte, hätte ich niemals gebrochen.

Ehe Mikesch losfuhr, versammelte er noch kurz alle Pfingstreiter im Innenhof, erklärte ihnen, dass Jörn und Matty den Reitunterricht vorübergehend übernehmen würden, und bat sie, während seiner Abwesenheit mitzuhelfen, damit es keine Pannen gab.

Ich stand mit Jörn im Hintergrund und hörte, wie Carina Baeker halblaut zu ihrem Bruder sagte: „Da können sie lange warten! Wir sind doch nicht als Pferdepfleger hierher gekommen!" Und Ingo verzog den Mund und erwiderte nicht gerade leise: „Allerdings. Schließlich haben wir für die Reiterferien bezahlt. Da können sie nicht erwarten, dass wir auch noch schuften wie die Blöden."

Jörn und ich wechselten einen Blick. Ich merkte, wie es in mir zu brodeln begann. Doch Mikesch hatte das Zwiegespräch ebenfalls gehört. Gelassen sagte er: „Natürlich ist es eure freie Entscheidung, ob ihr mithelfen wollt oder nicht. Wer es nicht tut, muss sich eben mit denjenigen auseinander setzen, die bereit sind zu arbeiten. Gut wär's natürlich, wenn jeder sein eigenes Pferd versorgen würde. Wenn einige das nicht wollen, sind die anderen halt die Dummen, die sich noch zusätzlich um fremde Pferde kümmern müssen. Am besten versucht ihr, das jetzt gleich untereinander abzusprechen."

Damit ging er zum Wagen und fuhr davon, ohne sich weiter um das aufgeregte Stimmengemurmel zu kümmern, das sofort einsetzte. Carina und ihr Bruder versuchten unbeteiligte Gesichter aufzusetzen und sich aus dem Staub zu machen, aber Maja sagte empört: „He, bleibt gefälligst hier, ihr zwei! Schließlich seid ihr diejenigen, die sich vor der Arbeit drücken wollen, also steht auch dazu. Ich möchte euch nur mal sagen, dass ich es beschissen finde, wie ihr euch verhaltet. Ihr denkt wohl, die anderen sind die dummen Flockis, die die Dreckarbeit machen können. Ihr seid ja offenbar zu fein dafür, auch mal einen Hufkratzer in die Hand zu nehmen."

„Wir bezahlen schließlich", sagte Ingo hochmütig.

Ich sah, wie Maja die Röte ins Gesicht stieg. Jetzt reichte es wirklich. Doch noch ehe ich mich einmischen konnte, schoss Matty wie ein Racheengel vor und sagte mit vor Wut zitternder Stimme: „Jetzt will ich euch mal was verraten! Ihr beide stinkt mir schon lange! Wenn hier mehr Leute wie ihr auftauchen würden, könnten wir den Reitschulbetrieb gleich hinschmeißen. Ihr braucht euch gar nicht so viel darauf einzubilden, dass eure Eltern Geld haben, denn euer Verdienst ist das bestimmt nicht. Außerdem, was nützt euch das Geld schon? Ihr lauft hier seit Tagen mit mürrischen Gesichtern herum, habt kaum Spaß am Reiten, und die anderen lassen euch links liegen. Vielleicht solltet ihr euch mal überlegen, warum das so ist. Wer nicht bereit ist, gelegentlich auch was für andere zu tun, braucht sich nicht zu wundern, wenn keiner was von ihm wissen will."

Er holte tief Luft. Von allen Seiten erklang beifälliges Gemurmel. „Genau, das stimmt! Wenn ihr euch weiter so benehmt, könnt ihr uns gestohlen bleiben!", sagten Alwy und Anna, die Freundinnen aus Germering. Und der kleine, schmächtige Tommy funkelte die Geschwister Baeker empört an und sagte: „Nehmt doch euer Geld und verzieht euch, wenn ihr's nicht nötig habt, auch mal mit anzupacken!"

Jörn drückte heimlich meine Hand. Ich zwinkerte ihm zu. Diese Auseinandersetzung war seit Tagen fällig gewesen – sie war wie ein reinigendes Gewitter, und der ganze aufgestaute Ärger machte sich endlich Luft.

Carina und Ingo sahen ganz verdutzt aus. Offenbar war ihnen noch nie so hart und unverblümt die Meinung gesagt worden wie an diesem Vormittag. Es war sicher nicht einfach für sie, gleich von einer ganzen Gruppe von Leuten so massiv angegriffen zu werden, doch „manche kapieren's eben nur mit der Holzhammermethode", flüsterte Jörn mir zu und sprach damit genau aus, was ich dachte.

Ingo versuchte sich zu verteidigen. „Ihr habt uns ja von Anfang an nicht gemocht", sagte er anklagend. „Schon am ersten Tag habt ihr euch gegen uns verbündet."

„Haben wir nicht", erwiderte Alwy. „Aber ihr seid hier gleich so aufgeblasen herumstolziert, als würde euch ganz Dreililien gehören und als wären die Mobergs und Mikesch eure Angestellten. Das ist mir sofort aufgefallen, und da hatte ich eben keine Lust, mit euch zu reden. Anna ging's genauso wie mir."

Das Streitgespräch dauerte noch fast eine Stunde. Carina und Ingo benahmen sich wie beleidigte Majestäten. Trotzdem hatte ich den Eindruck, dass ihnen der Vorfall zu denken geben würde und dass sie nach dem ersten Ärger vielleicht sogar einiges einsehen würden.

Matty schien der gleichen Meinung zu sein. Als wir später am Koppelzaun der Schwammerlwiese standen und zusahen, wie Jörn Unterricht im Dressurreiten gab, sagte er zu mir: „Ich glaube, das war ganz heilsam für die Baekers. Weißt du, im ersten Moment hätte ich ihnen an die Gurgel gehen können – als sie das mit dem Geld ausgerechnet zu Maja sagten –, aber dann habe ich mir überlegt, dass sie zu Hause wohl einfach nichts anderes gelernt haben und zu Egoisten erzogen worden sind."

„Genau das hat Mikesch auch gesagt", bestätigte ich. „Ich hoffe bloß, dass Maja sich das dumme Gerede nicht zu Herzen genommen hat."

„Ach, nur im Augenblick. Hinterher hat sie dann zu mir gesagt, wenn man auf alles blöde Geschwätz hören würde, hätte man sein Leben lang nichts anderes zu tun." Er lächelte ein bisschen schief.

„Sehr vernünftig", sagte ich voller Überzeugung. „Du, findest du nicht auch, dass Jessica heute viel besser reitet als sonst? Unverkrampfter, meine ich. Sie sitzt viel lockerer auf dem Pferd als sonst."

„Das hängt wohl damit zusammen, dass Mikesch nicht hier ist. Ich glaube, sie meint immer, sie müsste vor ihm besondere Glanzleistungen vollbringen."

Ich nickte. „Ja, sie scheint schwer in ihn verliebt

zu sein. Ich hab schon gehört, wie die anderen sie damit aufgezogen haben."

„Glaubst du, dass sie ihm gefällt?", fragte Matty und beobachtete das schlanke dunkelhaarige Mädchen nachdenklich. „Ich finde, sie sieht gut aus."

Ja, Jessica sah gut aus mit der kurzen, geraden Nase, der gewölbten Stirn und den ausdrucksvoll geschwungenen Augenbrauen. Ihre Augen hatten einen eigenartigen grünlichen Farbton, der mich manchmal an unseren Waldweiher erinnerte.

„Ich glaube, sie ist nicht sein Typ", erwiderte ich langsam. „Mikesch mag eher Frauen, die so wie Kirsty sind – Frauen mit Persönlichkeit. Ich finde, er behandelt Jessica wie alle anderen auch."

Gleich nach der Reitstunde tauchte der Hufschmied auf. Dann kam Dr. Hofbauer, um nach einem neugeborenen Fohlen zu sehen, das Fieber bekommen hatte. Tommys Eltern erschienen und besuchten ihren Sohn, und Sepp rief an und sagte, er könne nicht kommen, weil ihn eine Kuh getreten hätte.

„Mit dem Haxn kann's scho a paar Tag dauern, bis i wieder hatsch'n ko", verkündete er gelassen und hängte wieder ein.

Dass das ausgerechnet in Mikeschs Abwesenheit passieren musste! „Warum muss sich der Holzkopf auch gerade jetzt von einer Kuh treten lassen", sagte Jörn stöhnend zu mir, ehe er mit dem Lieferwagen nach Frasdorf tuckerte, um Medikamente für das kranke Fohlen zu kaufen.

Es war einer von jenen Tagen, an denen alles auf einmal passiert, wo man atemlos von einem Durcheinander ins andere stolpert und kaum um die Runden kommt. Matty verletzte sich den Daumen an einem rostigen Nagel und musste zum Arzt, um eine Tetanusspritze zu bekommen; er konnte also beim Ausritt nicht dabei sein. Ich rief Carmen an und bat sie zu kommen, um Jörn an Mattys Stelle mit den Reitschülern zu begleiten. Wir hatten es uns nämlich zur Regel gemacht, dass bei jedem Ausritt zwei Leute mit dabei sein mussten, die Erfahrung genug hatten, um die Verantwortung für Reitschüler und Pferde zu übernehmen.

Zum Glück war Hopfi da und hielt auf Dreililien die Stellung. Zusammen mit Maja buk sie drei Kuchen, sodass Alwy, Anna und die kleine Katja, die noch keine Ausritte unternehmen durften, für eine Weile mit Kakaotrinken und Kuchenessen beschäftigt waren. Tommy war mit seinen Eltern an den Chiemsee gefahren. Ich reparierte inzwischen auf der Südweide notdürftig ein Stück Koppelzaun, das die Jährlinge in der Nacht zu allem Überfluss auf geheimnisvolle Weise zum Einsturz gebracht hatten. Am Himmel zogen Regenwolken auf. „Noch so ein Tag und ich verkrieche mich im Wald in einer Höhle und lebe von Pilzen und Beeren“, sagte Jörn düster, als er vom Ausritt zurückkam. Jessica war vom Pferd gefallen und hatte sich das Steißbein geprellt. „Heute haben es offenbar alle darauf abgesehen, mich fertig zu machen."

Ich musste lachen. „Es gibt aber noch keine Beeren und Pilze wachsen auch noch nicht."

„Doch. Da gibt's zum Beispiel die ersten Täublinge und ein paar grüne Knollenblätterpilze", sagte Jörn grinsend. „Aber du würdest dich doch hoffentlich in den Wald schleichen und mir Proviant bringen, oder?"

Ich versprach es feierlich. Während die Reitschüler, die ausgeritten waren, sich über den restlichen Kuchen hermachten, gingen Jörn und ich eine Weile im Wald spazieren – nur wir beide und Hazel, um ein bisschen abzuschalten. „Hoffentlich wird's morgen geruhsamer, sonst drehen wir noch alle durch", sagte ich, als wir den Waldsaum erreichten.

„Hm." Jörn verzog das Gesicht zu einer Grimasse. „Morgen regnet's bestimmt, und dann wuseln die Pfingstreiter alle im Haus und im Stall herum. Ich glaube, wir werden ‚in die Kartoffeln' gehen müssen. Wenn bloß Mikesch nicht zu lang ausbleibt!"

„Er kommt wieder, sobald er nur kann", sagte ich voller Überzeugung.

„Ich dachte immer, er wäre mit seinem Vater verkracht. Jedenfalls hat er doch oft so geredet, als wollte er nichts mehr mit ihm zu tun haben."

„Wahrscheinlich hat er Angst, dass sein Vater stirbt", erwiderte ich nur.

Jörn sah mich von der Seite an und nickte. „Dass das immer so schwierig sein muss mit den Vätern – mit Eltern überhaupt", murmelte er. „Du kannst jedenfalls von Glück sagen mit deinem Vater, Nell, ist dir das klar?"

„Ich weiß. Aber dafür hab ich keine Mutter. Kirsty ist zwar lieb und ich mag sie, aber es ist eben doch nicht das Gleiche."

Wir blieben stehen und ließen Hazel an den jungen Fichtentrieben zupfen. Der Wind war plötzlich kühl. Ich fröstelte in meiner dünnen Bluse.

„Komm, Nell", sagte Jörn. „Du frierst ja." Er zog seine Windjacke aus, und wir kuschelten uns eng aneinander und hängten uns seine Jacke über die Schultern. Sie war warm und roch vertraut nach Schweiß und Pferden. Ich war mit einemmal so glücklich, dass ich ihn hatte – ihn und Dreililien, Matty und Hazel, meinen Vater und Kirsty und das Kavaliershäusl.

„Wie gut, dass wir uns begegnet sind", sagte ich. „Glaubst du, dass es ein Zufall war?"

Jörn lächelte. Wir hatten schon oft über dieses Thema gesprochen – ob wichtige Ereignisse im Leben Zufall oder Vorsehung sind. Eigentlich mochten wir beide nicht glauben, dass alles nur zufällig geschieht. Doch wenn es so etwas wie ein Schicksal gab – hatten wir dann als Menschen überhaupt die Möglichkeit, etwas zu ändern, unser Leben selbst zu gestalten?

„Mein Großvater hat einmal gesagt: Es gibt bestimmt so etwas wie ein gütiges Geschick, aber trotzdem geht nichts von allein. Du musst schon selbst etwas dazu tun, damit dein Leben so wird, wie du es dir vorstellst. Wenn du dich mühst, so gut du eben kannst, wird der Herrgott schon das Seine dazu tun. – Mein Großvater war gläubig, weißt du. Aber nicht einer von denen, die bloß in die Kirche gehen, sondern ein richtiger Christ. Er hat anderen nie etwas Böses nachgesagt und immer und überall geholfen, wo er nur konnte. Wenn's lauter solche Christen gäbe, sähe unsere Welt anders aus."

Auch über das Thema Religion hatten wir schon oft gesprochen. Ich sagte: „Ihr habt euren Großvater wohl sehr gern gehabt?"

„Ja." Jörn nickte. „Er war eine Art Vaterersatz für uns und hatte unendliche Geduld mit uns Knirpsen. Wenn wir uns die Knie aufgeschlagen hatten, tröstete er uns und machte heilende Kräuterumschläge; er schnitzte uns Spielzeug, reparierte alles liebevoll, was kaputtgegangen war. Alte Leute können wunderbar sein – manchmal. Bloß sind die meisten leider verbiestert, engstirnig und starrköpfig."

„Kein Wunder, wenn man sie von der Gesellschaft ausschließt und in Heime steckt, wo sie verwahrt werden, bis sie sterben", erwiderte ich nachdenklich. „Früher sind die Leute in Großfamilien alt geworden und hatten bis zuletzt ihre Aufgaben, haben noch im Haus herumgepusselt und sich um ihre Enkelkinder gekümmert. Die waren sicher noch ganz anders – mehr wie dein Großvater."

„Oder wie Karen, Kirstys Tante. Sie war auch so eine Frau, die noch mit siebzig für alles Verständnis hatte. Irgendwie war sie ein Stück Zuhause für Matty und mich. Ich kann mich erinnern, dass ich nach ihrem Tod lange Zeit so ein Gefühl von Leere hatte, wenn ich am Kavaliershäusl vorbeikam. Da war niemand mehr, zu dem ich gehen konnte, verstehst du?"

Ich nickte. O ja, ich verstand ihn sehr gut. „Und deine Mutter?", fragte ich.

„Ach, sie ist viel zu sehr mit ihren eigenen Sorgen und Ängsten beschäftigt. Wenn etwas passiert, ist's eher so, dass Matty und ich sie beruhigen und trösten müssen, statt umgekehrt. Und so war es eigentlich immer. Sie ist überhaupt nicht belastbar."

Ich sah ihn an und sagte leise: „Ich möchte gern, dass du zu mir kommst, wenn du jemanden brauchst. Aber das weißt du ja längst. Mach nicht immer alles mit dir allein ab, Jörn."

Er nickte langsam. „Mein Vater ist so. Er ist sehr hart mit sich und auch mit anderen. Und man kommt nicht an ihn heran, weil er nie Gefühle zeigt, außer vielleicht Ärger oder Ablehnung."

„Gut, dass du nicht so bist wie er“, sagte ich.

„Ich glaube, ich war schon auf dem besten Weg dazu, ihm ähnlich zu werden, Nell – obwohl ich eigentlich um keinen Preis so werden wollte wie er. Du hast mir dabei geholfen, das zu erkennen.“

Ich sah ihm in die Augen. Sein Blick war so offen und aufrichtig, so zärtlich, und vielleicht las er in meinen Augen das Gleiche, denn wir sahen uns lange, lange an, und dann küssten wir uns, bis Hazels Nase sich zwischen unsere Gesichter zwängte. Sie prustete entrüstet.

„Eifersüchtiges Weibsbild!“, sagte Jörn und wischte sich die Stirn ab. „Pfui Teufel, kannst du ihr nicht beibringen, dass man andere nicht anspuckt?“

„Sie hat uns nicht angespuckt“, verbesserte ich lachend. „Nur angeprustet.“ Und ich fuhr mir mit dem Handrücken über die Nase.

Jörn zupfte Hazel an der Mähne. „Spiel dich hier bloß nicht als Moraltante auf, hörst du?“

Hazel wieherte und warf den Kopf zurück. Dann nickte sie mehrmals und scharrte mit dem Vorderhuf wie ein Zirkuspferd.

Wir beobachteten sie verblüfft und belustigt. Jörn grinste. „Unter deinem Einfluss wird sie von Tag zu Tag menschlicher, Nell. Wart mal ab, eines schönen Morgens macht sie plötzlich das Maul auf und redet mit dir.“

„In diesem Fall“, sagte ich, „lassen wir sie im Fernsehen auftreten. Dann werden wir reich und sind alle unsere Sorgen mit einem Schlag los."

Mikesch kam Freitagnacht zurück. Ich sah ihn erst am Samstag, und da gab es mit den Pfingstreitern und den regulären Reitschülern, die wie jedes Wochenende auf Dreililien einfielen, so viel zu tun, dass wir nur ein paar Sätze wechseln konnten.

„Wie geht's deinem Vater?", fragte ich, als wir uns vor der Zehn-Uhr-Reitstunde in der Sattelkammer trafen.

„Nicht gut – aber er hat ein starkes Herz. Vielleicht schafft er's noch eine Weile." Mikesch sah müde aus.

„War er froh, dass du gekommen bist?"

„Ich weiß es nicht, Nell. Er hat sich wohl irgendwie geschämt – dafür, dass er so hilflos und schwach ist, oder für das, was in der Vergangenheit geschehen ist." Er starrte aus dem staubigen Fenster. „Jedenfalls hat er mir Leid getan. Ich konnte plötzlich nicht mehr verstehen, weshalb ich all die Jahre mit einem solchen Groll gegen ihn herumgelaufen bin. Eigentlich war ich nur traurig, dass wir's nie geschafft haben, eine bessere Beziehung aufzubauen, er und ich. Und vielleicht ist's ihm genauso gegangen."

„Hast du das Mädchen getroffen, in das du mal verliebt warst?"

Er lächelte. „Das hast du also nicht vergessen?

Nein, ich habe sie nicht wieder gesehen – sie lebt jetzt irgendwo im Rheinland, glaube ich."

Die Verbindungstür zum Stall flog auf, und Maja erschien auf der Schwelle. Ihre Pfefferkuchenaugen blitzten. Sie kam herein und sagte: „Ein Segen, dass du wieder da bist, Mikesch. Hier war der Teufel los. Matty hat sich den Daumen verletzt, und den Sepp hat eine Kuh getreten, der Hufschmied war da, und das jüngste Fohlen hat Fieber bekommen, sodass wir Dr. Hofbauer holen mussten ... Und stellt euch vor, jetzt geschehen noch Zeichen und Wunder: Carina und Ingo haben freiwillig die Mistgabeln zur Hand genommen und machen die Boxen ihrer Pferde sauber!"

„Ich werd verrückt", sagte ich.

„Lieber nicht." Maja lachte und Mikesch tauschte einen alten Steigbügel gegen einen neuen aus und verschwand in Richtung Innenhof. Es regnete, wenn auch nicht allzu stark. Die Samstags-Reitschüler hatten einstimmig beschlossen, den geplanten Ausritt trotz der Nässe durchzuführen. Von draußen kam Stimmengewirr und das Stampfen und Schnauben der Pferde, die schon bereitstanden. Das alles wurde untermalt vom leisen Rauschen des Regens und dem vertrauten Tropfen und Glucksen, das von den schadhaften Dachrinnen herrührte.

Plötzlich kam noch ein anderes Geräusch hinzu: das Brummen eines Motors. Maja und ich wechselten einen fragenden Blick; dann traten wir über die Türschwelle. Ein gelber Opel näherte sich über die Auffahrt. Ich kannte den Wagen, doch es dauerte ein paar Sekunden, bis ich begriff, dass das wirklich die Mayreders waren, die da unvermutet auftauchten.

Auch die Reitschüler im Innenhof verstummten und wandten sich zum Torbogen um. Alle beobachteten gespannt, wie sich die beiden Wagentüren öffneten und Herr Mayreder und Sabine ausstiegen. Frau Mayreder war nicht dabei, o Wunder!

Sabines linkes Bein war noch immer bis zum Knie in Gips, doch sie strahlte und hinkte überraschend schnell und behende über das nasse Pflaster. Ich ging ihr entgegen und sagte: „Sabine, das ist schön, dass du wieder auftauchst! Wie geht's dir denn?"

„Gut", erwiderte sie. „Nächste Woche kommt der Gips runter."

Minuten später war Sabine von Reitschülern umringt. Mikesch wechselte ein paar Worte mit Herrn Mayreder, der sich im Hintergrund hielt, und kam dann, um Sabine zu begrüßen. Sie sah so dankbar zu ihm auf, als wäre er Prinz Eisenherz persönlich, und sagte: „Am Montag bin ich den Gips los und nächsten Samstag komme ich wieder und versuche zu reiten!"

„Alle Achtung." Mikesch lachte. „Wie hast du das geschafft?"

„Mein Vater hat mir geholfen." Sabine machte ein

Gesicht, als wüsste sie vor Glück nicht, ob sie lachen oder weinen sollte.

Lisa schlug ihr auf die Schulter und sagte aufrichtig: „Prima, dass du bald wieder mit dabei bist! Du hast uns gefehlt!“ Und die anderen versicherten einstimmig, sie hätten Sabine ebenfalls vermisst und die Reitstunden wären ohne sie nicht dasselbe gewesen.

Sabine wirkte wie ein Kind vor dem Weihnachtsbaum. Sie, die immer so unbeachtet und mausgrau zwischen den anderen herumgegangen war, merkte plötzlich, dass man sie mochte, dass sie mit dazugehörte. Ganz verwirrt sah sie sich um und wusste offenbar nicht, was sie sagen sollte. Ihr Vater, der die Szene verfolgte, war gerührt.

„Das müssen wir feiern!“, sagte Roddy. „Könnten wir nicht nächste Woche ein Fest machen, zusammen mit den Pfingstreitern?“

Alle sahen Mikesch an. Er zuckte mit den Schultern und erwiderte: „Von mir aus schon. Am besten, ihr redet noch mit Jörn, damit er seinen Vater fragt. Ihr könnt die Reithalle benutzen, falls es draußen zu kalt oder zu regnerisch ist.“

„Aber im Sägemehl kann man doch nicht tanzen!“, wandte Martina ein.

„Dann kehren wir das Zeug eben in die Ecken“, sagte ich.

Mikesch nickte. „Irgendwo im Geräteschuppen

müssten noch alte Matratzen liegen, und die Pferdedecken könnt ihr auch als Sitzgelegenheiten nehmen. Alles andere – Getränke, Musik, Essen – müsst ihr selbst organisieren. Am besten, ihr setzt euch später mal mit den Pfingstreitern zusammen und besprecht die Sache."

„Aber wie kommen die Kinder so spät noch nach Hause?", fragte Herr Mayreder besorgt.

„Sabine kann bei uns übernachten, wenn sie mag", sagte ich. „Wir hätten auch notfalls noch für drei weitere Leute Platz im Kavaliershäusl, wenn sie Schlafsäcke mitbringen."

„Ein paar können auch bei mir in der Fuhrknechtskammer schlafen", meinte Mikesch. „Und im Wohnhaus gäbe es sicher auch noch Übernachtungsmöglichkeiten."

Alle waren wild begeistert von der Idee, Sabines überraschende Rückkehr zu feiern. Sabine selbst hatte vor Aufregung rote Flecken im Gesicht und auf dem Hals, ihre Augen strahlten. Sie bat ihren Vater, noch hier bleiben zu dürfen, damit sie später bei der Besprechung wegen des Festes dabei sein konnte.

Herr Mayreder zögerte eine Weile, gab dann aber nach. Mir kam es bei ihm immer so vor, als hätte er ständig ein schlechtes Gewissen. Er glaubte vielleicht, seine Tochter dafür entschädigen zu müssen, dass sie eine so schwierige und überängstliche Mutter hatte.

„Also gut, dann fahre ich jetzt nach Mariabrunn in den Gasthof und hole dich in zwei Stunden wieder ab", sagte er. Er hatte nasse Haare – wir alle waren nass geworden, doch vor Eifer hatte es kaum einer bemerkt.

Sabine stand jetzt bei Eileen und streichelte sie liebevoll. Die Pferde wieherten und trampelten auf der Stelle. Mikesch meinte, sie müssten vor dem Ausritt noch kurz trocken gerieben werden, damit sie sich nicht erkälteten, wenn sie ins Schwitzen kamen.

Der Innenhof bevölkerte sich zusehends. Jörn und Matty kamen aus dem Dorf zurück und brachten Carmen mit. Auch ein paar von den Pfingstreitern tauchten auf, noch ziemlich verschlafen und missmutig wegen des „schlechten" Wetters. Mir war es früher ähnlich ergangen – immer, wenn es geregnet hatte, war ich unzufrieden und lustlos gewesen. Doch seit ich auf dem Land lebte, war das anders geworden. Ich mochte Regen jetzt genauso wie Sonnentage. Es gehörte einfach beides dazu, und Gras und Pflanzen brauchten Feuchtigkeit, um wachsen zu können. Ich hatte gelernt, die frischen, grünen Düfte von Erde und Blattwerk zu lieben, die sich nur bei Regen entfalten können.

Ich redete mit Jörn, Matty und Carmen über das geplante Fest. Dass Sabine zurückgekommen war, erschien mir plötzlich wie ein gutes Omen für Dreililiens Zukunft.

7

Die Tage vergingen und die Pfingstreiter fuhren wieder nach Hause. Die meisten von ihnen wollten wiederkommen – vielleicht schon in den Sommerferien, vor allem Jessica, der die Trennung von Mikesch sichtlich schwer fiel. Sogar Carina und Ingo bestürmten ihre Eltern, sie gleich für die Sommerferien vormerken zu lassen. Ich fand, dass sie sich zu ihrem Vorteil verändert hatten. Sie hatten während der letzten Tage stillschweigend mitgeholfen, ohne dass man sie „eigens in den Hintern treten" musste, wie Maja sagte.

Auch Maja musste wieder fort. Bei regnerischem Wetter und kühlem Wind nahm sie Abschied und radelte los. „Ich kann das kaum mehr mit ansehen", hatte Jörn noch am Abend zuvor zu mir gesagt, als wir Wache bei Julka hielten, die ihr erstes Fohlen erwartete. Doch er meinte nicht Julka damit. „Die beiden tun mir echt Leid. Jetzt wird Matty wieder wochenlang in Trübsinn verfallen. Wir können wirklich froh sein, dass wir so nahe beieinander wohnen, Nell."

Matty begleitete Maja auf seinem Fahrrad bis nach Achenmühle, wo sie in Richtung Rosenheim weiterfuhr. Er war blass, als er zurückkam. Schweigend brachte er sein Fahrrad in den Schuppen.

Ich stand am Torbogen und wartete, bis er wieder auf den Innenhof trat, unschlüssig, wie ich mich verhalten sollte. Vielleicht wollte er in Ruhe gelassen werden – vielleicht tat es ihm jetzt aber auch gut, mit jemandem zu reden.

Zögernd ging ich zu ihm und murmelte: „Es tut mir so Leid, Matty." Dabei merkte ich selbst, wie dürftig diese Worte klangen.

„Schon gut." Er kniff die Lippen zusammen. „Man kann's nicht ändern."

„Aber sie wird im Sommer wiederkommen, sie hat's versprochen. Das sind nicht einmal mehr zwei Monate."

Er fuhr sich mit dem Handrücken über das nasse Gesicht. „Ich weiß. Aber es ist doch immer wieder das Gleiche: Kurze Zeit sind wir beisammen und alles ist gut und in Ordnung, und dann muss Maja wieder weg ..."

„Aber auf dem Fest hat sie doch gesagt, dass sie nach der mittleren Reife von der Schule abgehen möchte, um Pferdewirtin zu werden. Vielleicht lässt dein Vater sie auf Dreililien in die Lehre gehen."

Matty lachte freudlos. „Vielleicht, vielleicht auch nicht. Das steht alles in den Sternen. Und in einem Jahr ... das ist noch so lange hin. Ein Jahr ist eine furchtbar lange Zeit."

Ich sagte nichts mehr. Er hatte ja Recht – auch mir erschien ein Jahr wie eine endlos lange Zeitspanne. Und wer konnte schon wissen, was in einem Jahr sein würde? Wer konnte ahnen, ob ihre Gefühle diese ständigen Trennungen überstanden? Ich wünschte es den beiden so sehr.

Behutsam streckte ich die Hand aus und strich ihm übers Haar. So berührte ich Matty nur selten, nur dann, wenn etwas Einschneidendes passiert war, wenn ich das Gefühl hatte, dass er wirklich Trost brauchte. Wie damals, als wir befürchtet hatten, sein Vater würde die Pferde verkaufen – damals hatte ich ihn in den Arm genommen, und er hatte an meiner Schulter geweint. Es schien mir sehr lange zurückzuliegen; doch war es noch nicht mal ein Jahr her.

„Du hast es gut, Nell“, sagte er schwer. „Du und Jörn, ihr beide habt's gut.“ Seine Stimme war rau.

„Komm“, sagte ich und ging mit ihm in den verwilderten Garten. Auf der steinernen Bank ließen wir uns nieder, im leise nieselnden Regen, und ich legte den Arm um ihn. „Jetzt wein dich ein bisschen aus, vielleicht tut's dir gut. Es sieht ja keiner außer mir.“

Er schniefte heftig. „Ich kann nicht weinen. In mir ist alles so ... leer und so schwarz. Ich weiß nicht, wie ich's ausdrücken soll.“

Ich kannte dieses Gefühl. Es war scheußlich. Richtige Traurigkeit, bei der man weinen kann, ist tausendmal besser.

Ich spürte seinen Widerstand, als ich seinen Kopf an meine Schulter zog. Doch irgendwie glaubte ich zu wissen, dass es keine ernsthafte Abwehr war, dass Matty eigentlich im tiefsten Innern getröstet werden wollte und froh über meine Nähe war; und dass es falscher Stolz von mir gewesen wäre, ihn jetzt allein zu lassen. Sacht streichelte ich sein Haar, strich mit den Fingerspitzen über seine Stirn, die Schläfe, und merkte dabei, wie er sich langsam entspannte, wie er nachgab.

Jetzt erst begann er zu weinen. Ich streichelte ihn weiter und murmelte leise, beruhigende Worte dazu wie eine Mutter, die ihr verletztes Kind tröstet. „Ist ja schon gut", sagte ich immer wieder. „Es wird wieder gut, alles wird gut."

Und obwohl es albern und sinnlos klang, schien es Matty doch zu helfen, denn er weinte lange Zeit in das Taschentuch, das ich ihm gab, und ließ es zu, dass ich bei ihm war und seinen Kummer mit ihm teilte, so gut ich eben konnte.

So endeten die Pfingstferien. In der Nacht kam Julkas Hengstfohlen zur Welt, und am nächsten Tag starb Mikeschs Vater. Mikesch musste noch einmal nach Hause fahren, um bei der Beerdigung dabei zu sein und den Nachlass zu regeln.

„Wer weiß, ob Mikesch jetzt überhaupt noch bei uns bleibt, wenn er eine Menge Geld erbt", sagte Jörn düster, während wir dem klapprigen VW-Käfer nachsahen, bis er um die nächste Wegbiegung verschwand.

Ich erschrak. Diese Möglichkeit war mir noch gar nicht in den Sinn gekommen. Doch Matty sagte langsam: „Ich glaube nicht, dass das für Mikesch etwas ändern würde. Er ist gern hier. Er fühlt sich wohl bei uns."

„Aber wenn er den Rennstall seines Vaters weiterführen will?", sagte Jörn.

Ich schüttelte den Kopf. „Erinnerst du dich nicht, dass er einmal gesagt hat, das Geschäft mit Rennpferden wäre ihm verhasst? Ich gehe jede Wette ein, dass er zurückkommt und hier weiterarbeitet, als wäre nichts passiert, auch wenn er noch so viel Geld erbt."

Ich bemühte mich, meine Stimme zuversichtlich klingen zu lassen, mich selbst und die anderen davon zu überzeugen, dass es nichts zu befürchten gab. Doch in dieser Nacht fand ich keinen Schlaf. Ohne Mikesch konnten wir es nicht schaffen, das wusste ich nur zu genau – mit ihm stand und fiel alles, besonders nach diesem Sommer, wenn wir ohne Jörn auskommen mussten. So unwahrscheinlich war es wirklich nicht, dass Mikesch den Tod seines Vaters zum Anlass nehmen würde, sich selbstständig zu machen. Für ihn war es sicher nicht immer angenehm, für den schwierigen Herrn Moberg zu arbeiten, von morgens bis abends für ein lächerliches

Taschengeld zu schuften, sich mit ungeschickten Reitschülern und besorgten Eltern herumzuschlagen und in einem Zimmer zu wohnen, das weder Bad noch Toilette hatte, nicht einmal fließendes Wasser. Er war bestimmt Besseres gewöhnt, auch wenn er sich nie beklagte ...

Meine Angst wuchs, je länger ich darüber nachgrübelte. Schließlich hielt ich es nicht länger aus. Ich stieg aus dem Bett, schlüpfte in meine Jeans, zog einen Pullover über den Kopf und schlich barfuß die Treppe hinunter.

Herr Alois tauchte verschlafen in der halb offenen Küchentür auf und sah mir im Mondlicht entgegen, das durch die Fenster fiel. Er wedelte flüchtig mit dem Schwanz, gähnte und kroch dann wieder in sein Körbchen zurück. Leise öffnete ich die Haustür, zog meine Gummistiefel an und schlüpfte in den nächtlichen Garten hinaus.

Die Stille wurde nur unterbrochen durch den Schrei eines Käuzchens aus dem Wald. Dunst lag über den Wiesen. Das Mondlicht verwandelte die Koppeln in silberne Teiche.

Eine Weile stand ich am Zaun, die Klinke der Gartenpforte in der Hand, und atmete tief ein. Meine Beklemmung begann sich zu lösen, und ich wurde ruhiger. Es war, wie Jörn oft sagte: „Wenn's mir dreckig geht, laufe ich draußen herum; das wirkt besser als Baldriantee."

Langsam ging ich zu den Hecken, kroch unter dem Koppelzaun durch und überquerte die Südweide. Der mächtige Hof lag dunkel und still im Mondschein wie eine verwunschene Burg. Die Fensterscheiben glitzerten, wo das Licht sie traf, und über dem First schimmerten die Sterne heller und zahlreicher, als ich sie in der Stadt je gesehen hatte.

Dreililien musste bleiben, wie es war – und dazu gehörten die Pferde, dazu gehörte jetzt auch Mikesch, die Reitschule. Veränderungen sind ein Teil des Lebens, das wusste ich längst – doch gegen die Möglichkeit einer solchen Veränderung sträubte sich alles in mir. Wieder bekam ich Angst, und ich ging rascher, als könnte ich ihr so entfliehen.

Im ersten Stockwerk des Wohnhauses war Jörns Zimmer; die Fenster führten zum Wald hin, nicht zur Hofseite. Ich lief um das ehemalige Gesindehaus herum und erreichte die Ecke des Wohngebäudes. Irgendwo im Gebüsch raschelte ein Tier – vermutlich ein Wiesel oder eine der Katzen. Ich hatte es mir längst abgewöhnt, bei solchen nächtlichen Geräuschen noch zu erschrecken. Ich zählte die Fenster. Es war das dritte und vierte von links; die Fensterflügel waren nur angelehnt.

Ich bückte mich, suchte nach kleinen Steinen, trat zurück, zielte und warf.

Der erste Stein traf daneben und klatschte gegen die Hauswand. Ich hielt den Atem an. Wenn Matty etwas hörte, schadete das nichts – aber auch Herr und Frau Moberg schliefen auf dieser Seite des Hauses ... Wieder zielte ich, sorgfältiger diesmal, und traf Jörns Fensterscheibe mit einem kurzen, harten Laut, der in der Stille der Nacht wie ein gedämpfter Flintenschuss klang.

Dann wartete ich. Nichts rührte sich. Ich zielte wieder, traf, wartete. Jörn schien zu schlafen wie ein alter Grizzlybär im Winter. Ich holte noch einmal aus und zielte ein drittes Mal. Da öffnete sich ein Fensterflügel weit und Jörn streckte den Kopf heraus.

„Was zum Teufel ...?“ Seine Haare standen wild zu Berge.

„Psst! Ich bin's!“, flüsterte ich. „Du, Nell? Ist was passiert?“

„Nein, aber ... Sag, kannst du herunterkommen?“

Ich merkte, dass er noch mit dem Schlaf kämpfte. „Gut. Bin gleich unten.“

Sein Kopf verschwand vom Fenster. Ich trat in den Schatten des Gebüschs zurück, beobachtete die Rückfront des Hauses voller Unruhe und hoffte, dass niemand uns gehört hatte. Herr Moberg würde bestimmt nicht erfreut sein, wenn er in seiner Nachtruhe gestört wurde, und ich hatte keine Lust, mich bei ihm unbeliebt zu machen.

Doch keiner schien etwas bemerkt zu haben. Jörns Gestalt tauchte unter den Bäumen auf. Er trat in den

Strahlenkreis des Mondes und sein Haar glänzte wie der Helm eines Helden in einer alten Sage.

Unwillkürlich lächelte ich ihm zu, als er näher kam, obwohl ich wusste, dass er es nicht sehen konnte. Eine Welle der Zärtlichkeit stieg in mir auf. Ich trat vor, aus dem Schutz der Büsche, und streckte die Hand aus. Rasch kam er zu mir, nahm meine Hand und zog mich an sich. Wir drückten die Gesichter aneinander, standen eine Weile so da, ohne ein Wort zu sprechen.

Dann gingen wir Hand in Hand vom Haus fort, die sanft abfallende Wiese hinunter, die zum Bach und zum Waldsaum führte.

„Was ist?", fragte Jörn leise.

„Ach, ich konnte nicht schlafen ... wegen Mikesch. Ich bekam plötzlich solche Angst. Wenn er nicht mehr hier bleiben will ... Was sollen wir dann bloß machen?"

Jörn blieb stehen. „Du warst doch so sicher, dass er nicht von hier fortgehen würde."

„Ich hab versucht, es mir einzureden, ja."

„Glaubst du wirklich, dass Mikesch uns im Stich lassen würde, Nell?", fragte Jörn. „Du hältst doch so viel von ihm. Er weiß, was es für uns bedeuten würde, wenn er geht. Traust du ihm zu, dass er das so einfach könnte – seine Klamotten packen und verschwinden und uns unserem Schicksal überlassen?"

Ich spürte den Druck seiner Hand. „Nein", sagte

ich langsam. „Das nicht. Nur ... Erwachsene sind manchmal komisch, weißt du."

Er lachte kurz auf, wurde dann aber sofort wieder ernst. „O ja, ich weiß, was du meinst. Aber einer von denen, die ihre Ideale aufgeben, wenn's ums Geld geht, die plötzlich alle ihre Überzeugungen über Bord schmeißen, weil es mehr einbringt oder bequemer ist, so einer ist der Mikesch doch nicht."

„Natürlich traue ich ihm nicht zu, dass er plötzlich umschwenkt und große Geschäfte mit Pferden macht", erwiderte ich halblaut. „Das nicht. Aber es kann doch sein, dass er den Rennstall verkauft und das Geld benutzt, um sein Leben zu genießen. Vielleicht will er nach Indien fahren oder mal ein Jahr nur einfach so herumgammeln – das könnte man ihm ja nicht übel nehmen. Vielleicht täten wir das auch, wenn wir plötzlich zu Geld kämen."

Jörn sagte nachdenklich: „Wenn ich Geld hätte, würde ich's in den Hof stecken. Es müsste so vieles gerichtet und erneuert werden. Wenn das hier noch lange so weitergeht, fängt eines Tages alles um uns herum zu bröckeln an. Allein schon die Dächer – von einem Jahr aufs andere werden die notwendigen Reparaturen verschoben, weil einfach kein Geld dafür da ist." Er stockte. „Aber bei mir ist das wohl etwas anderes, es ist ja mein Zuhause."

„Ich glaube, ich würd's auch tun. Das Geld in euren Hof stecken, meine ich." Das sagte ich jetzt nicht, um mich bei ihm beliebt zu machen. Ich meinte es ehrlich.

Jörn nahm meine Hand und küsste sie. „Ich glaube, wir machen uns schon wieder Sorgen um ungelegte Eier. Denk an Mikeschs schwedischen Spruch. Wir wollen versuchen, alles an uns herankommen zu lassen. Schau bloß, wie schön der Himmel ist – wie auf einem orientalischen Bild aus Tausendundeiner Nacht."

Andächtig hoben wir die Gesichter. Der Nachthimmel war wie eine blauschwarze Decke aus Samt, sanft gewölbt und mit winzigen hell glitzernden Sternen bestickt; am schönsten aber war der Mond mit seinem gleißenden, unwirklichen Licht. Ich spürte plötzlich deutlicher als je zuvor, wie sehr ich unser Tal liebte, dieses kleine Stück Welt, eingeschlossen von Wäldern, fern von allem, was laut, unecht und lebensfeindlich war.

Wir gingen den Weg am Waldrand entlang. Irgendwo schlug eine Nachtigall – auch die gab es hier noch. Schweigend blieben wir stehen. Die vollen, süßen Töne fielen wie Tropfen in die Stille der Nacht, schöner als die schönste Musik, die ich jemals gehört hatte.

Dann küssten wir uns, und ich weiß noch, dass es mir durch den Sinn ging, wie hoffnungslos romantisch das doch alles war, dass wir hier wie Romeo und Julia im Mondschein standen, beim Nachtigallengesang – hoffnungslos romantisch, aber doch auch schöner, als ich es mir erträumt hatte. Dann konnte oder mochte ich nicht mehr denken. Ich spürte nur noch Jörn und mich selbst; wir waren ein Teil dieser Nacht wie die Tiere, die leise durchs Gebüsch schlichen, der Himmel mit seinen Sternen, die stillen Koppeln und der murmelnde Bach hinten am Waldsaum.

Meine Knie waren seltsam weich, und in meinem Körper pochte es sehnsüchtig. Ich spürte, jetzt war der Augenblick gekommen, mein Versprechen vom letzten Herbst einzulösen – doch nicht am Waldweiher, sondern hier, in dieser Nacht; dies war der richtige Zeitpunkt. Wir wollten es beide.

Ohne ein Wort zu wechseln, in stummem Einverständnis, gingen wir zum Heuschober hinunter, dessen Dach von Wind und Wetter eingesunken war. Die Tür stand nur angelehnt. Im Innern war alles voll vom ersten duftenden Heu, das wir vor ein paar Tagen eingebracht hatten.

Langsam zogen wir die Tür hinter uns zu. Das Mondlicht schien durch das brüchige Dach und die Ritzen zwischen den Wandbrettern. Wir standen voreinander, mit hängenden Armen, und sahen uns an.

„Hab keine Angst“, flüsterte Jörn sanft. Doch ich hatte keine Angst. Ich war so sicher: Dies war der richtige Ort, der richtige Augenblick – vor allem aber war Jörn der richtige Junge. Ich fühlte keinen Zweifel, kein Zögern.

„Komm“, sagte ich und nahm seine Hand.

8

Mikesch kam an einem Donnerstag zurück. Matty und ich sahen den VW-Käfer in der Einfahrt stehen, als wir nach der Schule auf unseren Fahrrädern die Wegkreuzung erreichten. Mein Herz begann heftig zu klopfen, und vielleicht ging es Matty genauso, denn er war plötzlich ganz bleich um die Nase.

Wir suchten Mikesch im Stall und in der Fuhrknechtskammer, doch da war er nicht. Der alte Arztkoffer, den er immer als Reisetasche benutzte, stand neben der Tür, und sein Trenchcoat lag über der Stuhllehne. Wir gingen wieder die Treppe hinunter, blieben auf dem Innenhof stehen und sahen uns an.

„Der redet bestimmt mit meinem Vater“, sagte Matty schwer.

Ich nickte nur. Es konnte ja sein, dass Mikesch sich einfach bloß zurückmeldete; doch vielleicht hatten die beiden auch eine ernste Unterredung. Vielleicht eröffnete Mikesch Herrn Moberg gerade in diesem Augenblick, dass er von Dreililien fortwollte ...

Ich hielt es nicht länger aus, hier zu stehen und zu

warten wie ein Angeklagter auf seinen Urteilsspruch. So ging ich zur Koppel, um Trost bei Hazel zu suchen, wie ich es so manches Mal schon getan hatte. Hazel hatte mich öfter weinen sehen als alle Menschen, die mir nahe standen, und obwohl sie natürlich nicht wissen konnte, warum ich traurig oder besorgt war, so war ich doch sicher, dass sie immer spürte, wie mir zumute war.

Auch diesmal kam sie, als sie mich über den Zaun klettern sah, den Kopf hoch erhoben, mit kurzem, freudigem Wiehern. Ich dachte, wie gut sie es doch jetzt hatte und was für ein Glück es war, dass sie weiter auf Dreililien bleiben konnte, obwohl sie weder zum Reitunterricht noch zur Zucht tauglich war. Sie bekam ihr „Gnadenbrot“ – ein dummes Wort, denn sie hatte es wahrhaftig verdient, hier so friedlich und behütet weiterzuleben. Eine Gnade war das nicht. Niemand konnte ihr etwas anhaben, denn sie war mein Pferd.

Doch heute trösteten mich diese Gedanken nicht. Jetzt hing es von Mikesch ab, wie alles weitergehen würde – mein Einfluss war so gering, er beschränkte sich nur auf Hazel. Was mit den anderen Pferden geschehen würde, stand nicht in meiner Macht, auch nicht in der von Jörn oder Matty.

Hazel schnupperte an meiner Jackentasche und blies mir ins Haar. Ich sagte leise: „Du glaubst doch auch nicht, dass der Mikesch einfach so weggehen würde, oder? Dass er uns einfach so im Stich lässt? Ich weiß, du vertraust ihm ... Aber die Menschen sind oft seltsam und unberechenbar, Hazel."

Sie rieb ihre Nase an meiner Schulter. „Komm mit", murmelte ich. „Wir reiten ein bisschen ohne Sattel und Zaumzeug, nur so über die Wiesen und in den Wald hinein. Ich kann jetzt nicht hier bleiben und warten. Und nach Hause mag ich auch nicht. Wir reiten bei Kirsty vorbei und sagen ihr Bescheid, dass sie nicht mit dem Mittagessen auf mich warten soll."

Wir ritten bis zur Waldlichtung mit dem Farnkrautdickicht, wo ich im vergangenen Winter die Jährlinge gefunden hatte, vorbei an der Fichtenschonung und ein Stück am Bach entlang.

Als ich vom Ausritt zurückkam, war der Innenhof von Dreililien leer. Mein Magen knurrte, aber ich mochte noch immer nicht nach Hause gehen, um etwas zu essen. Langsamer als sonst kratzte ich Hazels Hufe aus und holte ihr einen verschrumpelten Apfel vom Vorjahr aus der Futterkammer. Dann brachte ich sie wieder auf die Koppel.

Da ich mir nicht vorstellen konnte, dass Mikesch länger als eine Stunde mit Herrn Moberg redete, machte ich mich auf die Suche nach ihm. Auch jetzt war er nicht auf seinem Zimmer; der Arztkoffer stand noch da, wo er ihn zurückgelassen hatte. Ich sah „In den Kartoffeln" nach, im Geräteschuppen, in der Sattelkammer, ging sogar ins Wohnhaus, was ich nur in Notfällen tat. Dabei bemerkte ich durch eines der Flurfenster, dass Mikesch und Matty zusammen auf der steinernen Bank unter den Birken saßen. Die beiden redeten miteinander. Ihre Gesichter waren ernst.

Wieder tat mein Herz ein paar schnelle Schläge. Sollte ich zu ihnen gehen, oder war es falsch, einfach so in ihr Gespräch hineinzuplatzen? Eine Weile stand ich unschlüssig da, dann rannte ich den Flur entlang, durch die Halle und aus dem Dämmerlicht des Hauses hinaus in den Sonnenschein.

Mikesch hob den Kopf, als er mich kommen hörte. Ich sah sein Lächeln und mit einem Mal waren alle Zweifel und alle Angst wie weggeblasen.

„Hallo, Nell“, sagte er. „Suchst du mich?“

Ich umarmte ihn rasch und heftig und zerzauste ihm dabei die Haare. Dann grinsten wir alle drei etwas verlegen. „Ja, dich“, erwiderte ich und setzte mich neben ihn. „Höchste Zeit, dass du wieder aufgetaucht bist.“

„Mir scheint, ihr habt mich schon fast abgeschrieben gehabt, wie?“, sagte er und zwinkerte mir zu.

„Nicht abgeschrieben“, protestierte ich. „Wir dachten nur, dass ... na ja, wir dachten, du wirst vielleicht etwas erben und ... und andere Pläne haben ...“ Ich wusste nicht, wie ich es ausdrücken sollte.

„Matty hat’s mir schon erklärt.“ Er nickte und war plötzlich wieder ganz ernst. „Dass ich etwas erbe, stimmt. Aber ein Vermögen ist es nicht gerade, und ich will damit weder eine Traumreise machen, noch hab ich vor, mich plötzlich in einen Geschäftsmann zu verwandeln. Stattdessen habe ich Herrn Moberg gerade ein Angebot gemacht und er hat es angenommen."

„Ein Angebot?", wiederholte ich und starrte ihn an.

„Ja. Ich werde Teilhaber am Gestüt und an der Reitschule. Geschäftsmäßig ausgedrückt, ich kaufe mich mit dem Geld ein, das ich beim Verkauf des Rennstalls meines Vaters erzielen werde."

Ich starrte ihn noch immer an. Teilhaber ... Matty seufzte voller Erleichterung. „Jetzt hören die ewigen Geldsorgen endlich auf, und wir können vielleicht einiges reparieren lassen", sagte er. „Lange wär's sowieso nicht mehr so weitergegangen."

Wir hatten uns also umsonst Sorgen gemacht. Wie es so manches Mal im Leben geht, hatten sich unsere Probleme von selbst gelöst, ganz ohne das berühmte „Gestrampel", von dem Jörn immer sprach. Was würde Jörn wohl dazu sagen, wenn er nach Hause kam? Mein Blick begegnete dem von Mikesch, und ich muss in meiner Erleichterung richtig komisch ausgesehen haben, denn Matty begann laut zu lachen.

Ich sagte halb vorwurfsvoll: „So lustig war's gar nicht. Wir haben uns echt Sorgen gemacht."

Mikesch seufzte. „Ich hätte euch vielleicht anrufen sollen. Aber ich hatte so viel um die Ohren, dass ich gar nicht zum Nachdenken kam. So eine Beerdigung und alles, was damit zusammenhängt, ist ein einziger Albtraum." Er stockte. „Ich habe immer gedacht, es würde mir nichts ausmachen, aber ... so einfach war's eben doch nicht. Am traurigsten ist vielleicht, dass wir uns nie wirklich gekannt haben, mein Vater und ich."

Eine Weile sagte keiner von uns ein Wort. Dann murmelte ich: „Du solltest jetzt vielleicht besser ein paar Tage ausspannen, statt dich gleich wieder ins Gewühl zu stürzen."

Er schüttelte den Kopf. „Ich kann euch doch nicht schon wieder mit allem allein lassen. Aber nächste Woche fahre ich für zwei Tage nach München, meine alte Wohngemeinschaft besuchen. Dann kann ich mich auch gleich mal nach einem Ersatz für Jörn umsehen. Herr Moberg hat mir zugesichert, dass ich dabei freie Hand habe – das macht die Sache einfacher. Ich rede mal mit meinem Freund Frank, vielleicht hat er schon jemanden für uns gefunden."

„Dieser Frank, ist das der Sozialhelfer?", fragte ich.

„Ja. Ich hab ihm schon vor ein paar Wochen am Telefon gesagt, dass wir noch jemanden für die Pferde brauchen und was wir uns so ungefähr vorstellen."

Ich ging wie auf Wolken an diesem Tag. Das Leben erschien mir leicht und wunderbar, und obwohl ich aus Erfahrung wusste, dass dieser Zustand nicht lange anhalten würde, genoss ich ihn sehr. Abends fuhren Mikesch, Jörn, Matty und ich noch gemeinsam ins Dorfgasthaus, wo wir uns mit Carmen treffen wollten, um Mikeschs Teilhaberschaft zu feiern. Sie brachte Roddy mit, der gerade „zufällig“ vorbeigekommen war. Doch natürlich wussten wir alle, dass die beiden sich seit einiger Zeit trafen und schwer ineinander verliebt waren.

Zur heftigen Verwunderung des Wirts und der Bauern am Stammtisch bestellten wir eine Flasche Sekt – natürlich nur die billige Hausmarke. Es reichte gerade zu einem knappen Glas für jeden von uns. Dann stießen wir auf die Reitschule an, auf Mikesch, auf Dreililien und die Pferde, und Roddy war in so „abgehobener“ Stimmung, dass er sogar aufstand und eine Rede hielt. Nur Matty war ein bisschen traurig, weil Maja nicht dabei sein konnte; doch das war auch der einzige Wermutstropfen in der „Friede-Freude-Eierkuchen-Stimmung“ dieses Abends, wie Mikesch es nannte.

Ich hielt Jörns Hand unter dem Tisch und hätte vor Glück und Behagen am liebsten geschnurrt. Auch Jörn war glücklich, das sah ich. An diesem Abend wenigstens war die Welt für uns in Ordnung, auch wenn wir alle wussten, dass sie in Wirklichkeit durchaus nicht in Ordnung war.

9

Die Löwenzahnwiesen verblühten, das Kuckucksgeschrei aus den Wäldern wurde seltener und der Sommer kam in unser Tal. Mir erschien dieser Sommer wie eine letzte Gnadenfrist, ehe Jörn seinen Zivildienst antreten musste.

An einem Sonntag im Juni kam Helge Balt, der Junge, der auf Dreililien eine Ausbildung als Pferdepfleger machen und Jörn wenigstens teilweise ersetzen sollte. Ich war schon sehr neugierig auf ihn; vor allem, weil Mikesch recht wenig über ihn gesagt hatte. Wir wussten nur, dass er achtzehn war und wegen Einbruchs eine einjährige Strafe in einer Jugendstrafanstalt verbüßt hatte. Mit Pferden hatte er schon zu tun gehabt, aber Reiten hatte er nie richtig gelernt.

„Ich nehme an, dass er schwierig ist", hatte Mikesch am Vorabend zu uns gesagt. „Aber das braucht einen nicht zu wundern, denn er hat's im Leben nicht leicht gehabt."

Er schien also bereits mehr über Helge zu wissen, wollte diesem aber vermutlich selbst die Entscheidung überlassen, was er uns über sich erzählte. Ich fand das auch in Ordnung so.

Herr Moberg war über Mikeschs Entscheidung, einen „Jugendlichen mit krimineller Vergangenheit", wie er das nannte, auf Dreililien arbeiten zu lassen, keineswegs erfreut. Mikesch war jedoch eisern geblieben, und Jörn und Matty hatten ihn kräftig unterstützt, sodass Herr Moberg zuletzt nachgegeben und achselzuckend gesagt hatte, sie könnten tun, was sie wollten, müssten dann allerdings auch die volle Verantwortung dafür übernehmen.

„Ich hab keine Ahnung, wie ich mich diesem Helge gegenüber verhalten soll", sagte ich am Sonntagmorgen zu Matty, während wir gemeinsam das Futter verteilten. „Ich meine nicht, weil er irgendwann mal irgendwo eingebrochen hat, sondern weil Mikesch sagt, dass er schwierig ist. Einesteils will ich nicht, dass er denkt, ich hätte Vorurteile gegen ihn. Andererseits möchte ich mich aber auch nicht verstellen müssen, wenn er mir nicht besonders gefällt. Verstehst du, was ich meine?"

Matty nickte. „Ja, schon. Also, ich find's am besten, so mit ihm umzugehen wie mit jedem anderen auch. Übertriebene Freundlichkeit oder Unehrlichkeit bringen bestimmt gar nichts. Falls dieser Helge wirklich nicht sympathisch ist, sollten wir ihn aber nicht gleich ablehnen, sondern versuchen, ihn näher kennen zu lernen. Es gibt ja Leute, die haben schon eine Menge schlechte Erfahrungen mit anderen Menschen gemacht und sind deshalb misstrauisch und ablehnend gegen jeden. Jemand wie Helge verdient es bestimmt, dass man ihm ein paar Chancen mehr gibt als einem, der's im Leben immer leicht gehabt hat."

Ich sah in sein ernstes Gesicht und dachte wieder einmal, dass Matty eigentlich erstaunlich vernünftige Ansichten hatte und dass es sich lohnte, ihn um Rat zu fragen. Eine Weile arbeiteten wir schweigend weiter, dann fragte ich: „Was macht Maja?"

„Ach, sie scheint ziemliche Schwierigkeiten mit ihrem Vater zu haben. Er sträubt sich total dagegen, dass sie vorzeitig von der Schule abgeht. Sie soll unbedingt Abitur machen – damit sie's später mal besser hat als er, meint er."

„So viel bringt einem das Abitur heutzutage auch nicht", erwiderte ich. „Ein gut ausgebildeter Handwerker hat bessere Berufschancen als ein Akademiker. Was nützt es schon, wenn man Abitur gemacht hat? Meistens kann man sowieso nicht das studieren, was einen interessiert. Und mit einem akademischen Abschluss kann man auch nicht viel anfangen, wenn man keine Arbeit findet, die einem Spaß macht."

„Das alles sagt ihm Maja natürlich auch, aber ihr Vater scheint es nicht einsehen zu wollen. Er behauptet, das mit der Ausbildung zum Pferdepfleger wäre nur so ein Hirngespinst von ihr. Seiner Meinung nach bildet Maja sich das bloß ein, weil sie so gern nach Dreililien kommt und ... und eben meinetwegen."

„Ich verstehe“, sagte ich langsam. „Auwei! Heißt das vielleicht, dass sie in den Sommerferien nicht kommen darf?“

„Na ja, es ist wieder mal das alte Hin und Her – ihre Eltern wollen's nicht. Sie haben wohl Angst, wir könnten Maja zu sehr beeinflussen. Aber sie wird's schon irgendwie durchboxen; das hat sie ja bisher noch immer geschafft.“

Eine Stunde später tauchten die ersten Sonntagsreiter auf: Mücke und Charlie, die Schwestern aus einem Nachbardorf. Wir hörten sie vor den Stallfenstern kichern – die einzige Gelegenheit, bei der sie mit ihrem Gekichere aussetzten, war während der Reitstunden, und auch da brachen sie beim geringsten Anlass in wildes Gegacker aus. Dann erklang Jörns Stimme. Er rief nach Diana, und Mücke – oder war es Charlie? – kicherte noch ärger als vorher.

Als wir den Stall verließen, verschwitzt und bis zu den Knien voller Mist, stand Jörn mit Diana am Brunnen und unterhielt sich mit einem blonden Jungen. Erst bei näherem Hinsehen merkte ich, dass es Alex war, der Neffe unseres Tierarztes. Er hatte sich die Haare schneiden lassen, mit einer Art Irokesen-Kamm auf der Mitte des Kopfes und langen Fransen im Nacken, und sah völlig verändert aus. Bis jetzt hatte er mich immer an einen Höfling aus Mozarts Zeiten erinnert, und ich hatte gefunden, dass die langen, zurückgebundenen Haare gut zu seiner schweigsamen Art passten. Doch jetzt war vom Höfling nicht mehr viel übrig geblieben.

„Der hat ja eine Punk-Frisur!“, sagte Matty mit einer Mischung aus Schrecken und Bewunderung.

„He, Alex!“, rief ich. „Du siehst ja total verändert aus. Ich hätte dich beinahe nicht erkannt!“

Alex lächelte verlegen. Er schien sich noch nicht so ganz wohl zu fühlen mit seinem verwandelten Kopf. „Meine Eltern hätte fast der Schlag getroffen“, sagte er. „Findest du's auch so schlimm, Nell?“

„Schlimm?“ Ich betrachtete ihn prüfend von vorn und von der Seite. „Nein, irgendwie lustig. Aber ich muss mich erst daran gewöhnen. Wie machst du das, dass die Haare in der Mitte so hochstehen?“

„Haarspray“, erwiderte er grinsend.

Matty machte ein zweifelndes Gesicht. „Das wär mir zu mühsam, jeden Tag mit Kamm und Bürste und Spray eine Frisur hinzaubern zu müssen“, sagte er. „Außerdem stehen meine Federn ganz von selbst zu Berge.“

„Du bist eben ein Natur-Punk“, erwiderte ich und fuhr ihm mit gespreizten Fingern durch die Haare, dass sie noch ärger als sonst abstanden.

„Immer noch besser ein Natur-Punk als ein Natur-Popper“, meinte Matty mit einem Seitenblick auf Anja, die gerade aus ihrem Mini Cooper stieg. Anja war wirklich so etwas wie ein weiblicher Popper – immer teuer und perfekt gekleidet, mit raffiniertem

Haarschnitt, sorgfältigem Make-up und einem Parfum, das sich nicht recht mit dem Stallgeruch vertrug.

Matty konnte sie nicht besonders gut leiden. Er behauptete immer, sie hätte kein Gefühl für Pferde und hätte nur Interesse am Reitsport, weil sie es eben schick fand, auf einem Pferd zu sitzen, und weil sie sich damit interessant machen wollte. Sie passte tatsächlich nicht recht nach Dreililien, wo alles und jeder so lässig und ein bisschen schlampig war. Zwischen den anderen Reitschülern, die den Unterricht von ihrem Taschengeld bezahlten und mit Jeans und Gummistiefeln auftauchten, war Anja wie ein „Paradiesvogel unter Hühnern", wie Jörn mal so treffend gesagt hatte.

Auch heute sah sie wieder aus, als wäre sie einer Mode-Zeitschrift entstiegen. Mücke und Charlie starrten sie mit offenen Mündern an. Dann kam Mikesch aus der Tür, die zur Fuhrknechtskammer führte, und Anja belegte ihn sofort mit Beschlag – das heißt, sie versuchte es. Sie redete eifrig auf ihn ein und hielt ihn dabei am Arm fest. Mikesch antwortete ihr freundlich wie immer, wandte sich dann jedoch von ihr ab, kam zu uns und sagte: „Hat einer von euch Zeit, den Helge in Mariabrunn abzuholen? Er kommt mit dem Elfuhrbus und hat wahrscheinlich einiges Gepäck dabei. Wenn Jörn es nicht schafft, könnte Matty ja mit dem Traktor fahren." Erst jetzt sah er Alex' Verwandlung. „He, hast du eine lustige Frisur!"

„Mein Vater fand sie auch so lustig, dass er eine Herztablette einnehmen musste, als er mich sah", erwiderte Alex trocken.

Weil der VW-Käfer nicht anspringen wollte und der Dieseltreibstoff für den Traktor ausgegangen war, nahmen Jörn und ich das Pferdefuhrwerk. Vroni musste erst von der Koppel geholt werden, und es dauerte einige Zeit, bis wir sie eingefangen hatten. Als wir endlich loszuckelten, war es schon ein paar Minuten vor elf, und Mikesch und Matty waren mit den Reitschülern über die Waldwiese verschwunden.

Genau zehn Minuten nach elf bogen wir in eleganter Kurve auf die Hauptstraße von Mariabrunn ein. Vom Bus war nichts mehr zu sehen, doch neben dem Postkasten vor der Gastwirtschaft lehnte ein Junge, die Hände tief in den Taschen seiner Jeans vergraben.

„Das ist er", sagte ich überflüssigerweise.

Jörn nickte nur. Er hatte die Lippen fest aufeinander gepresst. Wir hielten vor dem Wirtsgarten, und als wir vom Kutschbock sprangen, hob der Junge den Kopf und sah uns entgegen.

Mein erster Eindruck war, dass er verdammt unfreundlich wirkte. Er machte sich nicht die Mühe, uns zu begrüßen, stand nur da und musterte uns, als müsste er sich erst entscheiden, ob er uns überhaupt für würdig befand, das Wort an uns zu richten.

„Hallo", sagte Jörn. Ich merkte am Ton seiner Stimme, dass er genau wie ich voller Zweifel war. „Ich bin Jörn Moberg und das ist Nell. Wo hast du dein Gepäck?"

Der Junge deutete mit dem Daumen nach links, wo beim Eingang zum Wirtsgarten zwei Segeltuchtaschen standen. Er sagte noch immer nichts. Er hatte auffallend breite Backenknochen und sehr helle Augen unter dunklem Haar. Sein mürrischer Gesichtsausdruck ließ ihn älter aussehen, als er war.

Endlich, als das Schweigen an meinen Nerven zu zerren begann, sagte er, lässig und gedehnt wie ein Filmcowboy: „Hallo, ihr beide."

Es klang richtig herablassend, fand ich, und einen Augenblick lang war ich sicher, dass es mit ihm nie gut gehen konnte, dass er nicht zu uns passte und die kameradschaftliche Atmosphäre auf Dreililien zerstören würde. Dann sah ich, wie ein Muskel an seinem Kinn zuckte, während er kam und nach seinem Gepäck griff, und diese winzige Beobachtung vermittelte mir plötzlich den Eindruck von Hilflosigkeit, von Unsicherheit.

Da dachte ich wieder an das, was Matty gesagt hatte: dass Menschen wie Helge es verdienten, ein paar Chancen mehr eingeräumt zu bekommen als andere. So wartete ich, während er seine Taschen auf den Wagen hob, hielt ihm dann die Hand hin und sagte: „Hallo, Helge."

Er musterte mich überrascht. Jetzt sah er nicht mehr an mir vorbei. Für den Bruchteil einer Sekunde zögerte er. Dann erst gab er mir die Hand.

Wir schwangen uns wieder auf den Kutschbock, und Vroni trabte mit beträchtlich mehr Eifer als vorher los, weil sie wusste, dass es heimwärts ging. Die Rückfahrt war nicht gerade von Frohsinn erfüllt. Helge saß in gewollt lässiger Haltung da, den Kopf zurückgelehnt, und starrte schweigend in den Himmel.

Jörn hatte sein verschlossenstes Gesicht aufgesetzt; unter dem bunten Stirnband zeigte sich eine steile Falte.

Das kann ja lustig werden, dachte ich.

Als wir zurückkamen, lag der Hof noch verlassen da. Nur Diana kam um eine Ecke gerast und begrüßte Jörn stürmisch wie immer. Ich beobachtete Helge, während er abstieg, neugierig, wie Diana und er sich vertragen würden.

Sie ging zu ihm und beschnupperte ihn, vorsichtig, mit langem Hals und wachsamen Augen. Ich sah, wie Helge langsam die Hand ausstreckte, Diana jedoch nicht berührte. Er wartete, während sie seine Hand beschnupperte. Dann erst begann er sie zu streicheln, sacht und ohne Hast, während er leise etwas murmelte.

Ich sah Jörn an. Auch er beobachtete die Szene aufmerksam, und etwas von der Spannung in seinem

Gesicht schien sich zu lösen. Wir wechselten einen Blick. So schlimm ist er gar nicht, schien der seine zu sagen, und ich atmete unwillkürlich auf.

10

Es war nicht leicht mit Helge. Er verstand es, mit Tieren umzugehen; mit den Pferden hatte er eine feste, aber liebevolle Hand, und sie vertrauten ihm. Sonst aber war er neben Herrn Moberg der schwierigste Mensch, den ich je gekannt hatte. Es schien ihm nichts daran zu liegen, mit uns oder den Reitschülern gut auszukommen oder gar Freunde zu finden. Er war auch nicht bereit, sich irgendeine Kritik anzuhören, und mehr als einmal gab es in dieser Juliwoche Streit und dicke Luft auf Dreililien.

An einem Freitagabend hatte er Jörn so gegen sich aufgebracht, dass es fast zu einer Prügelei kam. Worum es ursprünglich gegangen war, wusste später keiner mehr so recht. Der Wortwechsel hatte sich an einer Kleinigkeit entzündet, und dann hatten sich die beiden gegenseitig beschuldigt, stur und eingebildet zu sein. Jörn nannte Helge einen saublöden

Querschädel, und Helge nannte Jörn einen selbstgefälligen, aufgeblasenen Affen.

Ich hatte den Beginn des Streits nicht miterlebt und kam erst dazu, als Jörn mit vor Wut bleichem Gesicht aus der Sattelkammer stürzte. Das Stirnband war ihm bis zu den Augenbrauen gerutscht. Mir war klar, wer ihn zur Weißglut gebracht hatte, noch ehe ich Helges Stimme aus dem Hintergrund sagen hörte: „Zieh bloß Leine, du eingebildetes Schwein!"

Ich sah, wie Jörn die Fäuste ballte. „Halt's Maul, oder ich geb dir eins auf die Nase!", schrie er.

Helge erschien im Türrahmen. Er wirkte auf eine gefährliche Art ruhig, irgendwie eiskalt, und ich erschrak. Ich begriff, dass sie sich jetzt nicht prügeln durften, weil sie sich sonst vermutlich gegenseitig die Zähne einschlugen.

„Versuch's", sagte Helge herausfordernd. Ich wusste, dass ich etwas tun musste, aber mir fiel nichts ein. Ich trat einen Schritt vor, sodass ich zwischen den beiden stand, und sagte lahm: „Was ist denn mit euch los?"

„Misch dich da nicht ein!", zischte Jörn.

Helge sagte gar nichts.

„Wenn ihr euch prügelt, hol ich Mikesch." Meine Stimme klang dünn und ängstlich.

„Das lässt du gefälligst bleiben, den Mikesch geht das überhaupt nichts an", stieß Jörn zwischen zusammengebissenen Zähnen hervor.

„Sie hat Angst, dass ihrem geliebten Zuckerbubi was passiert", höhnte Helge.

Jörn holte tief Luft. Ich sagte, noch immer mit dieser lächerlich dünnen Stimme: „Natürlich hab ich Angst. Und ich find's total blödsinnig, wenn Leute sich prügeln. Ihr könnt es ja meinetwegen versuchen, wenn ihr unbedingt wollt. Aber dann hole ich eine Schubkarre voll Mist und kippe ihn über euch aus, ich schwör's!"

Die beiden sahen mich fuchsteufelswild an. Ein Teil ihrer Wut richtete sich jetzt gegen mich, weil ich mich eingemischt hatte, das war klar. Trotzdem blieb ich mit Todesverachtung stehen wie ein Kaninchen zwischen zwei Wölfen und war so wild entschlossen, meine Drohung wahr zu machen, dass mir das wohl auch vom Gesicht abzulesen war. Denn plötzlich begann Jörn zu grinsen, und Helge stieß ein Schnauben aus, das halb verächtlich, halb belustigt klang; da war der Bann gebrochen.

„Du kannst mich mal", sagte Jörn zu Helge, und Helge ging wortlos in die Sattelkammer zurück. Damit war die Gefahr vorerst gebannt. Doch der Ärger schwelte weiter zwischen den beiden, das merkte man während des ganzen Wochenendes. Am Sonntagnachmittag, als der Reitunterricht vorüber war, gerieten sie sich wieder in die Haare, und Mikesch schüttelte den Kopf und sagte: „So geht das nicht weiter, verdammt noch mal. Am besten setzen wir uns heute Abend mal zusammen und unterhalten uns darüber, warum es dauernd Stunk gibt, seit Helge hier ist. Wenn ihr einverstanden seid, treffen wir uns nach dem Abendessen alle bei mir."

Ich fragte mich insgeheim, ob es Sinn hatte, über das alles zu reden. Es ging ja nicht um irgendwelche Missverständnisse, sondern schlicht und einfach darum, dass Helge eine Art an sich hatte, die jeden gegen ihn aufbrachte. Trotzdem stimmte ich zu, denn es musste etwas geschehen, und auch Jörn und Matty nickten. Helge sagte gar nichts, tauchte aber doch abends um acht in der Fuhrknechtskammer auf, eine Viertelstunde später als wir und mit einer Miene, die deutlich verriet, wie kindisch und überflüssig er diese Zusammenkunft fand.

Mikesch hatte Tee gekocht. Er schüttelte den Kopf, als Helge mürrisch fragte, ob er denn kein Bier im Kühlschrank hätte. „Ich hab hier weder Bier noch einen Kühlschrank", sagte er, „aber vielleicht magst du ein Glas Apfelsaft."

Helge nahm den Apfelsaft gnädig entgegen. Durch sein Verhalten, seinen Gesichtsausdruck, gab er uns deutlich zu verstehen, dass er sich unter uns wie in einem Kindergarten fühlte, was die Stimmung natürlich nicht gerade besserte. Jörn und Matty waren gereizt, und ich selbst wäre eigentlich am liebsten aufgestanden und nach Hause gegangen.

„Setz dich doch", sagte Mikesch. Aber Helge

erwiderte, er wolle lieber stehen. Er lehnte sich gegen einen der Balken, die linke Hand in der Hosentasche, in der rechten sein Glas. Das dunkle Haar fiel ihm in die Stirn. Von seinem Gesicht war wenig zu sehen, und wieder einmal kam es mir vor, als hätte er die Fähigkeit, es gewissermaßen vor anderen Menschen zu verstecken, als wären seine Augen abgeschirmt und verdeckt wie ein Fenster hinter Vorhängen.

Schon allein die Tatsache, dass wir auf den Polstern am Boden saßen und Helge stand, schien das Gespräch zusätzlich zu erschweren. Mikesch erklärte, er hätte keine Lust, weiter in einer so unfreundlichen, spannungsgeladenen Atmosphäre zu arbeiten wie während der vergangenen Woche, und dass jetzt jeder offen sagen sollte, was ihm nicht passte.

Eine Weile schwiegen wir. Dann sagte Helge spöttisch: „Vergangene Woche, aha. Das heißt ja wohl im Klartext, dass ihr hier vorher in schönster Eintracht gelebt habt, ehe ich kam und in euer Glück hineingeplatzt bin, wie?"

Jörn war so geladen, dass er erwiderte: „Ja, allerdings, da hast du den Nagel auf den Kopf getroffen."

„Blödsinn", sagte ich. „Wir haben hier auch schon Streit gehabt und uns übereinander geärgert. Aber das war eben nur ab und zu. Zur Zeit gibt's doch dauernd Streit, und wenn mal Ruhe ist, dann kommt einem das auch bloß wie Waffenstillstand vor."

Matty verschränkte die Hände um seine Knie. Er

schien jetzt nicht mehr gereizt zu sein, sah nur ruhig zu Helge auf und sagte: „Was mich ärgert, ist, wie du dich mir und den anderen gegenüber verhältst, Helge. Du tust, als wär's eigentlich unter deiner Würde, dich mit solchem Kroppzeug wie uns abzugeben, als würdest du turmhoch über uns stehen und hättest es gar nicht nötig, mit uns klarzukommen. Ich für meinen Teil hab wirklich versucht, gut mit dir auszukommen, aber das willst du ja offenbar gar nicht."

Helge starrte ihn finster an, ohne ein Wort zu erwidern. Ich nickte, denn ich fand es gut, was Matty da vorgebracht hatte – nicht in anklagendem Ton; er hatte nur ganz einfach gesagt, was ihn persönlich störte.

Das Gespräch geriet wieder ins Stocken. Keiner sagte mehr etwas. Jörn, der neben mir saß, brütete düster vor sich hin, als hätte es für ihn keinen Sinn, sich zu äußern. Und Mikesch schien offenbar der Meinung zu sein, dass wir die Sache jetzt unter uns ausmachen sollten, denn er schwieg ebenfalls.

Als ich es nicht länger aushalten konnte, sagte ich: „Also, mir geht's ähnlich wie Matty. Schon als wir dich vom Bus abgeholt haben, kam es mir so vor, als würdest du uns von vornherein ablehnen, Helge. Ich erwarte ja gar nicht, dass du mit uns einen ewigen Freundschaftsbund schließt oder so was, aber ich find's wichtig, dass wir hier alle gut miteinander auskommen. Ich glaube fast, du hast dich schon auf der Fahrt nach Mariabrunn entschlossen, uns nicht zu mögen."

Meine Stimme wurde unwillkürlich angriffslustiger, während ich sprach. „Sag jetzt endlich, was wir dir getan haben oder was dir an uns nicht passt, verdammt noch mal, statt hier herumzustehen wie ... wie ein gelangweilter Guru, den das alles gar nichts angeht! Bloß weil du mal im Gefängnis gesessen hast, kannst du schließlich nicht erwarten, dass dich alle Leute mit Samthandschuhen anfassen und dir die Füße küssen!"

Den letzten Satz hatte ich eigentlich nicht sagen wollen; er war mir so herausgerutscht. Die anderen schienen den Atem anzuhalten. Mikesch machte ein ernstes Gesicht, und Helge hob sein Glas und trank einen Schluck Apfelsaft. Ob er das tat, um uns zu beweisen, wie kalt ihn alles ließ, oder um sein Gesicht hinter dem Glas zu verstecken, konnte ich nicht sagen.

Ich murmelte: „Das ... tut mir Leid, das hätte ich nicht sagen sollen."

Helge hob den Kopf. „Ist schon gut", sagte er unerwartet. „Mir ist's lieber, die Leute sagen mir offen ins Gesicht, was sie denken. Dass ich im Knast war, wisst ihr schließlich alle; warum sollte man dann nicht auch darüber reden?" Er verstummte. Doch ich merkte, dass er nur etwas Zeit brauchte, dass er jetzt bereit war, auf unsere Anschuldigungen einzugehen.

„Ihr wollt mich doch hier gar nicht haben“, fuhr er plötzlich fort, ganz ohne den üblichen gleichgültigen, herablassenden Unterton. „Ihr braucht jemanden für die Arbeit, sicher. Aber ansonsten wollt ihr lieber unter euch bleiben. Abgesehen von meinem Job bin ich hier ganz überflüssig – warum sollte ich mich also bei euch anbiedern?“

Das war es also. Er fühlte sich ausgeschlossen. Ich starrte ihn an; sein Gesicht schien mir mit einem Mal offener, verwundbarer. Und ich dachte, dass ein Stück Wahrheit in dem lag, was Helge da gesagt hatte.

Jörn streckte die Beine aus und erwiderte: „Vielleicht stimmt das. Aber glaubst du nicht, dass du daran auch beteiligt bist? Ich meine, bist du nicht schon mit der Erwartung hierher gekommen, dass wir dich ausschließen würden? So, wie du dich von der ersten Minute an benommen hast, konnte es doch nicht anders laufen. Wir hätten ja Engel an Geduld und Nächstenliebe sein müssen, um auf dein abweisendes Verhalten mit Freundschaft und Entgegenkommen zu reagieren, und das sind wir nun mal nicht. Warst du nicht von Anfang an, noch ehe du uns überhaupt gekannt hast, davon überzeugt, dass wir dich gar nicht haben wollen? Wenn ja, dann hast du dich jedenfalls genau so verhalten, dass diese Erwartung eintreffen musste.“

Ich sah Jörn von der Seite an. Es wunderte mich,

dass er so aufrichtig und vernünftig versuchte, sich mit Helge auseinander zu setzen – er, der sich sonst bei Schwierigkeiten meist in sein Schneckenhaus verkroch oder, wie zuletzt, einfach nur wütend wurde. Ich war irgendwie stolz auf ihn – fast wie eine Mutter auf ihr Kind, das plötzlich gelernt hat, mit Messer und Gabel zu essen.

Helge sagte nicht, dass Jörn Recht hätte. Er stritt es aber auch nicht ab. Wir verfielen wieder in Schweigen – ein verlegenes, aber nicht mehr so unbehagliches Schweigen wie vorher. Mikesch stand auf und setzte Wasser aus dem Eimer auf, den er immer am Stallbrunnen füllte. Er begann frischen Tee zu kochen und sagte über die Schulter: „Ich finde, dass du eine gute Hand mit den Pferden hast, Helge. Frank sagt, du wärst auf einem Bauernhof aufgewachsen. Habt ihr da viele Pferde gehabt?"

Helge verzog den Mund zu einem Grinsen, das halb spöttisch, halb bitter wirkte. „Aufgewachsen? Na, das nicht gerade. Aufgewachsen bin ich in verschiedenen Heimen, eines beschissener als das andere. Als ich neun Jahre alt war, hatte eine Bauernfamilie die Güte, mich aufzunehmen. Sie hatten zwei Pferde da, und es gefiel mir recht gut, besser jedenfalls als in der Stadt. Ich hab immer gern geholfen, die Pferde und Kühe und Schweine zu versorgen. Dann aber ..." Er zuckte mit den Schultern. „Na ja, ich war ihnen wohl doch zu schwierig. Kein dankbares, unschuldiges Waisenkind, das jeden Abend im Bettchen sein Nachtgebet spricht und dem lieben Gott dafür dankt, dass gütige Menschen es aufgenommen haben. Jedenfalls schickten sie mich zwei Jahre später wieder ins Heim zurück. Ich war schwer erziehbar; so einer ist wohl keinem zuzumuten."

Er sagte nicht, was auf dem Bauernhof bei seinen Pflegeeltern wirklich vorgefallen war, doch für ihn war es eine lange und offene Rede. Die Bitterkeit in seiner Stimme verriet, welche Enttäuschung es für ihn gewesen sein musste, damals wieder ins Heim zurückverfrachtet zu werden. Ich dachte, dass Jörn von nun an sicher mehr Verständnis für Helge aufbrachte, denn gerade er hatte sich doch so oft über die Bedingungen empört, unter denen Kinder in Heimen aufwachsen müssen.

Mikesch sagte seufzend: „Ja, die Leute meinen's gut, aber meistens haben sie keine Ahnung, was es bedeutet, ein Kind aus einem Heim aufzunehmen. Dass solche Kinder ungleich mehr Liebe und Geduld brauchen als andere, weil sie furchtbar schwierig sein können, weil ihnen all die schlimmen Erfahrungen, die Lieblosigkeit, die gefühlsmäßige Vernachlässigung der ersten Lebensjahre nachhängen – das ist den wenigsten klar. Es ist eben nicht so, dass man ein Kind einfach nur aus einem Heim zu holen und zu sagen braucht: So, jetzt hast du ein richtiges Zuhause und Eltern, jetzt ist alles gut, du kannst ganz normal leben wie alle anderen Kinder auch. Heimkinder sind in den meisten Fällen seelisch behindert – sie brauchen genauso viel Hilfe und Verständnis wie ein körperlich Behinderter; nur begreift das eben kaum jemand."

Er sprach es nicht aus, aber es waren solche „seelisch Behinderten", die später oft straffällig wurden, das wusste ich. Menschen, die keinen Halt, keine feste Basis hatten. Menschen wie Helge. Ich schämte mich plötzlich, dass ich nicht mehr Geduld für ihn aufgebracht hatte, dass ich ihm nicht stärker entgegengekommen war, selbst auf die Gefahr hin, immer wieder zurückgewiesen zu werden.

Helge war rot geworden. „Ich brauche euer Mitleid nicht", sagte er unvermittelt mit wütendem Nachdruck.

Mikesch, der gerade den Tee aufbrühte, hob den Kopf. „Verwechselst du da nicht Mitleid mit Verständnis?", fragte er ruhig. „Im Übrigen hat keiner von uns besondere Lust, dich mit Samthandschuhen anzufassen, wie Nell schon gesagt hat. Wenn du behandelt werden willst wie jeder andere von uns, bedeutet das allerdings auch, dass du Kritik ertragen musst. Ich hab schon gesagt, dass du eine gute Hand mit Pferden hast, aber an Fachwissen fehlt es dir einfach noch – und das ist ja auch ganz verständlich. Wenn Jörn, Matty oder ich dir sagen, wie etwas angepackt werden soll, oder dich auf einen Fehler aufmerksam machen, ist das keine Kritik an deiner Person und überhaupt nicht gegen dich gerichtet. Du bist doch hier, um etwas zu lernen, und dazu gehört eben, dass man sich mal etwas sagen lässt – wenn's sein muss, sogar von Leuten, die jünger sind als man selbst. Noch so ein Punkt, den ich klarstellen möchte, ist, dass hier keiner besser ist als der andere und jeder jede Arbeit tut, wie's halt gerade kommt. Wenn ich dich also bitte, Pferdedecken zu waschen, finde ich's beschissen, dass du es einfach nicht machst, weil du meinst, so etwas wäre unter deiner Würde. Das trifft hier jeden von uns mal und keinem fällt dabei eine Perle aus der Krone."

Helge murmelte etwas Undeutliches. Dann legte Mikesch eine Kassette mit Liedern von Konstantin Wecker ein und wir redeten von anderen Dingen. Helge blieb noch etwa zehn Minuten. Er schlenderte in der Fuhrknechtskammer herum und sah sich Mikeschs Bücher und Bilder an. Vielleicht fühlte er sich wieder ausgeschlossen. Doch ich hatte keine Ahnung, wie wir es anstellen sollten, ihn mit einzubeziehen, wenn er selbst nichts dazu tat. Er setzte sich nicht zu uns und nahm auch nicht am Gespräch teil, und dann ging er.

„Er tut mir Leid, weißt du", sagte Jörn zu mir, als wir nach Einbruch der Dämmerung noch am Waldrand spazieren gingen. „Andererseits schafft er's aber auch immer wieder, mich gegen sich aufzubringen.

Irgendwie hab ich das Gefühl, dass er ständig auf Streit aus ist."

Ich nickte. „Er bringt die Leute dazu, dass sie ihn ablehnen. Und dann hat er mal wieder den Beweis dafür, dass keiner ihn mag", erwiderte ich. „Aber das ist doch ein Teufelskreis, Jörn."

„Er ist wohl einfach zu oft von anderen Menschen enttäuscht worden. Wenn ich mir vorstelle, ich wäre so aufgewachsen wie er ... Ich würde vielleicht nur noch Amok laufen."

Am Bachufer quakten die Frösche. Es war ein beruhigendes, vertrautes Geräusch. Aus allen Himmelsrichtungen kamen die heiseren, heimlichen Rufe der Käuzchen.

„Glaubst du, dass es gut gehen wird mit Helge?", fragte ich, legte den Kopf an Jörns Schulter und spürte das weiche Leder seiner indianischen Weste an meiner Wange.

„Ich weiß nicht", sagte er. „Hoffentlich. Ich hab mir heute Abend vorgenommen, in Zukunft mehr Geduld für ihn aufzubringen. Jedes Mal, wenn er's darauf anlegt, mich zu ärgern oder sich unbeliebt zu machen, werde ich mir überlegen, warum er das tut, statt mich einfach bloß angegriffen zu fühlen. Wenn wir mit Helge auskommen, wenn wir ihm beweisen können, dass nicht alle Menschen eine Enttäuschung für ihn sind, dann kann sich für ihn vieles ändern. Ich glaube nämlich, dass er im Grund seines Herzens gern bei uns bleiben würde. Ihm gefällt's auf Dreililien, das hab ich gemerkt. Das Leben hier wäre gut für ihn. Die Natur heilt viele Wunden, auch solche, die man nicht sieht, hat mein Großvater einmal gesagt – und ich denke, dass er da Recht gehabt hat."

11

Ende Juli traf ein Schwung Ferienreiter ein – insgesamt sechzehn diesmal. Davon waren einige schon in den Winterferien und zu Ostern und Pfingsten auf Dreililien gewesen: Marlis und Evi aus Österreich, die „schwierigen" Geschwister Carina und Ingo, Jessica und Kai, der Junge aus Wuppertal.

Maja wollte erst in einer Woche kommen. Sie hatte diese Reiterferien gegen den Willen ihrer Eltern durchgesetzt und wollte wie schon zu Ostern im Stall und mit den Pferden helfen – als Ausgleich für kostenlose Unterkunft und Reitstunden.

Diesmal war ein Kölner Mädchen dabei, Anne, das offenbar schon sehr gut reiten konnte und unbedingt täglich Unterricht im Springen haben wollte, weil sie sich vorgenommen hatte, im Herbst an mehreren Turnieren teilzunehmen. Sie redete gerade auf Mikesch ein, als ich am Montagvormittag zur Schwammerlwiese kam, kurz nach der ersten Reitstunde.

Während ich Carina, Kai, Marlis, Evi, Ingo und Jessica begrüßte, hörte ich, wie das Mädchen in rheinischem Dialekt zu Mikesch sagte: „Aber ich will hier nicht bloß spazieren reiten und Ferien machen, ich muss ein Pferd haben, mit dem ich springen kann! Deshalb bin ich schließlich hergekommen!"

Mikesch erwiderte: „Tut mir Leid, aber das war wohl ein Irrtum. Unterricht im Springen bieten wir in unserem Programm nicht an. Wenn du rechtzeitig nachgefragt hättest, hätten wir dir das auch klipp und klar gesagt. Wir haben hier eine andere Einstellung zu Pferden als die meisten üblichen Reitschulen und Reitclubs. Wir wollen nicht, dass die Pferde über irgendwelche künstlichen Hindernisse getrieben werden, eines höher als das andere. Kleine Bachläufe und Gräben gibt's hier genug, und auf den Ausritten lernen die Reitschüler auch, darüber zu springen, wenn's nötig ist. So was gehört zu einem Geländeritt, und die Pferde machen da auch gern mit, weil es eine selbstverständliche Sache für sie ist, solche natürlichen Hindernisse zu überwinden. Aber diese künstlich hochgezüchteten Wettbewerbe, bei denen es im Grund nur darum geht, den persönlichen Ehrgeiz der Reiter zu befriedigen, lehnen wir ab."

Er sagte das freundlich, aber sehr bestimmt. Ein paar von den Ferienreitern, die in der Nähe standen und darauf warteten, die Pferde in den Stall zurückzubringen, horchten auf. Marlis und Evi zwinkerten mir zu. Ich wusste, sie dachten genau wie ich an den Wortwechsel, den Mikesch zu Beginn der Weihnachtsferien mit einem Mädchen wegen des Gebrauchs von Reitpeitschen gehabt hatte.

Die blonde Anne erwiderte aufgebracht: „Unsinn! Die Pferde machen da gern mit! Es stimmt nicht, dass sie über die Hindernisse gequält werden."

Mikesch seufzte. „Ich glaube eher, viele Reiter reden sich ein, dass die Pferde das gern tun, damit sie sich keine Gewissensbisse zu machen brauchen. In Wahrheit ist es doch so, dass derart hohe Sprünge, wie sie bei Turnieren verlangt werden, gar nicht der Natur des Pferdes entsprechen. Ein Pferd würde in freier Wildbahn nur im äußersten Notfall und bei großer Gefahr derartige Höhen überwinden, aber zu seinem Vergnügen tut es das bestimmt nicht. Jedenfalls, wir auf Dreililien machen bei diesem gedankenlosen und unnützen Rummel nicht mit. Reiter halten sich doch in den meisten Fällen für Tierfreunde – dann sollten sie sich auch dementsprechend verhalten, finde ich."

Keiner sagte etwas. Die neuen Reitschüler machten nachdenkliche Gesichter, so, als hätten sie darüber eigentlich nie nachgedacht. Ehe das blonde Mädchen noch etwas erwidern konnte, mischte sich Kai ein. „Ich finde, Mikesch hat Recht", sagte er. „Wenn man nur an die schweren Stürze denkt, die bei solchen Springturnieren oft vorkommen – und mit welchen Mitteln die Pferde in manchen Fällen angetrieben werden müssen, damit sie nicht verweigern! Wenn im Fernsehen ein Springturnier gezeigt wird, schalte ich immer ab. Ich mag das gar nicht mit ansehen."

„Und diese Cowboy- und Indianerfilme!", sagte ein Mädchen mit fränkischem Dialekt. „Das ist doch die reinste Tierquälerei, wie die Pferde da gehetzt und über Schluchten gejagt werden!"

Anne aus Köln machte ein verwirrtes und ärgerliches Gesicht. „Das ist Ihre Auffassung", sagte sie zu Mikesch, ohne sich um die anderen zu kümmern. „Aber es gibt sehr viele Leute, die anderer Meinung sind und bestimmt nicht weniger von Pferden verstehen. Jedenfalls will ich Unterricht im Springen haben. Ich habe mir vorgenommen, an zwei Turnieren im Herbst teilzunehmen, und möchte dabei auch einen Preis gewinnen."

Mikesch sah sie an. „Dann überleg dir mal, warum du das unbedingt willst", sagte er. „Warum ist dir das so wichtig? Doch bestimmt nicht aus Liebe zu den Pferden. Jedenfalls wird hier nicht über künstliche Hindernisse gesprungen, wie ich schon gesagt habe, und dabei bleibt's."

Er drehte sich zu den anderen um. „Und jetzt führen wir die Pferde in den Stall, satteln sie gemeinsam ab und bringen sie anschließend auf die Koppel. Bitte geht hintereinander und passt auf, dass es kein

Gedränge gibt, damit keiner von einem Pferd getreten wird. So was kann nämlich recht unangenehm sein."

Das blonde Mädchen blieb unschlüssig zurück, Rapunzel am Zügel. Offenbar überlegte sie, ob sie bleiben oder wieder abfahren sollte. Ich wollte gerade zu ihr gehen und versuchen, ihr zu erklären, dass Mikesch meiner Meinung nach Recht hatte, da kam Carmen über die Auffahrt geradelt. Sie war rot und atemlos wie immer. „Dieser verdammte Hocheder!", keuchte sie, während sie abstieg. „Gestern war ich drüben, weil ich ihm einen Landmaschinenprospekt zurückbringen musste. Und stell dir vor, was der getan hat: Er hat vor ein paar Wochen seine Schweinezucht umgestellt – ‚Nach allermodernsten Gesichtspunkten', hat er zu mir gesagt und war noch ganz stolz auf diese Tierquälerei."

Sie holte tief Atem und sah mich voller Empörung an. Das Kölner Mädchen beobachtete uns verwundert, wandte sich dann ab und führte Rapunzel zum Hof zurück.

„Der verdammte Hocheder" war der reichste Bauer in unserer Gegend und Nachbar des Bergerhofes, der Carmens Eltern gehörte. Carmen hatte uns schon öfter von ihm erzählt. Auf seinem Hof ging es nur um Profit. Alles musste möglichst Gewinn bringend und Arbeit sparend ablaufen. So standen seine Kühe ein Leben lang nur in engen Stallabteilen, die

Schwänze hochgebunden, damit sie sich nicht beschmutzen konnten; eine Wiese oder den freien Himmel sahen sie nie. Jetzt hatte er also auch seine Schweinezucht „modernisiert“.

„Die armen Viecher sind in Pferche gesperrt, die so schmal sind, dass sie sich nicht mal umdrehen können“, berichtete Carmen. „Eine wirkliche Sauerei ist das, im wahrsten Sinne des Wortes! Das müsstest du mal sehen, dabei kann man wirklich trübsinnig werden. Unsere eigenen Schweine sind quietschvergnügt und lebhaft, während die vom Hocheder bloß mit trüben Augen vor sich hin starren und kaum den Kopf heben, wenn jemand in den Stall kommt. Ein Schwein braucht Bewegung und Abwechslung, das ist wissenschaftlich erwiesen. Es ist schon schlimm genug, dass die Tiere heutzutage nie aus dem Stall herauskommen – aber so was, das ist einfach eine Quälerei!“

Ihr Gesicht glühte vor Entrüstung. Ich sah sie ratlos an. Eigentlich hatte ich ja nie eine besondere Beziehung zu Schweinen gehabt, aber sie waren schließlich auch Tiere; und wenn man sie schon bloß züchtete, um sie zu schlachten und aufzuessen, sollten sie doch die paar Monate, die man sie leben ließ, wenigstens nicht leiden müssen.

„Hm. Und was soll man dagegen tun?“, fragte ich.

„Darüber wollte ich ja gerade mit euch reden. Wo sind Jörn und Matty? Vielleicht fällt ihnen was ein, oder dem Mikesch. Ich hab schon beim Tierschutzverein angerufen, aber die sagen, es gäbe kein Gesetz gegen diese Art der Schweinehaltung, und sie wüssten zwar, dass es Tierquälerei ist, könnten aber leider auch nichts machen."

Wir gingen auf die Suche nach Matty und Jörn. Matty saß in sicherer Entfernung vom Hof auf der Aussichtsbank und übte auf seiner Mundharmonika. Wo Jörn war, wusste er nicht. Carmen erzählte ihm die ganze üble Geschichte noch einmal, und Matty war ganz wie wir der Meinung, dass etwas getan werden musste.

„Könnten wir nicht zum Hocheder gehen und mit ihm reden? Vielleicht sieht er's ja ein", meinte er ohne große Überzeugung.

„Der nicht! Dem ist's völlig egal, ob die Schweine sich wohl fühlen oder nicht. Außerdem hat er eine Menge Geld in den neuen Schweinestall gesteckt. Man müsste ihn schon zwingen, etwas zu ändern – freiwillig tut er's nie im Leben."

„Aber wie sollen wir den alten Quadratschädel denn zu etwas zwingen?", fragte Matty.

Wir setzten uns zu ihm auf die Bank und überlegten. Mir wurde wieder einmal klar, wie wenig Schutz Tiere doch auf dieser Welt haben, wie sehr sie der Geldgier, der Brutalität oder Gedankenlosigkeit von uns Menschen ausgeliefert sind. Was wir hier auf dem Land allein schon an unüberlegten oder vorsätzlichen Quälereien erlebten – die Kälbchen, die gleich nach der Geburt von ihren Müttern getrennt wurden und allein unter Infrarot-Lampen in ihren Ställen lagen, die angeketteten Hofhunde, die Katzen, die vergiftet oder ertränkt wurden ... Es geschah so viel Unrecht, gerade an Tieren, und es gab so wenig Möglichkeiten, es zu verhindern oder dagegen vorzugehen.

„Wie wär's, wenn wir eine kleine Demo veranstalten würden?“, schlug Matty schließlich vor. „Vielleicht machen die Ferienreiter mit – und unsere Samstags- und Sonntagsreitschüler auch. Alex und Roddy sind bestimmt dafür.“

„Eine Demo?“, wiederholte Carmen skeptisch. „Wie stellst du dir das vor?“

„Na ja, wir könnten mit Plakaten und Spruchbändern durchs Dorf ziehen und uns dann vor dem Hochederhof aufstellen. Der Hocheder hat doch Sommergäste, oder? Dann wird's ihm bestimmt nicht recht sein, wenn er als Tierquäler ins Gerede kommt.“

„Wenn wir das machen, zerreißt's den Hocheder vor Wut“, sagte Carmen, doch es klang durchaus nicht ablehnend. „Kann natürlich sein, dass er sich hinter unsere Eltern steckt, dann kriegen wir Schwierigkeiten.“

„Das müssen wir halt riskieren“, erwiderte ich. „Aber du solltest dir schon überlegen, ob du bei so einer Aktion mitmachst, Carmen. Schließlich ist der Hocheder euer Nachbar."

„Ich werd's überleben", sagte Carmen. „Außerdem haben meine Eltern sich schon oft genug über den alten Geizkragen geärgert."

„Ein Raffzahn ist er", stimmte Matty zu. „Und wenn er sich im Guten nichts sagen lässt, muss man halt ein bisschen Druck auf ihn ausüben."

In der Ferne tauchte Jörn bei der Südweide auf. Wir riefen nach ihm und er kam mit Diana den Hügel herauf. Natürlich war jetzt die ganze Schweinestallgeschichte noch einmal fällig. Jörn fand Mattys Vorschlag gar nicht schlecht.

„Aber Mikesch ziehen wir da besser nicht mit hinein", sagte er. „Sonst machen sie ihn am Ende noch für alles verantwortlich, bloß weil er älter ist als wir. Wir warten jetzt noch ein paar Tage, bis sich die neuen Reitschüler ein bisschen eingewöhnt haben, und reden dann mit ihnen. Am Samstag und Sonntag sagen wir noch den anderen Bescheid."

„Hast du's Roddy schon erzählt?", fragte ich Carmen.

Sie errötete erwartungsgemäß. „Ja, und er macht natürlich bei allem mit, was wir vorschlagen. Ich kann auch noch ein paar Freunde aus dem Dorf zusammentrommeln. Wenn feststeht, wer mitmacht, treffen wir uns und überlegen, wie die ganze Sache ablaufen soll."

„Am gescheitesten wär so eine Demo gegen Abend, wenn alle Leute im Dorf zu Hause sind und die Feriengäste beim Essen sitzen", sagte Matty.

Wir nickten. „Vielleicht macht Helge auch mit", meinte Carmen. „Wie geht's übrigens jetzt mit ihm?"

„Ziemlich bescheiden", erwiderte Jörn. „Immerhin lässt er sich eher mal was sagen, aber sehr viel zugänglicher ist er nicht geworden. Vor ein paar Tagen hätte er sich beinahe mit Alex geprügelt – bloß weil Alex einen anderen Hufkratzer nehmen wollte als den, den Helge ihm gegeben hat. Ein Glück, dass Alex so ein friedlicher Typ ist."

„Der Hocheder hatte früher mal einen Hofhund, der war der Schrecken vom ganzen Dorf. Er biss jeden, den er erwischen konnte, und wilderte dauernd, bis er eines Tages vom Förster erschossen wurde", sagte Carmen. „Mich hat das nie gewundert. Der Hocheder hat den Hund immer geschlagen und getreten, ohne sich viel dabei zu denken, und zu fressen hat der arme Kerl auch kaum gekriegt."

Einen Augenblick lang wusste ich nicht, weshalb sie das ausgerechnet jetzt erzählte; dann aber verstand ich den Zusammenhang. Vielleicht war es seltsam, Mensch und Tier zu vergleichen. Trotzdem – es stimmte schon: Bei Menschen und bei Tieren war es wohl gleichermaßen so, dass sie angriffslustig und unberechenbar wurden, wenn sie in ihren frühen Jahren schlechte Erfahrungen gemacht hatten.

12

Die folgende Woche war nicht gerade erholsam. Wir bekamen wieder schlechtes Wetter. Die ständigen Regenschauer weichten die Koppeln auf, sodass wir mehr Arbeit als gewöhnlich mit den Pferden hatten. Die Ferienreiter hingen im Haus und „In den Kartoffeln“ herum; sie langweilten sich und wollten beschäftigt werden. Das Mädchen, das Anne hieß und unbedingt springreiten wollte, reiste nach wenigen Tagen wieder ab, und es gab neuen Ärger mit Helge, weil er plötzlich den Einfall hatte, seinen Kassettenrekorder zur Stallarbeit mitzubringen. Während die Pferde gestriegelt, gefüttert und getränkt wurden, dröhnte Hardrock durch den Stall, dass einem die Ohren wehtaten.

„Helge, das geht einfach nicht“, sagte Mikesch, nachdem wir den Krach zwei Tage lang ertragen hatten. „Tiere sind durchaus nicht unempfindlich gegen Geräusche, und wenn du ehrlich bist, musst du zugeben, dass die Pferde bei dieser Musik total nervös werden. Ich selber möchte bei der Arbeit übrigens auch lieber meine Ruhe haben. Du kannst in deinem Zimmer Musik hören, so viel du magst, aber bitte nicht hier im Stall.“

Helge machte ein finsteres Gesicht. Ich war froh, dass Mikesch den Mund aufgemacht hatte, denn ich kämpfte selbst schon längst mit der Versuchung, den Rekorder durch eines der Fenster zu werfen.

„Mit Musik kann ich besser arbeiten“, sagte Helge aufsässig.

„Du vielleicht, aber wir nicht“, erwiderte Matty aus Rapunzels Box. „Und die Pferde haben auch Ruhe nötig. Die vielen Reitstunden sind schon anstrengend genug für sie, da braucht man ihnen nicht auch noch morgens und abends die Ohren voll zu dudeln.“

„Es wär euch wohl lieber, wenn ich Blasmusik oder Beethoven spielen würde, was?“, sagte Helge mit spöttischem Grinsen.

„Blasmusik nicht gerade“, erwiderte Mikesch friedlich. „Aber ich hab vor einiger Zeit mal von einem Experiment gelesen, das man mit Tieren gemacht hat. Angeblich reagieren sie sehr gut auf harmonische, melodische Musik. Klassische Musik wäre im Stall also vielleicht gar keine so schlechte Sache – nur halt nicht gerade Hardrock. Und nicht so laut.“

Ich hörte nicht mehr, wie das Streitgespräch weiterging, denn Jörn rief vom Hof her nach mir. Immerhin brachte Helge an diesem Abend seinen Kassettenrekorder nicht mehr zur Fütterung mit. Und es war wunderbar, wieder die vertrauten Geräusche zu hören, die ich so liebte – das Stampfen und Kauen der Pferde, ihr zufriedenes Prusten, das Prasseln der frischen Streu. Auch die Katzen schlichen wieder im Stall herum, die „während der letzten zwei Tage draußen gesessen und sich die Ohren zugehalten hatten", wie Marlis kichernd sagte.

Am nächsten Tag kam Maja bei Sturm und Regen angeradelt. Ich konnte sie nur kurz begrüßen, weil ich im Kavaliershäusl gebraucht wurde. Mein Vater hatte eine Sommergrippe mit nach Hause gebracht und Kirsty und Kathrinchen damit angesteckt. Nur ich war verschont geblieben; und da Hopfi auf Dreililien beschäftigt war, blieb es mir überlassen, den Haushalt zu versorgen und mich um meine schniefende, hustende, krächzende Familie zu kümmern und um Herrn Alois, der Liebeskummer hatte und zu seinem Ärger im Haus festgehalten werden musste.

Zum Glück war Maja jetzt da und konnte auf Dreililien für mich einspringen. Sie versorgte auch Hazel für mich. „Wenn du bloß nicht auch noch krank wirst", sagte Kirsty mit heiserer Stimme aus dem Schlafzimmer, während ich in der Küche stand und Kathrinchen wickelte. Der arme kleine Knopf hatte hohes Fieber, was der Kinderarzt jedoch nicht für ungewöhnlich hielt. Ihre Nase lief unentwegt, ihre Augen waren fast zugeschwollen und sie hustete erbärmlich.

Ich flößte ihr nach Kirstys Anweisungen Holundertee ein, den ich mit Honig süßte, kochte Hühnersuppe für alle, machte Wadenwickel und Brustwickel und Gesichtsdampfbäder, verteilte Hustensaft, braute Fiebertee und sorgte dafür, dass der Spengler aus Frasdorf kam, weil es zu allem Überfluss auch noch durchs Dach regnete.

„Du siehst ja total geschafft aus", sagte Jörn, der in Mariabrunn für uns eingekauft hatte und mich abends besuchte. „Pass auf, dass du nicht auch noch krank wirst."

„Das sagt Kirsty auch dauernd, aber ich bin zäh. Wie geht's bei euch?"

„Ach, auch nicht so besonders. Joschi ist heute vom Ausritt mit einer geschwollenen Fessel zurückgekommen; ich glaube, wir werden Dr. Hofbauer rufen müssen. Mikesch ist sauer, weil Kai sich nicht an seine Anweisungen gehalten hat und mit Joschi auf der Bachwiese galoppiert ist. Da ist's zur Zeit so schlammig, und sie ist ausgerutscht und hat sich wohl einen Muskel gezerrt. Außerdem hat der Sepp ..."

Er kam nicht mehr dazu, mir zu erzählen, was außerdem noch mit dem Sepp war, denn in diesem Augenblick fing Kathrinchen heftig zu husten an, und der Husten endete in jämmerlichem Geheul. Ich holte sie aus dem Schlafzimmer, damit Vater und Kirsty etwas Ruhe hatten, und Jörn nahm sie und trug sie herum. Er pfiff ihr etwas vor, um sie abzulenken. Als das nichts nützte, nahm er sein Stirnband ab und ließ es vor ihrem Gesicht baumeln. Die blauen und weißen Glasperlen, die im Licht glitzerten, fesselten wirklich ihre Aufmerksamkeit. Sie hörte auf zu weinen und versuchte nach dem Band zu greifen.

„Die arme Kleine ist ja ganz verschwollen", sagte Jörn mitleidig, setzte sich mit Kathrinchen in den Schaukelstuhl und gab ihr sein Stirnband zum Spielen. „Ihre Nase sieht aus wie ein Rauchpilz. Das Leben kann manchmal schon hart sein, was, Kathrinchen?"

Kathrinchen nieste, dass es nur so spritzte. Ich putzte sie eilig mit Watte ab – ihre Nase war schon so rot und wund, dass ich keine Papiertaschentücher mehr verwendete – und cremte sie dann ein. Sie zappelte wie ein Fisch auf dem Trockenen, ließ das Stirnband aber nicht los.

„Es wird Zeit, dass das Wetter sich wieder bessert, sonst drehen uns die Ferienreiter noch durch", sagte Jörn düster. „Die einzigen Menschen, die zur Zeit glücklich sind, scheinen Matty und Maja zu sein. Alle anderen laufen mit stocksauren Gesichtern herum, so, als wollten sie sich am liebsten gegenseitig beißen."

Er lächelte plötzlich. „Was meinst du, Nell, ob wir in der letzten Ferienwoche, wenn der ganze Rummel hier vorbei ist, für ein paar Tage nach Amsterdam fahren könnten? Malte hat einen Freund, der wieder einen Freund hat, und der kennt Leute in Amsterdam, wo wir vielleicht wohnen könnten. Ich möchte gern ein bisschen weg und mal etwas anderes sehen, ehe ich im Krankenhaus zu arbeiten anfange – aber mit dir zusammen."

Ich freute mich so, dass ich ihn stürmisch umarmte. Darüber erschrak Kathrinchen und fing wieder zu schreien an.

„O du, das wäre fantastisch – und ausgerechnet Amsterdam, da wollte ich schon immer mal hin!" Ich streichelte Kathrinchen, um sie zu beruhigen. „Aber das Geld ... Die Bahnfahrt kostet bestimmt eine Menge! Oder wolltest du mit dem Käfer fahren?"

„Ja, wenn er's noch schafft. Das Benzin ist zwar auch nicht gerade billig, aber wenn wir bei der Mitfahrerzentrale anrufen und zwei Leute mitnehmen, die für die Fahrt zahlen, könnte es gehen", erwiderte er. „Und wenn uns Ans und Frans wirklich bei sich wohnen lassen – so heißen die beiden in Amsterdam, die Maltes Freund kennt –, könnten wir uns ja auch selbst etwas kochen."

Das klang wunderbar. Trotzdem seufzte ich. „Seit ich Hazel habe, bin ich ständig pleite", sagte ich. Und fügte rasch hinzu: „Nicht, dass ich mich beklage, aber ... das macht's eben immer so schwierig, wenn's um Extraausgaben geht."

„Vielleicht hilft dir dein Vater, wenn er hört, dass du wegfahren möchtest", meinte Jörn. „Rede doch mal mit ihm. Andere Leute in unserem Alter reisen in den Ferien ständig herum und erwarten, dass ihnen ihre Eltern das Geld dafür geben. Nicht, dass ich das in Ordnung finde, aber ..."

Ich unterbrach ihn. „Mein Vater steckt mir doch schon dauernd Geld für Hazel zu", sagte ich ernst. „Das finde ich sowieso schon sehr großzügig von ihm. Ich möchte seine Gutmütigkeit nicht ausnützen, weißt du. Er plant doch jetzt den Dachausbau, da käme ich mir richtig schäbig vor, auch noch etwas von ihm zu verlangen. Irgendwie werde ich das Geld schon zusammenkriegen – zur Not putze ich in nächster Zeit ab und zu mal das Haus. Kirsty ist bestimmt froh darüber und zahlt mir gern den Stundenlohn, den sonst Hopfi bei ihr kriegt."

Jörn nickte erleichtert. „Das ist eine gute Idee. Schau mal, Kathrinchen ist eingeschlafen. Aber ich glaube, ich behalte sie noch ein bisschen im Arm, damit sie nicht gleich wieder aufwacht."

Ich freute mich so über die Aussicht auf die Reise nach Amsterdam, dass ich richtig beschwingt war. An diesem Abend und am folgenden Tag ging mir alles leichter von der Hand. Und fast schien es, als wäre meine Hochstimmung ansteckend, denn Kathrinchens Fieber sank, und nachmittags kam mein Vater in die Küche gewackelt und redete davon, dass er morgen wieder aufstehen wolle, obwohl ihm der Arzt noch mindestens drei Tage Bettruhe verordnet hatte.

Am Samstag war ich wieder frei und ledig und konnte schon in aller Morgenfrühe nach Dreililien gehen. Natürlich führte mein erster Weg in den Stall, wo Hazel mit den Hufen scharrte, den Kopf zurückwarf und wie ein Wildpferd schnaubte, als sie mich durch die Tür kommen sah.

„Hast du mich vermisst?", sagte ich und legte die Arme um ihren Hals. „Ich kann nichts dafür – zu Hause waren alle krank, weißt du. Geht's dir wenigstens gut? Lass dich mal anschauen."

Aus alter Gewohnheit bückte ich mich und betastete ihre Fesselgelenke. Sie waren kühl, und die Schwellung, die seit ihrer Krankheit nicht wieder vergehen wollte, war zum Glück nicht stärker geworden; also war alles in Ordnung. Ich ging weiter zu Joschis Box. Sie hatte das linke Vorderbein bandagiert und sah unruhig aus. Leise redete ich mit ihr und streichelte ihre Nase, da sagte eine helle Stimme von der Sattelkammer her: „Es geht ihr schon wieder besser, Nell. Aber in den Reiterferien kann sie wohl vorerst nicht mehr eingesetzt werden."

Das war Maja, gefolgt von Matty. „Und welche Stute will Mikesch als Ersatz nehmen?", fragte ich.

„Die Jessie", sagte Matty. „Aber so einfach wie mit Joschi wird das mit ihr nicht werden. Sie ist ziemlich nervös und auch ein bisschen unberechenbar. Dr. Hofbauer sagt, wir müssen auf Joschi aufpassen, weil sie trächtig ist. Wenn sich das mit der Muskelzerrung zu lange hinzieht, kann's gefährlich werden, denn von Woche zu Woche lastet ja mehr Gewicht auf ihren Fesseln."

Auf dem Hof erklang Hundegebell. Die Stalltür öffnete sich und Jörn kam mit Diana herein. Hinter ihm tauchte Helge auf. Er sah noch mürrischer aus als sonst, falls das überhaupt möglich war.

„Fällt mir nicht ein, für eure blöden Schweine auf die Straße zu gehen", knurrte er. „Schweine! Als es mir dreckig ging, hat auch keiner für mich demonstriert."

Ich wechselte einen Blick mit Jörn. Darauf gab es eigentlich nichts zu sagen. Helge hatte Recht – und doch auch wieder nicht. Freilich waren Schweine weniger wichtig als Kinder in Heimen, aber durfte man sie deshalb leiden lassen, ohne einen Finger krumm zu machen?

„Es gibt so viel Unrecht auf der Welt, Helge", sagte Maja. „Und gegen alles kann man einfach nicht angehen. Wir wissen ja auch, dass in Indien die Kinder verhungern, während anderswo Milliarden für die Rüstung ausgegeben werden. Dagegen ist es natürlich vergleichsweise unbedeutend, wenn nebenan einer sein Tier quält. Aber heißt das deshalb auch gleich, dass wir solche Grausamkeiten hinnehmen sollen, die vor unseren Augen passieren?"

„Schweine!", wiederholte Helge nur statt einer Antwort.

„Ja, Schweine", erwiderte Matty. „Das sind besonders empfindsame Tiere. Nicht umsonst werden sie vor dem Schlachten mit Beruhigungsmitteln voll gepumpt, weil die armen Viecher genau spüren, was ihnen bevorsteht, und weil sie sonst vor Angst reihenweise der Herzschlag trifft. Was ist das für eine Tierliebe, wenn man solche Unterschiede macht – Pferde und Hunde und Katzen müssen geschont werden, aber mit Schweinen und Hühnern und Kälbern, da kann man tun und lassen, was man will, wie?"

Helge sagte gar nichts mehr.

Irgendwie verstand ich durchaus auch seinen Standpunkt – dass es ihm dreckig gegangen war und keiner hatte sich darum gekümmert. Ich sagte das später zu Jörn, als ich ein paar Minuten mit ihm allein war. Er erwiderte jedoch ziemlich ungeduldig: „Das ist alles schön und gut, aber es gibt auch Leute, die sich ihr Leben lang darauf berufen, dass es ihnen als Kind schlecht gegangen ist. Sie meinen, dass die ganze Welt sich fortwährend bei ihnen entschuldigen müsste. Statt mal die Verantwortung für sich selbst zu übernehmen, sind bloß dauernd die anderen an all ihrem Pech und ihren Misserfolgen schuld. Glaub mir, der Helge tut mir Leid, aber manchmal geht er mir auch verdammt auf den Geist."

Ich fand, dass Jörn zu hart urteilte, aber wir hatten keine Zeit, länger darüber zu reden, denn er und Matty sollten an diesem Tag den Morgenritt übernehmen. Mikesch musste den Unterricht für die Anfänger abhalten, bis die Samstagsreitschüler kamen.

Ich sattelte und zäumte Hazel und ritt hinter Marlis und Evi her zum Waldrand, während Matty und Maja die Nachhut bildeten. Eigentlich fand ich, dass ich jetzt schon ganz passabel reiten konnte, wenn ich auch im Vergleich zu Mikesch, Matty und Jörn immer noch eine blutige Anfängerin war. Für meine Bedürfnisse reichte es jedenfalls, und ich kam beim Ausreiten gut zurecht. Das lag allerdings wohl weniger an meinen Reitkünsten als an meinem Glück, das vorsichtigste und vernünftigste Pferd zu haben, das man sich nur vorstellen kann. Und da ich keinen besonderen Ehrgeiz hatte, irgendwelche Glanzleistungen zu vollbringen, nahm ich jetzt auch kaum noch an den Reitstunden teil. Gelegentlich hörte ich zwar noch Ermahnungen, ich müsste meine Zügelführung verbessern oder auch auf einem anderen Pferd als Hazel endlich einmal richtig galoppieren lernen. Doch auf Dreililien gab es so viel zu tun, dass ich meistens eine Ausrede fand, wenn jemand mich aufforderte, an einer Reitstunde teilzunehmen.

Als wir den Waldrand erreichten, fing es wieder zu regnen an. Von den Bäumen rieselte es sacht. Die Tropfen zerplatzten auf der Oberfläche des Baches und im Tal begannen die Drosseln zu singen. Es war merkwürdig feierlich im Wald: Die Pferde gingen mit gesenkten Köpfen auf dem nassen Pfad, die Reitschüler verstummten. Es duftete nach Erde und Wasser, nach Moos und Tannennadeln.

Über Evis Kopf hinweg fing ich Jörns Blick auf. Ein verstohlenes Lächeln stand in seinen Augen, das mir allein galt. Da durchzuckte mich wieder jenes Gefühl, das wie ein winziger elektrischer Schlag war und das nur er in mir auszulösen vermochte. Ich lächelte zurück. Ich war glücklich.

13

Obwohl es um Schweine ging, war das Glück bei dieser kleinen Demonstration im August nicht auf unserer Seite. Wir waren etwa dreißig junge Leute und hatten, um Aufsehen zu erregen, die zwei ruhigsten Pferde mitgenommen. Jörn fuhr mit dem Traktor voraus, und das Ende des Zuges bildeten Matty und Maja auf dem Pferdefuhrwerk, dem Vroni vorgespannt war.

Carmen und Roddy trugen ein Spruchband, auf dem stand: *Was du nicht willst, das man dir tu, das füg auch keinem Ferkel zu.* Sabine Mayreder hatte ein großes Plakat gemalt, auf dem ein weinendes Schwein in einem Stall zu sehen war, der an einen Vogelkäfig erinnerte.

Der Zug brachte das ganze Dorf auf die Beine. Überall standen die Bauern vor ihren Häusern und an den offenen Fenstern. Die Feriengäste tauchten in den Gärten und auf den Balkons auf. Wir zogen durch die Hauptstraße, den Kirchberg hinauf und die Landstraße entlang, vorbei am Bergerhof, bis wir zum Hochederhof kamen.

Es war ein großes, protziges Wohnhaus, auf hässliche Weise modernisiert, mit kitschiger Lüftlmalerei und überreich verziertem Holzbalkon. Die Urlaubsgäste des Hocheders schienen unser Auftauchen als angenehme Abwechslung zu empfinden. Sie standen im Türrahmen und lachten über unsere Sprechchöre, mit denen wir verlangten, dass die Tierquälerei im Schweinestall des Hocheders aufhören sollte.

Anschließend trug Alex seinen „Schweinesong" vor, den er eigens für diese Gelegenheit getextet und vertont hatte, begleitet von Matty auf der Mundharmonika. Er begann so:

Mancher Schweinestall
ist ein Jammertal.
In den engen Ställen
müssen sich die Ferkel quälen,
wenn die Bauern voll Vergnügen
in den weichen Kissen liegen.
Raffgier bringt den Schweinen Not
bis zu ihrem frühen Tod ...

In dieser Tonart ging es noch vier Strophen weiter, sehr zum Ärger des Hochederbauern, der fuchsteufelswild vor uns auf und ab lief, uns mit geballten Fäusten drohte und schließlich versuchte, die Polizei zu holen, die sich jedoch nicht blicken ließ. Ein paar von den Bauern und Feriengästen, die uns gefolgt waren, klatschten, als wir wieder abzogen.

Auf dem Rückweg kam der Pfarrer aus der Kirche, ging uns entgegen und sagte, das hätten wir gut gemacht und er wolle seinerseits versuchen, uns am Sonntag in seiner Predigt zu unterstützen.

Das tat er auch. Ausnahmsweise gingen Jörn, Matty und ich zusammen mit Carmen und ein paar Ferienreitern an diesem Sonntag in den Gottesdienst. Es tat richtig wohl, den jungen Pfarrer von der Kanzel wettern zu hören, dass jede Kreatur von Gott geschaffen sei und nicht gequält werden dürfe, auch wenn es sich dabei „nur" um ein Schwein oder Hühner in einer Legehennenbatterie handle, dass man Achtung vor der Natur und ihren Geschöpfen haben müsse, gerade in der Landwirtschaft.

„Doch was in unserer Zeit passiert", sagte er, „ist, dass wir die Tiere und die Natur ausbeuten, sie schinden und auspressen. Wir sind im Zeitalter der Atomrüstung, der Umweltverschmutzung, des sauren Regens, der Tierversuche, wir betonieren und asphaltieren unsere Erde zu, produzieren Unmengen von Fleisch und Nahrungsmitteln und schütten wieder ins Meer, was wir nicht brauchen, schlagen uns mit Gewichtsproblemen herum, während Menschen in der Dritten Welt Not leiden und verhungern. Der Mensch zerstört, was Gott ihm zum Lehen gegeben hat. Wie heißt es in Genesis 2, Vers 15: *Und Gott der Herr nahm den Menschen und setzte ihn in den Garten Eden, dass er ihn baue und bewahre.* Wir bewahren unseren Garten Eden nicht mehr, wir zerstören ihn – und das wird schließlich auch unser eigener Untergang sein. Die Jugend scheint das zu begreifen – doch diejenigen, die es vor allem angeht, die Politiker und Industriellen, Bauern und Beamten, sind offenbar meist zu dumm oder zu habgierig, um daraus ihre Lehren zu ziehen. Das Thema Naturschutz ist zur Zeit groß in Mode. Aber gehört dazu nicht auch der Schutz unserer Tiere? Wir dürfen diese Geschöpfe Gottes nicht ausbeuten und quälen, für die Kosmetikindustrie ebenso wenig wie in der Landwirtschaft."

Bauer Hocheder und seine Frau, die in der zweiten Bankreihe saßen, bekamen rote Köpfe. Trotzdem bewirkte auch die Predigt nichts. Jörn wusste das bereits, als wir aus der Kirche kamen.

„Das war eine gute Predigt", sagte er. „Wenn mehr katholische Priester so wären wie unserer, würde ich anders über die Kirche denken. Aber es wird nichts ändern. Ich fürchte, wir haben das alles ganz umsonst veranstaltet."

Er behielt Recht. Das einzige Ergebnis unserer Aktion war, dass sich Bauer Hocheder bei Herrn Moberg und Carmens Eltern beschwerte und dass sowohl Carmen als auch Matty und Jörn sich Vorhaltungen anhören mussten. Ebenso erging es einigen Söhnen und Töchtern von Bauern aus Mariabrunn, die an der Demonstration teilgenommen hatten. Sebastian Hocheder war wegen seines Reichtums ein mächtiger Mann in unserer Gegend, den man nicht ungestraft beleidigte. Er beschwerte sich auch bei Alex' Onkel, Dr. Hofbauer, doch da kam er an die falsche Adresse. Dr. Hofbauer sagte ihm klipp und klar, wir hätten seiner Meinung nach völlig Recht gehabt und er solle sich in Zukunft einen anderen Tierarzt suchen, weil er keine Lust hätte, das Elend im Schweinestall des Hocheders mit anzusehen. Er erklärte ihm auch, dass diese moderne Art der Schweinehaltung beschränkt und kurzsichtig sei, da die Gewinnsteigerung auf die Dauer von den hohen Tierarztkosten für die Schweine wettgemacht würde, die viel öfter an Krankheiten litten als andere, natürlicher gehaltene Tiere. Doch letzten Endes konnte auch er den Hocheder nicht umstimmen.

„Nichts zu machen", sagte Alex am darauf folgenden Sonntag zu uns, als er wieder zur Reitstunde kam. „Bei dem Quadratschädel müsste erst die Schweinepest ausbrechen, damit er sich die Sache vielleicht anders überlegen würde."

Helge, der in der Nähe stand und zuhörte, lächelte schief. Darauf wurde Jörn fuchsteufelswild. Er vergaß seine ganzen guten Vorsätze und schrie: „Was grinst du so blöd, du Esel? Jetzt triumphierst du wohl, weil wir nichts erreicht haben, was?"

Ein paar von den Reitschülern machten erschrockene Gesichter. Immer noch lächelnd, drehte sich Helge um, steckte die Hände in die Hosentaschen und schlenderte aufreizend langsam davon.

Jörn biss die Zähne zusammen. Ich wusste, dass er Helge nur zu gern nachgestürzt wäre, doch er tat es nicht. Er hatte Mikesch versprochen, den Ausritt mit ihm zusammen zu übernehmen. So folgte er Alex schweigend zum Stall. Mikesch, der den Vorfall beobachtet hatte, sagte ebenfalls kein Wort.

Ich beteiligte mich nicht am Ausritt, denn morgen war Kirstys Geburtstag, und ich hatte mir vorgenommen, einen Kuchen für sie zu backen, während sie und Vater ihren Sonntagsspaziergang machten.

So ging ich zum Kavaliershäusl zurück, als der Ausritt begann. An der Wegkreuzung sah ich Helge unter einem Baum sitzen und an einem Stück Holz herumschnitzen.

Er hörte mich nicht kommen. Ich blieb stehen und zögerte eine Weile. Sollte ich zu ihm gehen und riskieren, von ihm angeschnauzt zu werden? Nach dem, was gerade vorgefallen war, hatte er wahrscheinlich eine Stinklaune.

Trotzdem, ich wollte es versuchen. Mehr als wegschicken konnte er mich nicht. Ich tat einen Schritt auf ihn zu. Er hob den Kopf, als er den Kies knirschen hörte, und sah mich flüchtig an.

„Störe ich dich?", fragte ich und lehnte mich gegen den Baumstamm.

Er gönnte mir keinen zweiten Blick. Eine Weile schnitzte er weiter an seinem Haselnussstecken. Sein Gesicht war unter dem dichten dunklen Haar verborgen, das nach vorn fiel. Dann erwiderte er: „Allerdings."

Ich wollte gehen. Bei jedem anderen wäre ich gegangen, tief beleidigt und wütend – doch Helge war nicht wie die anderen. So tat ich, als hätte ich seine Zurückweisung nicht gehört.

„Stimmt es wirklich, was Jörn sagt – dass du jetzt triumphierst, weil wir wegen der Schweine nichts erreicht haben?"

Er stieß ein geringschätziges Schnauben aus. Dann murmelte er: „Blödsinn. Ich triumphiere nicht. Ich hab's bloß schon vorher gewusst, das ist alles. Es nützt nichts, wenn man sich wehrt. Nicht auf diese Weise, meine ich. Man muss zuschlagen – erst dann kapieren sie's vielleicht."

„Wenn man zu Gewalt greift, bringt man nur noch die Leute gegen sich auf, die sonst vielleicht zu einem halten würden. Damit überzeugt man keinen; man setzt sich bloß ins Unrecht", sagte ich.

Er ließ sein Schnitzmesser sinken. „Ach, was weißt du schon? Du hast dich doch in deinem Leben nie wirklich wehren müssen. Du hast immer alles gehabt, da war immer einer, der aufgepasst hat, dass dir nichts passiert. Du bist nie hilflos und allein und ausgeliefert gewesen."

Betroffen starrte ich auf ihn nieder.

„Das mit den Schweinen", fuhr er fort, „was macht dir das im Grund schon aus? Betrifft es dich wirklich, Nell? Geht es dir echt unter die Haut, an die Nieren?"

Zum ersten Mal hatte er mich beim Namen genannt. Jetzt sah er zu mir auf und ich erwiderte seinen Blick. „Dich haben sie nie herumgestoßen und in den Dreck getreten, haben dich nie geschlagen und eingesperrt unter dem Vorwand, es gut mit dir zu meinen. Du weißt ja nicht, wie das ist, ganz allein dazustehen und bis oben hin voll zu sein mit Hass und Verachtung gegen dich selbst und die anderen – nichts tun zu können, alles mit dir geschehen lassen zu müssen ..."

Er ballte die Fäuste. „Ich hab immer gedacht: Wenn ich erwachsen bin, zahle ich es ihnen heim. Dann schlage ich zurück. Ich werde sie nicht mehr brauchen, keinen von ihnen. Sie können mir alle gestohlen bleiben. Und sie sollen Angst vor mir haben."

„Sie?", sagte ich leise. „Wer, Helge?"

„Alle. Alle, die mich in die Pfanne hauen wollen."

Ich setzte mich neben ihn ins Gras. „Hier will dich keiner in die Pfanne hauen", sagte ich. „Und das weißt du auch. Du machst dich doch bloß selbst kaputt, wenn du immer denkst, alle wären gegen dich. Wenn du bloß um dich schlägst und verbittert bist und meinst, jeder wäre dein Feind, schadest du dir nur selbst. Nur weil du's früher schlecht gehabt hast, haben sich doch nicht für immer und ewig alle gegen dich verschworen!"

Er sagte bitter: „Ihr mögt mich doch auch nicht. Ihr würdet mich am liebsten wieder wegschicken, wenn ihr nicht so ein verdammt schlechtes Gewissen dabei hättet."

„Du machst es einem aber auch schwer, dich zu mögen, Helge. Und davon, dass wir dich gern wegschicken würden, ist keine Rede. Ob du bleibst oder gehst, hängt allein von dir ab. Sag ehrlich – möchtest du denn überhaupt auf Dreililien bleiben?"

Er wandte den Blick ab, als fürchtete er, ich könnte seine Gedanken erraten, und antwortete nicht.

Warum war es so schwer für ihn, zuzugeben, dass er bleiben wollte? Ich musste plötzlich an den Bauernhof denken, auf dem er in seiner Kindheit gelebt hatte – damals wäre er wohl auch gern geblieben, doch man hatte ihn weggeschickt.

Leise sagte ich: „Du möchtest bleiben, nicht?"

Er sagte noch immer kein Wort, doch er nickte.

Und das war wohl schon ein großes Zugeständnis für ihn.

Der Wind trug uns ein paar Glockentöne von der Dorfkirche zu. Es war elf. Ich war froh über die Ablenkung, denn ich wurde mit einem Mal verlegen. Rasch stand ich auf und sagte: „Ich muss jetzt nach Hause, Kuchen backen. Hast du Lust, mitzukommen und dir mal unser Haus anzusehen?“

Er sah mich so überrascht an, als hätte ich ihn eben in die Oper eingeladen. Mit einem Lächeln fügte ich hinzu: „Du kannst auch den Teig rühren, wenn du magst. Einen elektrischen Rührer haben wir nämlich nicht.“

Helge fingerte an seinem Schnitzmesser herum. „Ich weiß nicht ...“, sagte er unschlüssig.

„Du hast doch heute deinen freien Tag, oder?“

„Ja, schon.“

„Dann komm doch. Schnitzen kannst du auch bei uns im Garten. Aber erst, wenn du den Teig gerührt hast.“

Langsam und zögernd stand er auf. „Na gut. Aber ich bleibe nicht lange.“

Als wir zum Kavaliershäusl kamen, traten mein Vater und Kirsty gerade aus der Gartentür. Sie begrüßten Helge freundlich wie einen alten Bekannten, obwohl sie ihn erst ein paar Mal flüchtig gesehen hatten. Herr Alois kümmerte sich nicht weiter um den Besucher. Er war schon ganz aufgeregt wegen des

Spaziergangs und sprang abwechselnd an Kirsty und Vater hoch. Mein Vater trug Kathrinchen im Schultertuch.

Kirsty sagte: „Wenn ihr Hunger habt, es steht noch Quarkstrudel im Kühlschrank." Dann verschwanden sie.

Wir gingen in die Küche und ich gab Helge eine Portion Quarkstrudel und kochte Kaffee dazu. Während ich das Wasser aufsetzte, blieb Helge am Fenster stehen. „Ist sie deine Stiefmutter?", fragte er.

„Ja, so nennt man das wohl. Aber Kirsty ist nicht das, was man sich unter einer Stiefmutter vorstellt. Wir verstehen uns gut, weißt du. Sie versucht nicht, mich zu bevormunden oder so. Anfangs mochte ich sie nicht ... Aber jetzt bin ich froh, dass mein Vater sie gefunden hat, dass alles so gekommen ist. Wenn sie nicht gewesen wäre, würde ich heute noch in der Stadt sitzen und wüsste gar nicht, dass es Dreililien gibt. Ich zeige dir nachher mal Kirstys Töpferwerkstatt, wenn du magst."

Gemeinsam schälten wir die Äpfel für den Kuchen und schnitten sie in Scheiben; dabei erzählte ich Helge, wie ich im Vorfrühling des vergangenen Jahres zum ersten Mal nach Dreililien gekommen war. Ich erzählte, wie mein Vater beschlossen hatte, zusammen mit Kirsty aufs Land zu ziehen, ins Haus ihrer Tante, und wie ich vor der Wahl gestanden hatte, mitzukommen oder in einem Internat in der

Stadt zu bleiben. Ich schilderte die Nacht, in der sich Herr Alois vergiftet nach Hause geschleppt hatte und beinahe gestorben wäre, jene Nacht, in der sich mein Verhältnis zu Kirsty grundlegend geändert hatte. Und schließlich erklärte ich ihm auch, wie es gekommen war, dass ich Herrn Moberg Hazel abkaufte, damit sie nicht sterben musste.

Ich redete sehr viel und Helge hörte zu. Von sich sprach er nicht mehr, doch ich hatte das Gefühl, dass er mir an diesem Tag schon eine ganze Menge gesagt hatte und dass ihm das Gespräch gut tat. Er blieb zwei Stunden lang, bis Vater und Kirsty mit Kathrinchen und Herrn Alois vom Sonntagsspaziergang zurückkamen. Wir versteckten den Kuchen gerade noch rechtzeitig. Dann sah sich Helge die Werkstatt an, und Kirsty versprach, ihm im Herbst die Grundbegriffe des Töpferns beizubringen.

Wir luden Helge zum Mittagessen ein, doch er sagte, er wäre noch satt vom Quarkstrudel und hätte vor, eine Weile in den Wald zu gehen. Ich brachte ihn zur Gartenpforte. Irgendwie begriff ich, dass er jetzt allein sein wollte, spürte, dass der Besuch im Kavaliershäusl einiges bei ihm bewirkt hatte.

Plötzlich verstand ich auch, dass wir bisher nicht versucht hatten, Helge mit einzubeziehen – nicht wirklich. Wir hatten wohl unbewusst noch immer darauf gewartet, dass er von sich aus auf uns zugehen würde, dass er sich in unsere Gemeinschaft einfügte.

Doch das konnte er nicht; er war nicht wie andere. *Wir* mussten auf *ihn* zugehen – immer wieder von neuem – gute Vorsätze und Worte allein genügten nicht.

Ich blieb an der Pforte stehen und sah ihm nach, wie er über die Wiesen zum Wald ging, und dabei nahm ich mir vor, mit Jörn und Matty und Mikesch zu reden. Irgendwie war ich sicher, dass dies der erste Schritt auf dem richtigen Weg gewesen war.

Von da an ging es besser mit Helge.

14

Die Sommertage vergingen wie im Flug. Maja und die Ferienreiter reisten wieder ab, und Dreililiens Fassade bekam einen neuen Anstrich – sonnengelb, mit weißen Verzierungen. Das Wohnhaus strahlte richtig wie ein kleines Jagdschloss. Matty und Helge strichen die Fensterrahmen und die Läden grün. Im Stall wurden neue Fenster eingesetzt, die zwar nicht so romantisch aussahen wie die alten, aber endlich dicht hielten. Ein Teil der Boxen wurde erneuert, die Stallwände kalkten wir eigenhändig, mit Roddys und Carmens Hilfe. Aus Frasdorf kam ein Maurer und besserte den bröckelnden Torbogen mit dem Wappen von Dreililien aus. Die Kutscherlampe bekam neue Gläser, sie wurde entrostet und frisch gestrichen; der Holzbalkon am Gesindehaus wurde repariert, die vermoderten Balken ausgetauscht.

Das alles bezahlte Mikesch von seiner Erbschaft. Er selbst hauste weiterhin bescheiden in seiner Fuhrknechtskammer. Der einzige Luxus, den er sich gönnte, war ein kleines Badezimmer mit eigener Toilette auf dem Treppenabsatz, ein paar neue Bücher und eine neue Matratzenliege aus Naturfasern.

Auch Helge war nicht länger auf dem Sprung wegzugehen. Seine ständige Bereitschaft, „seinen Krempel zu nehmen und abzuhauen“, ließ nach. Schwierigkeiten gab es noch immer genug mit ihm, doch sie waren gering im Vergleich mit denen der ersten Wochen. Sein Misstrauen, das ihm und uns anfangs so vieles erschwert hatte, verringerte sich, wenn es auch zeitweise unversehens wieder aufflackerte und dafür sorgte, dass es nicht zu friedlich bei uns wurde.

Helge zog aus dem Wohnhaus ins Gesindehaus um, das seit langem leer stand, und begann sich dort in seiner Freizeit eine der Mägdekammern herzurichten. Er kratzte den hässlichen Lehmverputz von den Wänden und legte die alten Balken frei, schrubbte den Schmutz der Jahrhunderte von den Dielenbrettern, strich und isolierte die kleinen Fenster und vertrieb die Mäuse aus ihren Behausungen im Zwischenboden. Endlich ließ er sich auch von Matty Reitunterricht geben. Das hatte ihm sein Stolz bisher verboten, obwohl er sich immer benachteiligt gefühlt hatte, denn er konnte kaum besser reiten als unsere Anfänger.

Als Helge sich einmal entschlossen hatte, seine Schwäche zu zeigen, war das Eis gebrochen. Er machte rasch Fortschritte und bewies mehr Mut und Talent, als ich es jemals gehabt hatte. Matty meinte sogar, Helge sei der begabteste von allen Reitschülern, die wir auf Dreililien je gesehen hatten.

Jörns freie Tage neigten sich dem Ende zu und die Holland-Reise war fest eingeplant. Ich hatte mir als Putzfrau im Kavaliershäusl während der letzten Wochen fast fünfhundert Mark verdient – wobei Kirsty den Stundenlohn allerdings ungewöhnlich großzügig bemessen hatte! Damit war das finanzielle Problem gelöst.

Da uns Malte gewarnt hatte, dass es Mitte September in Amsterdam oft schon recht kühl und windig sei, strickte ich mir mit Kirstys Hilfe noch rasch einen dicken Schafwollpullover, das heißt, Kirsty übernahm das Vorder- und Rückenteil und ich plagte mich mit den Ärmeln ab.

Wir beschlossen, am Abend vor unserer Abreise noch ein Fest am Waldweiher zu feiern – eine Art Sommerabschiedsfest. Am Weiher hatten wir schon einmal gefeiert, vor ungefähr einem Jahr, als sich die ersten Reitschüler angemeldet hatten. Damals waren mein Vater und Kirsty mit dabei gewesen und wir luden sie auch diesmal ein. Auch Mikesch und Helge, Carmen, Roddy und Alex wollten kommen. Alex hatte versprochen, Makrelen von der benachbarten Fischzucht zum Steckerlfischbraten mitzubringen. Wir wollten ein Lagerfeuer machen, für das Matty und Jörn schon nachmittags Steine aus dem Wald zum Weiher schleppten, um die Feuerstelle zu sichern. Zum Glück war es ein windstiller Tag, sonst wäre aus unserem Lagerfeuer nichts geworden.

Man spürte, dass sich der Sommer seinem Ende zuneigte. Ein kühler Hauch lag in der Luft, als die Sonne sank. Hinter den Wäldern und über dem Gebirge färbte sich der Himmel blutrot.

Mit Decken, Kissen, Lebensmitteln, Papptellern und -bechern und einem Kassettenrekorder bepackt, wanderten wir über die Wiesen: Vater und Kirsty mit Kathrinchen im Arm, Carmen und Roddy, Mikesch, Alex und ich.

Jörn, Matty und Helge waren schon am Weiher; das Lagerfeuer brannte hell. Helge hatte eine Vorrichtung für die Makrelen gebastelt, damit wir sie über der Glut braten konnten. Er sah gelöst und glücklich aus an diesem Abend – glücklicher als Matty, der Maja wohl wieder ganz besonders herbeisehnte, wie immer bei solchen Gelegenheiten.

Wir ließen uns ums Feuer nieder. Kathrinchen fuchtelte mit den Händen und sah mit großen Augen in die züngelnden Flammen. Jörn legte eine Kassette mit Liedern seines Lieblingssängers Hannes Wader ein, und die klare, kraftvolle Stimme klang über den Weiher und die Wiesen, die schon in der Abenddämmerung lagen: *„Ich bin ein Rohr im Wind. Bind nicht an mich dein Boot ...“*

Ich saß Hand in Hand mit Jörn. Roddy hatte den Arm um Carmen gelegt und Kirstys Kopf lag an der Schulter meines Vaters. Plötzlich tat mir Matty so Leid. Ich streckte die freie Hand aus und griff nach seiner Rechten. Stumm erwiderte er den Druck meiner Hand. Mikesch lag auf dem Rücken, die Arme hinter dem Nacken verschränkt, und starrte in den dunkler werdenden Himmel. Keiner sagte ein Wort, während Hannes Wader sang; sogar Kathrinchen verhielt sich still.

Als die Kassette abgelaufen war, war auch das Feuer so weit heruntergebrannt, dass wir darangehen konnten, die Fische zu braten. Hinter dem Moorwald erschien groß und leuchtend der Mond und spiegelte sich in der glänzenden Wasserfläche des Weihers. Ein Frosch quakte zaghaft, erschrocken über den ungewohnten Betrieb in seinem Revier. Aus dem Wald kam das abendliche Konzert der Vögel.

Die Fische schmeckten wunderbar. „Wenn ich bloß nicht immer so ein schlechtes Gewissen hätte“, sagte Jörn während des Essens. „Ich denke dauernd, dass das arme Tier meinetwegen gestorben ist – und irgendwie stimmt das ja auch.“

„Wenn du ihn nicht aufessen würdest, tät's ein anderer“, meinte Alex.

„Also, die Ausrede gilt nicht“, warf Matty ein. „Irgendwo muss man ja anfangen. Und wenn jeder sich klar machen würde, dass es auf ihn ankommt, würde das eine Menge ändern. Ich meine, wenn all die Leute, die sich für tierliebend halten, weniger Fleisch essen würden, dann könnte das die übermäßige Aufzucht von Schlachtvieh schon gewaltig beeinflussen.“

Er selbst aß seit einem Dreivierteljahr kein Fleisch mehr. Er hatte auch den Steckerlfisch, den Alex für ihn mitgebracht hatte, nicht angerührt. Lieber hielt er sich an Kirstys Salate und Käsebrote.

„Aber Fisch ist doch kein Fleisch“, meinte Roddy. „Sogar Vegetarier essen Fisch, oder?“

„Mir geht's nicht darum, mich fleischlos zu ernähren, sondern um die Tiere“, erklärte Matty mit Festigkeit. „Ich hab mir vorgenommen, kein Tier mehr zu essen. Schließlich sind Fische auch Lebewesen.“

Nach diesem Gespräch hielt sich unsere Freude am Essen in Grenzen. Wir aßen die Fische zwar auf – „Weil sie nun schon mal hinüber sind“, wie Alex sagte –, aber ich beschloss heimlich, in Zukunft mehr auf Kartoffeln, Gemüse und Salat umzusteigen. Und vielleicht war ich nicht die Einzige, die diesen Vorsatz fasste.

Zum Nachtisch gab es Windbeutel, die Roddy selbst gebacken hatte, und Apfelmost aus dem Keller des Bergerhofes.

„Trink nicht zu viel davon“, sagte Jörn zu mir, „sonst müssen wir morgen einen Nachttopf auf die Fahrt mitnehmen.“

„Einen Nachttopf? Wieso?“ Ich sah ihn mit großen Augen an.

„Dreimal darfst du raten – weil du Durchfall kriegst, Schafskopf!“

Mikesch legte eine Kassette mit Oldies ein, nach denen man gut tanzen konnte, und wir begannen barfuß auf der Wiese herumzuhopsen, die schon feucht vom Abendtau war. Richtig tanzen konnte man auf dem moorigen Untergrund nicht. Auch Vater und Kirsty machten mit, zwischen sich Kathrinchen, die im Schultertuch um den Hals meines Vaters hing und vor Vergnügen krähte.

Wahrscheinlich sahen wir aus der Ferne wie eine große Trollfamilie aus, die aus den Wäldern gekommen war, um hier am Weiher ein wildes Gelage zu feiern.

Ich tanzte erst mit Jörn, dann mit Matty und Mikesch, bis ich schwindlig und außer Atem war, schwamm mit Jörn zur Abkühlung eine Runde durch den Weiher und tanzte anschließend mit Helge, die Haare voller Entengrütze. Roddy und Carmen drehten sich eng umschlungen und ganz versunken unter den Weiden, und Alex, der „das Gehopse“ nicht mochte, saß mit Mikesch am Lagerfeuer, in ein ernsthaftes Gespräch vertieft.

Später, als ich in Jörns Arm am Feuer lag und in die glühenden Holzscheite sah, wurde ich unversehens von Wehmut gepackt.

„Jetzt ist der Sommer schon fast vorüber“, sagte ich langsam, „und in zehn Tagen fängt dein Zivildienst an. Es wird vielleicht nie wieder so werden, wie es bisher war.“

Jörn streichelte mein Gesicht. „Das Leben ändert sich doch ständig, Nell – aber das muss ja nicht unbedingt etwas Bedrohliches sein. Wir werden wohl diese sechzehn Monate nicht mehr so viel Zeit füreinander haben; doch die Zeit, die uns bleibt, verbringen wir vielleicht bewusster miteinander.“

„Trotzdem“, murmelte ich. „Ich wollte, alles könnte so bleiben, wie es war.“ Und ich sah zu ihm auf, sah sein schmales, ernstes Gesicht über mir, hell im Widerschein des Feuers.

„Das wünsche ich mir auch“, sagte er. „Aber vielleicht tut es mir ganz gut, von zu Hause wegzukommen und selbstständiger zu werden. Ich glaube, es ist wichtig für mich, auch mal eine andere Arbeit zu tun, als Pferde zu versorgen und Ställe auszumisten. Ich muss mir langsam klar darüber werden, wie's in der Zukunft weitergehen soll, und da kann mir der Dienst im Krankenhaus möglicherweise helfen. Es ist wenigstens eine sinnvolle Arbeit – sehr viel sinnvoller jedenfalls, als Krieg zu spielen."

Ich nickte. „Natürlich. Und irgendwann muss man wohl wirklich von zu Hause fort, früher oder später. Nur wär's mir ein bisschen später lieber gewesen. Wir sind doch noch gar nicht so lange zusammen."

„Denk an Matty und Maja", erwiderte Jörn sanft. „Verglichen mit den beiden haben wir doch unverschämtes Glück. Und jetzt fahren wir erst mal nach Amsterdam – nur wir beide. Bis Köln sind zwar noch die beiden Mitfahrer dabei, aber dann sind wir ganz unabhängig und können tun und lassen, was uns gefällt."

Mikesch legte noch einen Holzklotz aufs Feuer. Matty holte seine Mundharmonika heraus und spielte eine schwermütige Melodie. Ich richtete mich auf. Kathrinchen lag in Kirstys Schoß; sie war eingeschlafen. Helge und Alex schwammen im Weiher. Von Carmen und Roddy war nichts zu sehen.

Mikesch setzte sich zu uns. „Amsterdam wird euch gefallen", sagte er. „Es ist die schönste Stadt, die ich kenne – nicht nur, weil sie mit ihren wunderbaren alten Häusern aussieht wie eine Puppenstube. In Amsterdam lässt sich's leben." Ich begann mich wieder besser zu fühlen.

„Wann fahrt ihr denn los?", fragte Mikesch.

„Morgen früh gegen halb sechs. Wir müssen zwischen sieben und halb acht in München bei der Mitfahrerzentrale zwei Leute abholen."

Mikesch lächelte. „Morgen? Sag lieber heute. Mitternacht ist schon vorbei."

„Herrje, schon? Dann sollten wir wohl jetzt gehen, Nell, sonst kommen wir nicht aus den Betten."

Ich seufzte. Mir war, als müsste ich diesen Abend festhalten, ihn auskosten bis zur letzten Minute. „Noch nicht", bat ich. „Lass uns noch mal tanzen und im Weiher schwimmen. Auf eine Stunde Schlaf mehr oder weniger kommt's jetzt doch auch nicht mehr an. Punkt dreiviertel fünf stehe ich auf, ich schwör's!"

Noch einmal tanzten wir, Jörn und ich. Dann machten sich Vater und Kirsty mit dem fest schlafenden Kathrinchen auf den Heimweg. Da begannen auch alle anderen aufzubrechen. Mikesch holte mit einem Plastikbeutel Wasser vom Weiher und goss es auf die letzte Glut, bis sie verlöschte. Wir schwammen ein letztes Mal im Mondlicht durch den Weiher, packten unsere Sachen und gingen gemeinsam nach Dreililien zurück, wo auch Carmen, Roddy und Alex den Rest der Nacht verbringen wollten.

Ich war nicht müde – ich hätte ewig so weitergehen mögen, heim durch unser stilles, mondbeglänztes Tal. Am alten Torbogen verabschiedete ich mich von Mikesch und Matty, von Carmen, Roddy, Helge und Alex, da ich annahm, dass sie noch schlafen würden, wenn wir aufbrachen.

Herr Alois begrüßte mich mit verschlafenem Wedeln, als ich nach Hause kam. Meine Sachen hatte ich schon gepackt, doch ich ging noch unter die Dusche und wusch mir die Entengrütze aus den Haaren.

Dann legte ich mich ins Bett – und es kam mir vor, als wäre ich gerade erst eingeschlafen, da klingelte schon der Wecker.

Mein Vater stand eine ganze Stunde früher auf als gewöhnlich, weil er nicht mehr schlafen konnte, wie er sagte, doch in Wirklichkeit wollte er sich wohl einfach noch von mir verabschieden und mir sagen, dass ich auf mich aufpassen sollte. Er begleitete mich bis zur Gartenpforte und winkte mir nach, als ich den Pfad zwischen den Hecken entlang zur Wegkreuzung ging. Dort stellte ich meine Reisetasche ab.

Von Jörn war nichts zu sehen. Der Morgen dämmerte frisch und kühl; noch stand der Mond am Himmel, doch er war bleich und leuchtete nicht mehr. Langsam schlenderte ich über die Auffahrt von Dreililien.

Aus dem Stall kamen die vertrauten morgendlichen Geräusche – das Stampfen und Schnauben der Pferde, gelegentlich ein Wiehern, kurz und hell. Jörn tauchte mit seinem Gepäck in der Tür des Wohnhauses auf, nickte mir zu und verschwand dann in der Remise, wo der VW-Käfer geparkt war.

Ich schlüpfte noch rasch in den Stall. Hazel sah mir mit ihren schimmernden Augen über die Boxwand entgegen, schnaubte freudig und blies mir zärtlich ins Haar, als ich zu ihr trat. Ich streichelte ihre weiche Nase und drückte für einen Moment meinen Kopf an den ihren.

„Ich fahre weg“, sagte ich. „Mit Jörn. Matty wird sich um dich kümmern und Mikesch auch. Ich komme bald zurück – in acht Tagen bin ich wieder da, meine Gute.“

Dann nahm ich auch noch Abschied von „meinem“ Stutfohlen Nell. Sie beschnupperte meine Hände und bohrte dann ihre Nase in meinen Pullover. Ihre klaren Augen waren vertrauensvoll wie die eines Kindes, das in der Welt bisher nur Gutes erfahren hat. Und blitzartig durchfuhr mich wieder wie ein Schmerz die alte Angst, dass man eines Tages kommen und sie abholen könnte – vielleicht schon bald.

Da hörte ich Jörn nach mir rufen. Als ich den Stall verließ, kam mir Mikesch entgegen, in seinen geflickten Jeans und dem alten grauen Pullover. „Macht's gut“, sagte er. „Viel Spaß, Nell.“

„Danke.“ Ich umarmte ihn rasch und stürmisch und rannte dann durch den Torbogen, wo Jörn schon mit dem Käfer wartete. Er trug seine rehlederne Weste und sein schönstes Stirnband.

„Müde?“, fragte er.

Ich schüttelte den Kopf und umarmte auch ihn. Wir fuhren bis zur Wegkreuzung; dort stieg ich noch einmal aus und lud meine Reisetasche ein. Über den Wäldern ging die Sonne auf und tauchte die dunklen Wipfel, die Wiesen und Koppeln in ihren ersten Glanz. Noch lag der Hof von Dreililien im Schatten.

Ich setzte mich neben Jörn. Mein Herz klopfte freudig, während wir unter heftigem Gequietsche und Gepiepse die holprige Straße zum Dorf fuhren, vorbei am Wildbach. Meine erste Reise mit Jörn ... Es war wie ein Aufbruch ins Unbekannte. Ein Gefühl von Leichtigkeit, Sorglosigkeit und Freiheit erfüllte mich, das ich kaum jemals verspürt hatte. So mochte den Zugvögeln zumute sein, wenn sie sich auf den Weg nach Süden machten.

Doch so wunderbar es war, wegzufahren – ich wusste auch, dass es ebenso schön sein würde, nach Dreililien zurückzukehren, heim in unser Tal.

ALTE LIEDER SINGT DER WIND

1

Noch war Sommer und eine von jenen glücklichen Stunden, in denen ich in der Hängematte lag und durch das Gewirr von Blättern und reifenden Äpfeln zum Himmel aufsah, wo auf blauem Grund blassrosa Wölkchen segelten und Lerchen ihre schwirrenden Kreise zogen. Noch summten Bienen im Rosenspalier am Haus und die goldenen Köpfe der Sonnenblumen leuchteten vom Garten herüber.

Das Beste aber waren die Geräusche – die leisen, friedlichen Laute von den Koppeln; und dazu der Geruch nach Pferden und frischem Heu, den der Wind mir zutrug.

Ich hatte mein Tagebuch mit in den Garten gebracht, aber ich schrieb nichts hinein. Dabei hätte es so vieles nachzutragen gegeben, vor allem über die letzte Ferienwoche, in der ich mit Jörn zusammen nach Amsterdam gefahren war. Doch jetzt, wo die Schule wieder angefangen hatte, waren solche Hängemattenstunden selten und kostbar. Ich konnte sie nur richtig genießen, wenn ich einfach faulenzte.

Ich streckte die Nase in den Wind, schnupperte nach den Pferden und dachte an Jörn. Heute Abend sollte ich ihn im Krankenhaus in Rosenheim abholen, wo er vor einer Woche seinen Zivildienst begonnen hatte. Wir wollten ins Kino gehen. Auch das war ein seltener Luxus, denn meistens fehlte es uns an Geld für solche Abwechslungen. Außerdem waren wir abends für gewöhnlich viel zu müde von der Stallarbeit, um noch in die Stadt zu fahren.

Aus dem Kavaliershäusl erklang Kindergeschrei, und beim Schuppen begann mein Vater Holz zu hacken. Die Stille, die sachten, verträumten Spätsommergeräusche, gingen in den hallenden Schlägen unter; doch auch das gehörte zu unserem Leben auf dem Land.

Ich schaukelte mit der Hängematte hin und her und beobachtete aus halb geschlossenen Augen, wie Kirsty aus dem Haus kam, mit wirren Haaren und einer fleckigen Schürze. Sie kochte gerade Zwetschgenmarmelade ein und war in den süßen Duft des gezuckerten Fruchtmuses eingehüllt.

„Gut, dass du hier bist, Nell!“, sagte sie seufzend, als sie mich entdeckte. „Ich dachte, du wärst nach Dreililien gegangen. Könntest du dich mal eine Weile um Kathrinchen kümmern? Ich hab gehofft, ich könnte ungestört einmachen, während sie ihren Mittagsschlaf hält, aber natürlich ist sie früher als sonst aufgewacht und hat es irgendwie geschafft, sich von der Eckbank aus ein Glas Marmelade vom Tisch zu angeln. Das Zeug war noch heiß, und sie hat sich von oben bis unten bekleckert und geschrien wie am Spieß, weil ich mir erlaubt habe, sie unters Wasser zu halten. Jetzt brauche ich ein armes Opfer, das sie für eine halbe Stunde ablenkt, bis ich mit der Marmelade fertig bin."

„Mache ich", sagte ich großzügig und stieg aus der Hängematte. Es kam nicht oft vor, dass Kirsty mich bat, ihr Kathrinchen, meine Stiefschwester, abzunehmen; außerdem aß ich hausgemachte Marmelade für mein Leben gern.

Kathrinchen lag nackt auf dem Küchenteppich und fuchtelte mit Armen und Beinen. In ihren spärlichen Haaren klebten Spuren von Zwetschgenmus. Herr Alois, Kirstys wuscheliger brauner Hund, saß mit besorgtem Gesicht daneben.

Ich hob Kathrinchen hoch und sagte: „Jetzt legen wir uns in die Hängematte und schaukeln ein bisschen, ja?"

Für gewöhnlich lachte Kathrinchen wie ein Kobold, wenn sie mich sah, aber heute hatte sie offenbar ihren schlechten Tag. Sie verzog den Mund, und ich wiegte sie rasch hin und her, weil alle Zeichen darauf hindeuteten, dass sie gleich zu schreien anfangen würde.

Kirsty seufzte wieder. „Wenn sie jetzt noch mal losbrüllt, lege ich sie in ein Binsenkörbchen und setze sie auf dem Waldweiher aus", sagte sie.

Ich musste lachen. Kathrinchen, die ihre Stirn

schon in Falten gelegt hatte, sah mich verdutzt an und steckte den Daumen in den Mund.

Ich sagte: „Die Drohung hat gewirkt. Sie gibt keinen Mucks von sich."

„Vielleicht hält sie bloß die Luft an, damit sie hinterher umso länger und lauter schreien kann."

Herr Alois folgte mir eifersüchtig zur Tür. Seit einiger Zeit schien er es für seine Pflicht zu halten, Kathrinchen vor allen möglichen eingebildeten Gefahren zu beschützen.

Kirsty rief mir nach: „Aber setz sie lieber auf die Wiese, sie hat keine Windeln an. Sonst pinkelt sie dich noch voll oder so."

Ich wusste, was sie mit „oder so" meinte. Die Hängemattenstunde war also endgültig vorüber. Ich legte Kathrinchen ins sonnenbeschienene Gras, ließ mich neben ihr nieder und sah zu, wie sie gelenkig ihren großen Zeh in den Mund nahm. „Dass du so was kannst!", sagte ich.

Sie schenkte mir ein verträumtes Lächeln. Ihre gute Laune war wiederhergestellt. Kathrinchen liebte es, ohne Windeln und sonstiges hinderliches Verpackungsmaterial im Garten zu sitzen, Käfern und Spinnen nachzukrabbeln und sie gelegentlich auch in den Mund zu stecken.

Ein Schmetterling kam geflattert und kreiste in taumelndem Flug über uns. Kathrinchen betrachtete ihn aus großen, erstaunten Augen. Da sprang Herr

Alois ganz plötzlich mit wildem Gebell auf und raste mit fliegenden Ohren zur Gartenpforte.

„Überfall!", sagte ich. Kathrinchen ließ vor Schreck ihren Zeh los und der Schmetterling flatterte davon.

Mattys Kopf tauchte zwischen der Haselnusshecke auf. Herr Alois wedelte und sprang mit freudigem Gekläff an der Pforte hoch. Seine Begeisterung galt jedoch nicht so sehr Matty, den er nur flüchtig begrüßte; denn er lief aus dem Garten, um Ausschau nach Diana zu halten, der gefleckten Jagdhündin von Dreililien.

„Die sitzt an der Wegkreuzung und wartet auf Jörn", sagte Matty, während er auf uns zukam. „Sie kann immer noch nicht begreifen, weshalb Jörn nicht hier ist, wenn wir anderen zu Hause sind."

Ich dachte, dass es mir ähnlich ging. Auch ich konnte mich nur schwer an Jörns häufige Abwesenheit gewöhnen. Und es versetzte mir jedes Mal einen Stich, wenn ich nachmittags von der Schule zurückkam und Diana an der Wegkreuzung warten sah, mit hängenden Ohren und kummervollen Augen.

Matty ließ sich neben mir im Gras nieder. Seine Haare waren in diesem Sommer wieder ein Stück gewachsen; er trug sie jetzt meist im Nacken zusammengebunden. Auch sein sonnengebräuntes Gesicht hatte sich verändert. Die Nase war unversehens ein Stück größer geworden und sah ein bisschen unförmig aus. Der Mund hatte ebenfalls eine andere

Form angenommen, war schmäler und fester geworden. Irgendwie passte in seinem Gesicht nichts mehr so recht zusammen ... „Wie ein Hefeteig, der am Aufgehen ist", hatte Kirsty einmal gesagt.

Auch Matty seufzte, obwohl er keine Marmelade einkochen musste. Während er sich über Kathrinchen beugte und sie am Kinn kitzelte, murmelte er: „Mikesch hat sich abgeseilt."

„Was?", sagte ich.

„In die Stadt ist er gefahren. Ich glaube, heute hatte er mal wirklich die Schnauze voll."

„Kein Wunder", sagte ich. „Aber was ist denn passiert? Gab's Stunk mit den Reitschülern?"

„Sozusagen." Matty ließ es zu, dass Kathrinchen an seinem ziemlich schmutzigen Zeigefinger kaute. „Es war wegen Anja."

„Anja?", wiederholte ich. „Die kommt doch sonst immer nur sonntags."

„Diesmal ist sie heute schon aufgetaucht, weil sie morgen angeblich mit ihren Eltern nach Berlin fliegt oder sonst was. Jedenfalls, sie raucht ja seit neuestem, und heute hat sie es doch tatsächlich fertig gebracht, sich im Stall eine Zigarette anzuzünden!"

Ich starrte ihn an. „Wa-as?", sagte ich wieder. „Ich glaube, ich spinne."

„Aua!", sagte Matty und Kathrinchen ließ mit einem schmatzenden Geräusch seinen Finger los. „Sie kann schon richtig beißen, das kleine Biest. Also,

Mikesch kam dazu, wie Anja sich gerade eine Zigarette ansteckte, und da hättest du ihn mal erleben sollen! Er hat so gebrüllt, dass ich's bis in den Innenhof gehört habe. Ich kann mich nicht erinnern, ihn je so wütend gesehen zu haben. ‚Du saublödes Huhn!' hat er geschrien. ‚Hast du in deinem Alter noch nicht genug Grips im Kopf, um zu wissen, dass man in einem Stall nicht raucht? Ein Funken genügt und schon gibt's ein totales Feuerwerk! Weißt du, was dann mit den Pferden passiert? Wenn du die einfachsten Grundregeln nicht kapierst, ist es besser, du hängst den Reitsport an den Nagel und verlegst dich auf Sackhüpfen. Dafür reicht's vielleicht gerade noch!'"

Ich blinzelte erschrocken. Mikesch, der immer so geduldig und verständnisvoll war, sogar im schlimmsten Gewühl ein Fels in der Brandung!

„Dann kam er wie ein wütender Stier aus dem Stall gestampft", fuhr Matty fort, „und ist in der Fuhrknechtskammer verschwunden. Fünf Minuten später war er umgezogen und ist mit dem Lieferauto nach München losgedüst, ohne sich noch um irgendetwas zu kümmern."

„Oh", sagte ich. „Und was hat Anja gemacht?"

„Die war rot wie ein Feuermelder. Ich glaube, es hat sie ganz schön geschockt, dass ausgerechnet Mikesch sie so abgekanzelt hat, wo sie bei ihm doch immer so gern Eindruck machen möchte. Außerdem ist sie's sowieso nicht gewöhnt, dass jemand Ihre Majestät schief anschaut."

„Dann seid ihr jetzt also mit der ganzen Arbeit allein, du und Helge?", fragte ich.

„Ja, und deshalb wollte ich dich holen, damit du uns hilfst. Ein paar von den Jungpferden müssten longiert werden, der Stall ist ein einziger Misthaufen, Nofret kann jeden Augenblick ihr Fohlen bekommen ..."

„Hör auf", sagte ich. „Wenn bloß Kirsty schon mit ihrer Marmelade fertig wäre! Aber warte, ich wickle Kathrinchen nur schnell und ziehe ihr was über. Dann nehme ich sie halt im Schultertuch mit."

Ein paar Reitschüler lehnten noch am Koppelzaun und fütterten die Stuten mit Karotten, Äpfeln und Zwieback, als wir nach Dreililien kamen. Mikesch hatte ihnen nämlich ernsthaft verboten, auch nur ein einziges Stück Zucker zu verteilen.

„Es genügt, wenn wir Menschen uns mit Süßigkeiten die Gesundheit verderben", war seine Meinung. „Da braucht man die Tiere nicht auch noch mit diesem Schwachsinn krank zu machen." Und da alle großen Respekt vor Mikesch hatten, brachte jetzt keiner mehr Zucker oder Süßigkeiten mit.

Kathrinchen, die neugierig aus dem Schultertuch spähte, das ich umgebunden hatte, erregte allgemeines Entzücken. Die Reitschüler pfiffen, zischten und schnalzten mit der Zunge, als ginge es darum, die

Aufmerksamkeit eines Affenbabys zu erregen, und Kathrinchen sah in die vielen grinsenden Gesichter und schien nicht recht zu wissen, ob sie lachen oder weinen sollte.

„Darf ich sie mal anfassen? Bitte, Nell, darf ich sie mal haben?“, schrie Martina.

„Lieber nicht“, sagte ich. „Sie ist so viele fremde Leute nicht gewöhnt, und wenn sie mal richtig zu brüllen anfängt, hört sie nicht so schnell wieder auf. Sie benimmt sich sowieso schon ziemlich verdächtig.“

Tatsächlich machte Kathrinchen den Mund auf und stieß ein Geräusch aus, das halb Krächzen, halb Quietschen war. Matty sagte hastig: „Am besten, du setzt sie mal auf Hazel, vielleicht lenkt sie das ab.“

Hazel graste auf der Südweide, und dorthin wanderten wir, gefolgt von drei Reitschülerinnen. Auf dem Weg zu den Koppeln raunzte Kathrinchen weiter vor sich hin wie ein wütender Kater. Als aber Hazel zum Gatter kam und mit ihrer braunen Nase erst mein Gesicht beschnupperte, dann freundschaftlich in mein Haar blies und ihre Nüstern schließlich vorsichtig zu dem kleinen Wesen im Schultertuch senkte, um es zu beriechen und ganz aus der Nähe zu betrachten, wurde Kathrinchen plötzlich sehr still. Sie kannte Pferde, aber es schien jedes Mal wieder eine überwältigende und unerhörte Sache für sie zu sein, ein derart riesiges, behaartes Gesicht so dicht vor sich zu sehen, das Spiel der Nüstern und die großen, glänzenden Augen zu beobachten und den strengen Geruch einzuatmen.

Nach einer Weile des Erstaunens begann sie aufgeregt und erfreut zu gurgeln. Hazel prustete leise und hob dann wieder den Kopf. Nach diesem Vorspiel war es keine Schwierigkeit für Matty, das zappelnde Kathrinchen aus dem Schultertuch zu heben und auf Hazels Rücken zu setzen.

Meine gutmütige Hazel ließ es sich geduldig gefallen, dass jemand auf ihrem Rücken herumrutschte, sie an den Mähnenhaaren zerrte und durchdringend quietschte. Langsam wie ein Pony auf dem Jahrmarkt ging sie am Koppelzaun entlang, rechts und links begleitet von Matty und mir, denn wir mussten ja Kathrinchen festhalten. Die Reitschülerinnen jubelten und klatschten in die Hände wie bei einer Zirkusvorstellung.

Auch Kathrinchen fand unseren Einfall, sie aufs Pferd zu setzen, sehr gelungen. Sie protestierte entrüstet, als wir sie schließlich wieder herunterhoben.

„Schluss für heute", sagte ich fest. „Ein andermal darfst du wieder reiten, aber jetzt muss ich arbeiten. Du kommst ins Schultertuch und darfst beim Longieren zusehen."

Kathrinchen beruhigte sich erst, als ich mit Mandala, einer unserer wertvollsten Jungstuten, auf der Schwammerlwiese stand und sie an der Longe auf der linken Hand gehen ließ. Matty hatte mir geholfen, den Ausbindezügel anzuschnallen, denn dabei konnte man leicht etwas falsch machen. Mit beruhigender Stimme redete ich Mandala zu, wie ich es bei Jörn oft gehört hatte, da mir ihre Bewegungen immer noch zu hektisch vorkamen.

Aufmerksam folgten Kathrinchens Augen dem dunklen Pferd mit dem edlen Kopf, dessen Schweif und Mähne im Wind flatterten.

Meine Stimme war offenbar wirklich sehr beruhigend, denn meine kleine Schwester schlief nach etwa zehn Minuten ein. Nach weiteren zehn Minuten tauchte Helge auf, der seit einigen Monaten auf Dreililien eine Ausbildung als Pferdewirt machte.

Eine Weile sah er uns bei der Arbeit zu. Ich begriff nach einem flüchtigen Blick auf sein Gesicht, dass ihm wieder einmal eine Laus über die Leber gelaufen sein musste; etwas, das bei Helge fast eine Art Dauerzustand war. Insgeheim nannte ich ihn „die Prinzessin auf der Erbse", weil er unsagbar empfindlich war, zugleich aber nie auch nur die geringste Rücksicht auf die Gefühle anderer Leute nahm.

Jetzt merkte ich, wie seine Kinnmuskeln arbeiteten, und beschloss, vorsichtig zu sein. Nach längerem Schweigen fragte er: „Weißt du, wann Mikesch wieder zurückkommt?"

„Hat er mir nicht gesagt", erwiderte ich. „Aber wie ich ihn kenne, ist er spätestens morgen zur Reitstunde wieder da."

Helge knurrte etwas. Sein Gesicht verfinsterte sich noch mehr. Die Hände in den Taschen seiner Jeans vergraben, verschwand er in Richtung Stall. Meiner Meinung nach hätte gerade er, der so leicht explodierte, am besten verstehen müssen, weshalb Mikesch durchgedreht war; doch es war wohl gerade umgekehrt. Ich hatte immer vermutet, dass der verantwortungsbewusste, unerschütterliche Mikesch, der alles mit der linken Hand zu schaffen schien, für Helge so etwas wie ein Idol war. Dass dieses Idol nun plötzlich einen Wutausbruch bekam und einfach davonfuhr, ohne sich darum zu kümmern, was in seiner Abwesenheit passierte, schockierte ihn wohl. Und wenn man an Helges Vergangenheit dachte, die nur aus Unsicherheit, Hinundhergeschobenwerden und wechselnden Bezugspersonen bestand, konnte man das verstehen.

Als ich Mandala gerade am Ausbindezügel von der Schwammerlwiese führte, das fest schlafende Kathrinchen im Schultertuch, erschien Kirsty. Sie hatte sich umgezogen, roch aber noch immer verlockend nach Marmelade.

„He, pass auf!“, sagte ich. „Du wirst von zwei Wespen verfolgt!“

Sie lachte. „Die fliegen mir schon seit dem Kavaliershäusl nach. Aber sie sind ganz friedlich. Ich wollte dich von Kathrinchen befreien. War sie sehr lästig?“

„Überhaupt nicht. Sie schläft schon seit einer halben Stunde. Vorher ist sie auf Hazel geritten. Aber man kann sie jetzt nicht mehr lange tragen. Sie wird schon verdammt schwer."

„Kommst du nachher zum Kaffee?", fragte Kirsty.

Ich überlegte, schüttelte dann aber den Kopf. „Würde ich gern, aber es geht nicht. Ich hab versprochen, Matty bei Nofret abzulösen. Sie kann jeden Augenblick ihr Fohlen kriegen. Mikesch ist nach München abgehauen, weißt du. Er braucht wohl mal ein bisschen Abstand."

Im Weggehen sagte Kirsty: „Ich bringe euch dann Zwetschgendatschi hinüber. Übrigens, ich dachte, du hättest heute einen Faulenzernachmittag geplant?"

„Geplant schon", erwiderte ich und schob Mandala zur Seite, die unbedingt meine Jacke anknabbern wollte. „Aber es ist mal wieder anders gekommen. Nur ... heute Abend fahre ich nach Rosenheim und gehe mit Jörn ins Kino, selbst wenn hier alles zusammenkracht. Ich schwör's!"

2

Ich hatte zu früh geschworen. Am Spätnachmittag musste Dr. Hofbauer geholt werden, um nach Nofret zu sehen. Er stellte fest, dass das Fohlen verkehrt lag.

Das bedeutete, dass er einen Eingriff vornehmen musste, und zwar schnell. Matty sollte ihm dabei zur Hand gehen, weil Herr Moberg seit zwei Tagen wegen einer Narbenentzündung am Bein im Bett lag.

Helge wäre also mit Abendfütterung und Stallarbeit allein gewesen, denn Sepp, unser Teilzeit-Stallknecht, war zu einer Familienfeier nach Salzburg gefahren.

Obwohl keiner ein Wort zu mir sagte, wusste ich genau, dass nur ich einspringen konnte. Doch wenn ich das tat, erreichte ich den Bus nach Rosenheim nicht mehr rechtzeitig.

Ich rief auf dem Bergerhof an, um Carmen zu bitten, nach Dreililien zu kommen und Helge zu helfen, doch sie war nicht da. Es war wie verhext. Als ich das Wohnhaus verließ und über den Innenhof ging, hörte ich Nofrets angstvolles, gepeinigtes Wiehern und wäre am liebsten davongelaufen.

Solche Augenblicke waren selten, denn ich liebte Dreililien und die Pferde und hätte mein Leben hier nicht gegen das verlockendste Luxusdasein eingetauscht. Es war auch schön, gebraucht zu werden – nur an diesem Samstag wäre es mir ausnahmsweise einmal lieber gewesen, keiner hätte mich gebraucht.

Rasch ging ich nach Hause, um meine Stallkleidung anzuziehen. Danach rief ich Jörn im Krankenhaus an.

Es dauerte einige Zeit, bis er an den Apparat geholt wurde. Seine Stimme klang müde und bedrückt, als er sich meldete.

„Oh, verdammt!“, murmelte er nur, als ich ihm erklärte, was passiert war. „Geht's Nofret schlecht? Was hat Dr. Hofbauer gesagt?“

„Nicht viel. Er hat nur gemeint, es wäre besser gewesen, wenn wir ihn früher gerufen hätten.“

Jörn schwieg eine Weile. „Ich komme nach Hause, sobald ich hier fertig bin“, sagte er dann.

Ich konnte noch nicht einhängen. „Jörn“, sagte ich, „was ist los? Hast du Ärger gehabt?“

„Ärger? Nein. Aber hier sind heute Nachmittag zwei Leute eingeliefert worden ... Motorradunfall. Das kannst du dir gar nicht vorstellen, Nell. Wenn man so was sieht, vergeht einem die Lust, sich irgendwann im Leben auf so eine Kiste zu setzen. Und falls es den Ärzten gelingt, aus diesen beiden armen Teufeln jemals wieder so etwas wie Menschen zu machen, dann ist das wirklich mehr als ein Wunder.“

Betroffen legte ich den Hörer auf. Das Gefühl, um einen schönen Abend betrogen worden zu sein, war verflogen. Ich fragte mich plötzlich nicht mehr nur, wie ich Jörns lange Abwesenheiten ertragen sollte, sondern überlegte, wie er die langen Tage und Nächte im Krankenhaus ertragen würde und wie er es schaffen sollte, mit der Erfahrung von Leid, Hilflosigkeit und Tod fertig zu werden. Ich hatte diese

Erfahrung schon gemacht – in den langen und quälenden Monaten der Krankheit meiner Mutter; und ich hatte davon eine Furcht vor Krankenhäusern zurückbehalten, die sehr tief saß. Jetzt sollte Jörn all das erleben, wieder und wieder, wenn auch nicht bei Menschen, die er liebte. Das machte es vielleicht erträglicher. Aber es blieb noch immer schlimm genug.

Ich ging nicht in den ehemaligen Schafstall, wohin wir Nofret zum Abfohlen gebracht hatten. Irgendwie konnte ich an diesem Abend einfach nicht sehen, was mit ihr geschah.

Helge hatte schon angefangen, die Pferde zu füttern. Er hob den Kopf nicht, als ich in den Stall kam. Da mir ebenfalls nicht nach langen Gesprächen zumute war, übernahm ich schweigend meinen Teil der Arbeit und sagte nur manchmal leise ein zärtliches Wort zu einer der Stuten, wie sie es gewohnt waren.

Als Jörn gegen acht Uhr nach Hause kam, machte sich Dr. Hofbauer gerade auf den Heimweg. Der Eingriff war zu spät gekommen. Nofrets Fohlen hatte die Geburt nicht überlebt.

„Und Nofret?“, sagte Jörn. Er sah müde aus. Sie sahen beide müde aus, er und der Tierarzt.

„Sie ist ziemlich schwach. Ihr müsst sie heute Nacht im Auge behalten. Wenn sie Fieber bekommt, ruft mich sofort an. Sorgt dafür, dass sie liegen bleibt.

Matty weiß Bescheid, was sonst noch zu tun ist. Das Fohlen müsst ihr gleich morgen in die Tierkörperverwertungsanstalt bringen."

Ich schluckte. Solange ich hier lebte, waren auf Dreililien immer gesunde Fohlen zur Welt gekommen. Nun lag irgendwo auf dem Hof ein totes kleines Pferd, das „beseitigt" werden musste.

Mit Jörn zusammen ging ich in den alten Schafstall. Es war, als hätte ich mehr Mut, wenn er bei mir war.

Die Stute lag auf frischer, sauberer Streu. Ihre Flanke bewegte sich matt unter den Atemzügen, die Augen waren halb geschlossen und öffneten sich auch nicht, als wir näher traten. Ihr Fell wirkte ungewohnt struppig.

Matty saß auf einem umgestülpten Eimer in der Nähe von Nofrets Kopf. Er sagte gar nichts, nickte uns nur zu, und Jörn fragte leise: „War's schlimm?"

„Scheußlich", sagte Matty mit belegter Stimme.

„Wohin habt ihr es gebracht?"

Matty deutete mit dem Daumen nach hinten, wo eine Verbindungstür zur Gerätekammer führte.

Ich sagte: „Geh jetzt ins Haus und ruh dich aus, Matty. Ich pass schon auf Nofret auf. Du brauchst mir nur zu sagen, was ich tun soll und worauf ich achten muss."

Einen Augenblick lang musterte er mich schweigend. Es war, als überlegte er, ob er mir diese schwierige Aufgabe anvertrauen konnte. Da mischte sich Jörn ein. „Wir bleiben zusammen hier, Nell und ich", sagte er. „Ich gehe nur rasch in die Küche und mach mir ein Brot zurecht. In fünf Minuten bin ich wieder zurück."

Leise und vorsichtig ließ ich mich im Stroh nieder. Wenn Jörn zurückkam, wollte ich noch kurz nach Hause laufen und Vater und Kirsty Bescheid sagen, dass ich Nachtwache halten würde. Im Hinausgehen hörte ich Matty zu Jörn sagen: „Ihr müsst aufpassen, dass sie liegen bleibt. Das Fieberthermometer hab ich in ein Glas getan und aufs Fensterbrett gestellt ..."

Ich sah Nofret an. Sie atmete kurz und flach. Jetzt hatte sie die Augen geöffnet; sie waren matt und glanzlos. Die Stute wirkte unendlich erschöpft. Ich dachte, dass sie vielleicht auch traurig war, denn sie hatte ja gefühlt, dass sie ein Fohlen bekam. Nun war alle Quälerei umsonst gewesen.

Gern hätte ich sie gestreichelt, doch ich wusste, es war besser, sie in Ruhe zu lassen. Eine Fliege summte hartnäckig um ihren Schweif, doch Nofret tat nichts, um sie abzuwehren.

Später kauerten wir zusammen in der Streu, Jörn und ich. Im Flüsterton erzählte er vom Krankenhaus – wie er Patienten in ihren Betten durch die Gänge schob, zu langen Untersuchungen, und wie froh sie oft über ein freundliches Wort, eine menschliche Geste waren.

„Die, die schwer krank sind und wissen, dass sie sterben müssen – ich habe keine Ahnung, wie sie damit fertig werden“, sagte er leise. „Ich glaube, man hilft ihnen am meisten, wenn man sich mal für eine Weile an ihr Bett setzt und einfach ihre Hand hält. Du weißt doch, dass es in Amerika Experimente mit Sterbekliniken gibt, in denen man es sich zur Aufgabe macht, Todkranke in einer guten Atmosphäre, in Würde und Menschlichkeit sterben zu lassen. Wo Pflegepersonal da ist, das Zeit für sie hat, wo man liebevoll und aufrichtig zu ihnen ist und ihnen die Chance gibt, sich auf ihr Ende vorzubereiten, statt ihnen irgendwelche ‚gnädigen‘ Lügen aufzutischen, die sie sowieso nicht glauben. Aber so was gibt es hier in Deutschland bisher nur selten. Die Sterbenden werden oft in ein Kämmerchen abgeschoben und allein gelassen. Dabei brauchen sie gerade in den letzten Tagen und Stunden ihres Lebens besonders viel Wärme und Anteilnahme.“

Gedankenverloren streichelte er meinen Handrücken. „In technischer Hinsicht hat unsere Medizin ja rasende Fortschritte gemacht – aber manchmal kommt's mir vor, als wäre die Menschlichkeit dabei auf der Strecke geblieben.“

Hinter den staubigen kleinen Fenstern färbte sich der Himmel langsam tief violett und wurde dann dunkel. Die blasse Mondsichel tauchte auf und im Garten zirpten die Grillen. Nofret bewegte gelegentlich den Kopf oder zuckte mit den Hinterhufen. Manchmal wurden ihre Atemzüge lauter und klangen wie unterdrücktes Stöhnen.

Als die Mondsichel aus dem Fensterviereck verschwand, stand Jörn auf, holte das Fieberthermometer und ging damit zu Nofret. Leise und beruhigend sprach er zu ihr, ehe er das Thermometer einführte. Sie ließ es mit sich geschehen, ohne sich zu wehren, öffnete jedoch die Augen und starrte mit trübem Blick vor sich hin.

Nach zwei Minuten zog Jörn das Thermometer wieder heraus und trug es unter die Glühbirne. „Nur leicht erhöhte Temperatur“, sagte er. „Ein Glück. In einer Stunde kriegt sie Fencheltee.“

Dann lagen wir nebeneinander im Stroh und hielten uns im Arm. Jörn schlief bald ein. Ich bewegte mich nicht, um ihn nicht zu stören. Er hatte einen langen, anstrengenden Tag hinter sich und musste müde sein. Sein Gesicht war dicht vor dem meinen; im Schlaf wirkte es gelöst und irgendwie kindlich. Ich konnte mir vorstellen, wie er als kleiner Junge ausgesehen haben musste.

Es fiel mir nicht schwer, wach zu bleiben. Ich lauschte auf Jörns Atemzüge, auf das seufzende Atmen der Stute, dachte an meine erste Nachtwache auf Dreililien zurück, als Marnie ihr Fohlen Nell zur Welt gebracht hatte. Damals hatte ich auch mit Jörn im Stall gesessen; etwas mehr als ein Jahr war es nun her.

Viel war seitdem geschehen und manches hatte sich verändert. Neue Menschen waren nach Dreililien gekommen – Mikesch, ganze Scharen von Reitschülern, Helge –, neue Fohlen waren zur Welt gekommen, Pferde waren verkauft worden. Ich hatte eine kleine Schwester bekommen, der verfallene Gutshof war renoviert worden, weil Mikesch Geld geerbt hatte, Jörn hatte seine Schulausbildung abgeschlossen ...

Gegen Mitternacht stand ich sehr leise auf, nahm die Taschenlampe und tappte über den dunklen Innenhof zum Wohnhaus. Die schwere Eichentür war nicht abgeschlossen – hier versperrte man nie eine Tür. Ich ging durch die Halle, den Flur entlang und in die große, ungemütliche Küche. Dort setzte ich Wasser auf, kochte Fencheltee, füllte ihn in eine der Nuckelflaschen, wie wir sie manchmal zur Aufzucht der Fohlen verwendeten, und kehrte dann in den Schafstall zurück.

Jörn war nicht aufgewacht. Noch einmal ging ich hinaus, holte eine Decke aus der Sattelkammer und breitete sie über ihn. Dann machte ich mich ziemlich unsicher daran, Nofret den Tee einzuflößen. Ich musste unbedingt vermeiden, dass sie aufstand; sie durfte nicht beunruhigt oder gar geängstigt werden.

Sehr langsam und vorsichtig ging ich zu ihr, kniete vor ihrem Kopf nieder, die Flasche in der Hand, und flüsterte sanft: „Sieh mal, meine Gute – feiner

Fencheltee! Den musst du jetzt trinken, er wird dir gut tun. Es kommt bald alles wieder in Ordnung, du wirst es schon sehen. Nächstes Jahr kriegst du wieder ein Fohlen. Das ist dann bestimmt gesund und stark."

Nofret rührte sich nicht. Mit zitternder Hand führte ich die Flasche an ihr Maul, hob sehr vorsichtig ihre Oberlippe und drückte ihr das Saugstück zwischen die Zähne. Sie zuckte leicht mit den Ohren, wehrte sich jedoch nicht.

Langsam floss der Fencheltee ins Pferdemaul. Ein ziemlicher Teil der Flüssigkeit sickerte gleich wieder heraus, doch als ich Nofrets Hals beobachtete, merkte ich, dass sie Schluckbewegungen machte. Dann prustete sie leicht, öffnete die Augen weiter und hob den Kopf ein kleines Stück aus der Streu.

Erschrocken zog ich die Flasche zurück und wartete. „Du musst den Tee trinken!", flüsterte ich beschwörend.

„Hast du gehört? Er schmeckt doch gar nicht schlecht. Ich hab ein Stück Traubenzucker hineingetan. Also trink die Flasche aus, bitte!"

Müde legte Nofret den Kopf zurück. Ich schob ihr die Flasche erneut zwischen die Lippen und summte dabei leise vor mich hin wie bei einem kranken Kind, das man in den Schlaf singt. Vieles vom Tee lief daneben, doch sie schluckte immerhin ab und zu; ihren Kopf dabei anzuheben, wagte ich nicht.

Als die Flasche leer war, holte ich eine zweite Satteldecke und deckte die Stute damit zu. Sie ließ es mit sich geschehen wie alles andere. Den Mut, Fieber zu messen, hatte ich nicht. In etwa einer halben Stunde wollte ich Jörn wecken. Dann konnte er das übernehmen.

Das Stroh knisterte leise, als ich mich wieder neben ihn legte, doch er wachte nicht auf. Unversehens überfiel auch mich die Müdigkeit. Ich musste mich zwingen, die Augen offen zu halten.

Der Mond stand jetzt hinter dem mittleren Fenster. Nofrets Atemzüge gingen leichter, aber vielleicht bildete ich mir das auch nur ein. Aus dem Wald kamen die rastlosen Rufe der Käuzchen ...

Dann musste ich doch eingeschlafen sein, denn plötzlich schreckte ich hoch und hörte, wie die Tür geöffnet wurde. Verwirrt riss ich die Augen auf. Mikesch stand auf der Schwelle.

„Verdammt!", sagte er leise und war mit ein paar Schritten bei uns. „Dacht ich's mir doch. Sie war schon in den letzten Tagen so unruhig. Was ist passiert?"

Jörn bewegte sich im Schlaf. Ich rappelte mich auf und erwiderte: „Das Fohlen ... Es ist verkehrt gelegen und bei der Geburt erstickt."

Mikesch nickte wortlos. Er ging zu Nofret, kniete neben ihr nieder, hob ihr linkes Augenlid und sah ihr ins Auge. Dann streifte er die Decke zurück, legte die

Hand auf ihre Flanke und zählte die Atemzüge. „Hat sie Fieber?“, fragte er.

„Als Jörn sie gemessen hat, war die Temperatur nur leicht erhöht, aber ... das ist schon eine Weile her“, gab ich beschämt zu. „Er ist eingeschlafen und ich wollte ihn ein bisschen schlafen lassen. Ich hab ihr Fencheltee gegeben. Dann muss ich selbst eingedöst sein.“

Wieder nickte Mikesch nur. Ich stand auf, ging zum Fenster und brachte ihm das Thermometer. „Ihr habt geschlafen und ich war fort“, murmelte er. „Wir brauchen uns gegenseitig keine Vorwürfe zu machen. Schließlich sind wir alle bloß Menschen. War sie schon die ganze Nacht so teilnahmslos?“

„Ja“, sagte ich.

Nach einer Weile meinte er: „Sie hat etwas Fieber, wenn es auch nicht beunruhigend hoch ist. Vielleicht geht es ihr gar nicht mal so sehr körperlich schlecht. Sie trauert wohl einfach um ihr Fohlen. Ich glaube aber, wir sollten ihr kühlende Umschläge machen. Das Gesäuge ist geschwollen. Jede Menge Milch für das Fohlen – und nichts davon wird gebraucht.“

Ich starrte Mikesch und Nofret an und hatte plötzlich einen Geistesblitz. „Jede Menge Milch ...“, wiederholte ich. „Und Rapunzel hat zu wenig für ihr Fohlen! Könnten wir nicht versuchen ...?“

Mikesch verstand sofort, was ich meinte, ich sah es ihm an. Wir wechselten einen Blick; dann sagte er:

„Ja, versuchen könnten wir's. Wahrscheinlich nimmt Nofret das fremde Fohlen nicht an, aber wer weiß ... bei Tiermüttern erlebt man manchmal die erstaunlichsten Sachen. Am besten, wir probieren es gleich aus. Aber wir müssen Rapunzel mitnehmen, sonst macht sie Terror, wenn wir ihr Fohlen einfach so wegbringen."

Wir hatten so laut gesprochen, dass Jörn aufgewacht war. Er setzte sich auf, sah uns verständnislos an und sagte dann: „Herrje, ich glaube, ich hab geschlafen!"

„Ja", sagte ich. „Hast du. Du, wir haben eine Idee, wie wir Nofret vielleicht wieder auf die Beine bringen könnten."

Jörn seufzte und fuhr sich mit den gespreizten Fingern durchs Haar. „Nicht so schnell ... Mikesch, wo kommst du denn plötzlich her?"

„Aus der Stadt", sagte Mikesch. „Geh jetzt ins Bett Jörn. Nell und ich kommen schon allein zurecht. Du musst ja in ein paar Stunden wieder ins Krankenhaus, zum Sonntagsdienst."

Draußen dämmerte wirklich schon der Morgen. Zu dritt verließen wir den alten Schafstall. Der Innenhof war voll von grauen Schatten und in der Luft lag eine Ahnung des kommenden Herbstes. Jörn verschwand im Wohnhaus, während Mikesch und ich in den Stall gingen.

Viele der Pferde waren bereits wach und sahen uns

mit ihren glänzenden, freundlichen Augen entgegen. Hazel wieherte, und ich streichelte flüchtig, aber zärtlich ihre Nase, ehe ich Mikesch in Rapunzels Box folgte, die sie mit ihrem Fohlen teilte. Es war erst vor zwei Wochen geboren worden. Wir nannten es „Zwerg“, weil es so zart und schmächtig war, obwohl es einen langen und edlen Stammbaum hatte und nach seinem Vater den hochtrabenden Namen „Arbo von Trostberg“ trug.

Arbo von Trostberg, der Zwerg, lag noch im Stroh neben seiner Mutter und döste. Wir öffneten die Boxtür und Mikesch führte Rapunzel auf die Stallgasse. Sie folgte ihm höchst widerwillig und sah immer wieder in die Box zurück. Erst als ihr Fohlen sich auf die wackligen Beine stellte und ihr eilig nachtorkelte, war sie bereit, mitzukommen.

Wir brachten die beiden aus dem Stall. Ein paar Stuten wieherten entrüstet. Es gefiel ihnen wohl nicht, dass Rapunzel schon hinausdurfte, während sie weiter in ihren Boxen stehen mussten. Zwerg, das schmächtige braune Hengstfohlen, hielt sich dicht neben seiner Mutter.

Als wir die Tür zum Schafstall öffneten und Rapunzel hineinführten, stieß sie ein kurzes, schrilles Gewieher aus: Sie hatte Nofret gesehen.

Zum ersten Mal seit vielen Stunden spitzte Nofret die Ohren. Sie antwortete mit einem kläglichen Laut, und Mikesch führte Rapunzel samt Nachwuchs langsam und vorsichtig zu ihr. Zum Glück vertrugen sich die beiden Stuten für gewöhnlich gut – was durchaus nicht bei allen der Fall war –, sodass man sie unbedenklich zusammenbringen konnte.

Wir sorgten dafür, dass das Fohlen zwischen Nofret und Rapunzel stand. Ich bekam vor Aufregung kalte Hände, während ich beobachtete, wie Nofret beim Anblick des Fohlens zu zittern begann. Plötzlich versuchte sie sich aufzurichten.

„Dr. Hofbauer hat gesagt, sie muss liegen bleiben!", flüsterte ich Mikesch erschrocken zu. Er aber schüttelte nur den Kopf und winkte ab.

Ohne den Blick von Rapunzels Fohlen zu wenden, richtete sich Nofret auf. Ein Schauder ging über ihre Flanken, als sie das dünne kleine Wesen beschnupperte.

Unwillkürlich hielt ich den Atem an. Mikesch fasste nach meinem Handgelenk und drückte es. Da sah ich, dass Nofret das Fohlen zu belecken begann – zärtlich und mit mütterlicher Gründlichkeit. Sie hatte es angenommen! Und Rapunzel, die danebenstand und zusah, schien das ganz in Ordnung zu finden.

Wenige Minuten später hatte der Zwerg den Kopf gesenkt, stieß die Nase an Nofrets Bauch und fing an zu trinken – so, als wäre das die natürlichste und selbstverständlichste Sache der Welt. Ob das Fohlen selbst auf diesen Einfall gekommen war oder ob ihm

Nofret durch irgendein geheimes, uns Menschen verborgenes Zeichen zu verstehen gegeben hatte, dass es trinken sollte, konnte ich nicht sagen. Doch das war ja auch nicht wichtig – Hauptsache, es trank; und Nofret säugte es und vergaß darüber ihren Verlust. Hauptsache, Rapunzel ließ zu, dass ihr Fohlen eine zweite Mutter bekam, eine Art Amme. Vorerst zeigte sie jedenfalls keine Eifersucht, sondern steckte die Nase in den Hafereimer, den Helge noch am Vortag eigens für Nofret hergebracht hatte.

Nofrets Kopf war gesenkt. Doch sie sah nicht länger teilnahmslos und erbarmungswürdig aus; sie schien sich zu entspannen und das weiche Maul an ihrem Gesäuge zu genießen wie etwas, worauf sie lange gewartet hatte. Das Fohlen schmatzte glückselig, und ich dachte, dass der Zwerg bald kein Zwerg mehr sein würde, jetzt, wo er zwei Mütter hatte.

3

Schon bald stand Nofret zusammen mit anderen Mutterstuten und ihren Fohlen auf der kleinen Koppel beim Birkenwäldchen und teilte sich mit Rapunzel in die mütterlichen Pflichten. Nun bekam der Zwerg von zwei Seiten mahnende Püffe, wenn er zu übermütig wurde, dafür aber auch Milch und Zärtlichkeiten im Überfluss. Zwischen den beiden Stuten herrschte schönste Eintracht – es gab weder Streit um Besitzansprüche noch um Erziehungsfragen.

„Wenn das so weitergeht, wird aus dem Zwerg bald ein Paradehengst“, meinte Matty. „Ich hoffe bloß, ihm platzt nicht vorher der Bauch.“

Doch Mikesch erklärte lachend, von etwas Gutem bekäme man nicht so leicht zu viel, und so war es auch. Der Zwerg wuchs und gedieh mit unglaublicher Geschwindigkeit und genoss es offensichtlich, zwei Mütter zu haben. Und mit der Zeit hörten wir auf, ihn Zwerg zu nennen und tauften ihn stattdessen „Superman“.

Inzwischen wurden die Spätsommertage sacht und fast unmerklich zu Herbsttagen. Morgens gab es die ersten Bodennebel; sie wehten wie geisterhafte Schleier vom Waldsaum herüber und lagerten auf den Koppeln. Im Gras und in den Brombeerbüschen hingen die Fäden des Indianersommers, voll von Tauperlen, die in der Morgensonne glitzerten. Tagsüber jedoch war es noch warm, mit jenem klaren, stillen Himmel, wie man ihn nur im Herbst findet, mit dem schweren Geruch umgepflügter Erde und den abgezirkelten Schwärmen der Zugvögel, die sich auf ihren Weg nach Süden machten.

Nachts erwachte ich manchmal vom Plumpsen herabfallender Äpfel, die dann am nächsten Tag eingesammelt werden mussten. Die weniger schönen, verhutzelten oder wurmstichigen kamen nach Dreililien in die Futterkammer, wo sie für die Pferde gelagert wurden.

Pilze gab es auch in unseren Wäldern und auf den Wiesen – Champignons und Semmelstoppelpilze, Braunkappen und sogar noch Steinpilze. Doch die glücklichen Zeiten, in denen ich mit Jörn zwischen Schule und Stallarbeit zum „Schwammerlsuchen" durch die Wälder gestreift war, waren vorüber.

Helge arbeitete nun in seiner Freizeit öfter im Gemüsegarten des Kavaliershäusls. Ich traute meinen Augen kaum, als ich eines Nachmittags von der Schule zurückkam und sah, wie er Kirstys Salatbeet umstach, dampfenden Pferdemist aus der Schubkarre lud und mit der Mistgabel über die Erde breitete.

„Wie hast du das bloß geschafft?", fragte ich Kirsty, die gerade in der Küche saß und Kathrinchen davon abhielt, Spinat an die Zimmerdecke zu schleudern. „Der tut doch sonst nie etwas freiwillig!"

„Meinst du Helge?" Sie sah mich erstaunt an. „Ich glaube, du schätzt ihn da ein bisschen falsch ein, Nell. Er kam heute Vormittag dazu, wie ich Mist von Dreililien holen wollte. Da hat er ganz einfach gesagt, er hätte heute seinen freien Nachmittag und würde für mich im Gemüsegarten arbeiten."

„Einfach so?" Ich starrte sie fassungslos an.

„Ja, einfach so. Das Angebot hab ich natürlich gern angenommen. Dafür kann er jederzeit zu mir zum Töpfern kommen, wenn er mag, und braucht auch für den Ton nichts zu bezahlen."

Es geschahen noch Zeichen und Wunder. Helge, der sich für gewöhnlich um nichts kümmerte als um seine eigene Person und notfalls noch um die Pferde, tat freiwillig etwas für einen anderen! Kirsty hatte wohl die richtige Art, mit ihm umzugehen, freundlich und ohne Vorurteile. Sie meinte weder, sie müsste ihn mit Samthandschuhen anfassen, nur weil er eine schwere Kindheit und Jugend hinter sich hatte und schon früh straffällig geworden war, noch ließ sie sich von seiner oft mürrischen, misstrauischen Art einschüchtern oder reizen.

Eine halbe Stunde später lehnten die beiden am Gartenzaun und unterhielten sich über biologischen Gartenbau. Durch das offene Küchenfenster hörte ich einen Teil ihres Gesprächs mit und wunderte mich, wie gut Helge auf diesem Gebiet Bescheid wusste. Sie redeten von Kompostierung, Gründüngung, Kräuterjauche, der Bedeutung von Regenwürmern (die ich bisher nie für besonders bedeutsam gehalten hatte) und dem Zusammenhang zwischen Mondphasen und Pflanzzeiten.

Schließlich war ich so beeindruckt, dass ich den Kopf aus dem Fenster streckte und sagte: „Hör mal, Helge, woher zum Teufel weißt du das bloß alles?"

„Hab mich damit beschäftigt", gab er herablassend zurück.

Ich verbiss mir eine grobe Entgegnung. Er hatte es noch immer nicht gelernt, normal und freundlich auf eine normale, freundliche Frage zu antworten. Hinter fast allem, was man zu ihm sagte, vermutete er einen versteckten Angriff auf seine Person. Dieses Misstrauen saß so tief, dass es mir manchmal unausrottbar zu sein schien.

Kirsty sagte in ihrer ruhigen Art: „Eigentlich ist das ein Thema, über das wir alle Bescheid wissen müssten – besonders die Bauern. Sonst werden wir eines Tages an den Giften sterben, die in unserer Nahrung sind, und der chemische Dünger wird alles Leben in unseren Böden vernichten. Es ist schlimm genug, dass wir uns nicht gegen den sauren Regen schützen können. Wer weiß, wie lange unsere Wälder hier noch gesund sein werden. Und wie seine Wirkung auf Obst und Gemüse ist und damit wiederum auf uns, wird sich wohl erst in vielen Jahren herausstellen. Die Gifte, mit denen wir so sorglos umgehen, haben eine schleichende Wirkung. Es ist nicht so wie bei verdorbenem Fisch, wo einem schon nach ein paar Stunden übel wird. Da weiß man, dass es am Fisch gelegen hat; von unseren chemieverseuchten Nahrungsmitteln aber wird man meist erst viele Jahre später krank."

Irgendwie fühlte ich mich angegriffen – vielleicht, weil ich selbst auch nicht zu den Leuten gehörte, die sich mit biologischem Anbau beschäftigen. „Aber was soll man denn dagegen tun?", fragte ich. „Nicht jeder hat Zeit oder Lust, sein eigenes Gemüse anzubauen, und in den Städten müssen die Leute kaufen, was ihnen angeboten wird."

„Müssen sie nicht", sagte Helge. „Wenn die Verbraucher vorsichtiger und misstrauischer wären, wenn sie sich informieren und bestimmte Waren einfach nicht mehr kaufen würden – zum Beispiel Kopfsalat, der ja nachgewiesenermaßen voller Gift ist, oder Eier aus Legehennenbatterien, würden es sich die Hersteller schon überlegen, ob es nicht besser ist, sich umzustellen, als auf ihrem Zeug sitzen zu bleiben. Die Verbraucher haben doch allein durch Kaufen oder Nichtkaufen große Macht – nur nutzen sie sie eben nicht."

„Aha", sagte ich aufgebracht. „Und wo soll man sich darüber informieren, was schädlich ist und was nicht?"

„Es gibt da eine Menge Bücher", erklärte Kirsty besänftigend. „Die kann man überall kaufen oder bestellen, wenn man nur will. Wir haben übrigens auch so ein Buch im Wohnzimmerregal stehen. Du kannst es gern lesen, wenn du willst."

Ich unterdrückte die Bemerkung, dass ich genug anderes um die Ohren hätte. Außerdem kämpfte ich bereits seit kurzem mit der Umstellung auf vegetarische Kost, weil Matty mich überzeugt hatte, dass es sich mit meiner Tierliebe nicht vereinbaren ließ,

Fleisch zu essen. Also murmelte ich nur etwas Undeutliches.

Zum Glück kam Hopfi in diesem Augenblick dahermarschiert, glühend vor Tatendrang. Hopfi war unsere Hilfe aus dem Dorf, die gelegentlich auch auf Dreililien arbeitete. Wenn Hopfi auftauchte, um Fenster zu putzen, Böden zu schrubben und im Haus das Unterste zuoberst zu kehren, gab es weder Zeit noch Ruhe für lange Gespräche; da vertrollte man sich am besten nach Dreililien – oder umgekehrt ins Kavaliershäusl, wenn sie gerade auf dem Hof arbeitete und die Ferienreiter versorgte –, in den Wald oder ins Dorf. Nicht einmal im Garten war man vor ihr sicher, weil sie unversehens mit dem Ausklopfer auftauchen konnte und anfing, Teppiche zu klopfen, dass es nur so staubte.

Sonst waren es geruhsame Tage ohne große Aufregungen oder allzu viel Trubel, in denen schon die ersten Vorbereitungen für den kommenden Winter begannen: Heu und Obst wurden in den Speicherräumen und Futterkammern gelagert, Zäune ausgebessert, Fenster abgedichtet und ein Stück morscher Stallboden ausgebessert. Kirsty füllte die Regale der Speisekammer mit Gläsern voll Holundersaft, Marmelade und Birnenkompott; sie sammelte die Samen von Kapuzinerkresse, Malven, Feuerbohnen und Sonnenblumen ein, trocknete Blumensträuße und Küchenkräuter und breitete grüne Tomaten auf den

Fensterbrettern aus, damit sie nicht dem ersten Frost zum Opfer fielen.

Auf Dreililien wurden Dachrinnen und Kaminbleche gestrichen, um sie vor Rost zu sichern. Mikesch, Sepp und Helge hackten Brennholz, und aus den Wäldern erklang von früh bis spät das Geräusch der Motorsägen.

Die Dunkelheit brach nun schon früh herein, doch tagsüber war es sonnig und warm, mit leuchtenden Herbstfarben und den Berggipfeln hinter den Wäldern, die zum Greifen nahe schienen.

Das war Anfang Oktober. Noch ahnte ich nicht, dass diese sonnigen Herbsttage in der verträumten, friedlichen Abgeschiedenheit unseres Tales eine Art Ruhe vor dem Sturm waren.

4

Es begann mit der Mäuseplage. An sich war das kein ungewöhnliches Problem. Wir hatten sie jedes Jahr, trotz der vielen Katzen, die auf Dreililien herumliefen. Mit dem Herbst kamen ganze Mäusetrupps aus dem Wald und den Feldern, um in Wohnhäusern und Nebengebäuden zu überwintern. Besonders die Ställe waren ein wahres Paradies für sie, weil es dort warm war und Futter in Mengen gab.

Wir kämpften mit Fallen gegen die Mäuse. Gift auszustreuen, wie Herr Moberg es vorschlug, stieß auf Jörns, Mikeschs und Mattys erbitterten Widerstand. Wir fanden die Fallen schlimm genug, auch wenn die Mäuse dabei einen raschen und schmerzlosen Tod starben.

In diesem Jahr jedoch konnten wir mit den Fallen nur wenig ausrichten. Es waren einfach zu viele Mäuse – und sie waren mehr als nur eine Plage: Sie brachten Unheil über Dreililien. Seit jenem Herbst hasse ich den Anblick der kleinen grauen Tiere, obwohl ich weiß, dass das unvernünftig ist, weil sie doch im Grund unschuldig an dem Unglück waren, das sie heraufbeschworen.

Eines Spätnachmittags, als wir die Jährlinge wegen eines heraufziehenden Gewitters früher als sonst von der Koppel holten, bemerkte ich, dass mit Nells Augen etwas nicht stimmte. Nell war neben Hazel mein besonderer Liebling, denn sie war das erste Fohlen, bei dessen Geburt ich mitgeholfen hatte. Auch sie hing sehr an mir. Wann immer ich in ihrer Nähe auftauchte, kam sie angaloppiert, mit eifrig gespitzten Ohren und hellem Gewieher. Ich war ja einer der ersten beiden Menschen, die sie gesehen und deren Stimme sie bei ihrer Geburt gehört hatte, und damit ein Teil ihrer Welt; jemand, dem sie vertraute.

Auch an diesem Herbsttag kam sie zu mir, während ich das Gatter öffnete, und sprang neben mir her den Pfad zum Stall hinauf. Ich fasste sie an der Mähne, die im immer stärker werdenden Gewitterwind flatterte. Ihr Fell war bei weitem nicht mehr so struppig wie vor dem Haarwechsel, ihr Schweif war länger und üppiger geworden.

Als die Gruppe von Jährlingen Halt machte und wartete, bis Helge das Stalltor geöffnet hatte, drückte Nell ihre Nase gegen meine Brust. Ich sah im grellen, neonähnlichen Licht, das so oft mit der violetten Finsternis eines heraufziehenden Unwetters abwechselt, ihre Augen. Etwas an ihnen war seltsam. Die Lidspalten waren verengt, die Iris hatte eine gelbliche Färbung angenommen.

Während ich Nell in ihre Box brachte, dachte ich: Ich muss es Mikesch sagen. Nells Augen müssen behandelt werden.

Da es nicht selten vorkam, dass eines unserer Pferde eine Augenentzündung hatte, war ich nicht sonderlich beunruhigt. Ich wusste jedoch, wie schmerzhaft jede Art von Augenerkrankung für ein Pferd ist, und ging deshalb anschließend sofort in den Hauptstall, wohin Mikesch und Matty die Stuten gebracht hatten, um mit ihm zu reden.

„Vielleicht ist's nur eine Bindehautentzündung", sagte er. „Das kriegen wir mit Kamillentee und Augentrosttee wieder hin. Ich sehe sie mir gleich mal an, wenn ich hier fertig bin."

Der folgende Tag war ein Samstag. Als ich in den Stall kam, standen dort wie üblich die Stuten, die zur Reitstunde eingesetzt wurden; und zwischen ihnen, in Nofrets Box, war Nell untergebracht.

„Wieso ist Nell bei den Stuten?“, fragte ich Helge, der gerade in der Sattelkammer stand und die Mähnenbürsten reinigte.

„Mikesch meinte, wir sollten sie heute mal nicht ins Freie lassen, damit ihre Augen nicht noch mehr Zug bekommen. Und hier bei den Stuten hat sie wenigstens Gesellschaft“, erwiderte er. Noch einmal sah ich mir Nells Augen an. Sie waren wirklich merkwürdig. Zum Glück ging es ihr offenbar nicht schlecht, denn sie beschnupperte mich eifrig und ließ sich gern mit Karotten füttern.

Am Sonntag sahen ihre Augen wieder etwas besser aus, und sie durfte mit den anderen Jährlingen auf die Weide zurück. An diesem Tag war besonders viel Trubel auf Dreililien, denn es kam zusätzlicher Besuch: Die drei Mädchen aus dem Chiemgauer Internat hatten zwei Elternpaare mitgebracht und dazu noch eine fünfköpfige Familie namens Neuhofer, die sich für unsere Reitschule interessierte.

Mücke und Charly, denen der älteste Sohn der Neuhofers gefiel, kicherten noch ärger als sonst und waren während der Stunde so unaufmerksam, dass Mücke vom Pferd fiel und Charly beide Steigbügel verlor und wie ein Affe an Eileens Mähne hing.

„Das hält man doch im Kopf nicht aus!“, sagte Jörn, der seinen freien Tag hatte und in sicherer Entfernung von den Besuchern mit mir im Schatten des Birkenwäldchens stand. „Komm, reiten wir endlich mal wieder zusammen in den Wald!“

Wir holten Hazel und die Schimmelstute Katama von der Koppel und ritten ohne Sattel und Zaumzeug los, in glücklicher Unkenntnis des Unheils, das sich über Dreililien zusammenbraute. Später dachte ich oft, dass dies der letzte unbeschwerte Ausritt für lange Zeit gewesen war.

Wir ritten über die schmale Holzbrücke, die über den Bach in den Wald führte, hinunter zur Lichtung, wo Heidekraut und Herbstzeitlosen blühten. Noch gab es Schmetterlinge und die Hagebutten leuchteten rot im Gebüsch. Eichelhäher zeterten in den Bäumen und Hasen flohen vor uns ins Unterholz.

Wenn der Pfad breit genug war, ritten wir nebeneinander. Wir sprachen nur wenig, genossen es einfach, beisammen zu sein, an diesem klaren, föhnigen Herbsttag, der voll Wärme war, erfüllt vom Duft des Waldes und des absterbenden Laubes. Gelegentlich blieben die Pferde stehen, um an besonders schmackhaften Grasbüscheln oder Blättern zu zupfen, und wir ließen sie gewähren und passten uns ihrem Rhythmus an.

Einmal atmete Jörn tief ein und sagte: „Das tut gut. Unser Tal ist so etwas wie eine Zuflucht – das merke ich erst jetzt, seit ich im Krankenhaus arbeite. Wenn ich hierher zurückkomme, fällt vieles von mir ab, was ich tagsüber sehe und erlebe. Unser Tal scheint eine Welt für sich zu sein; obwohl das natürlich trügerisch ist ... Wir sind auch hier nicht unabhängig von dem, was draußen geschieht. Umweltverschmutzung, Naturkatastrophen oder Atomkraftwerke bedrohen uns hier genauso wie die Menschen, die in München oder Hamburg wohnen. Auch wir sind nicht geschützt vor Krankheit und Tod. Trotzdem spüre ich jedes Mal Frieden, Sicherheit und etwas wie Erleichterung, wenn ich nach Hause komme."

Später lagen wir am Waldweiher, über dem die letzten Mücken schwärmten, ließen die Pferde trinken und grasen, sahen in den unglaublich blauen Föhnhimmel und hielten uns im Arm. Das war so schön, dass es fast wehtat. Vielleicht gerade deshalb, weil solche Augenblicke so selten geworden waren, weil dies vielleicht der letzte schöne Herbsttag war, weil der Winter vor der Tür stand, erlebte ich all das besonders bewusst; und wahrscheinlich ging es Jörn ebenso.

Als wir nach Dreililien zurückkamen, bemerkten wir Matty auf der Koppel bei den Jährlingen. Er stand bei Nell und ich dachte: Er sieht sich ihre Augen an. Ob es schlimmer geworden ist?

Ich zügelte Hazel und sprang zu Boden. „Was ist

los?“, fragte Jörn. „Du willst sie doch wohl nicht zu den Jährlingen bringen?“

„Nein“, sagte ich, „ich wollte nur mal sehen, was Matty da macht. Nell hat etwas mit den Augen, weißt du. Ich hab's vor zwei Tagen bemerkt. Mikesch meint, es könnte eine Bindehautentzündung sein.“

Wir winkten Matty zu. Er kam zum Zaun und führte Nell an der Mähne mit sich. Gemeinsam sahen wir uns ihre Augen an. Sie waren wieder wie gestern und vorgestern – die Lidspalten waren deutlich verengt, die Iris wirkte gelblich.

„Das ist keine Bindehautentzündung“, sagte Jörn. „Sonst hätte sie verklebte Augenwinkel. Die Augen sind trocken. Es kommt überhaupt keine Flüssigkeit heraus.“

„Mikesch meint auch, dass es etwas anderes sein muss“, erwiderte Matty. „Deshalb hat er mich hergeschickt. Ich kann mir nicht vorstellen, was es sein könnte. Hast du eine Ahnung, Jörn? Schmerzen hat sie offenbar nicht, das würde man doch merken.“

Jörn machte ein nachdenkliches Gesicht. „Diese gelbe Iris ... Bis jetzt haben wir so was eigentlich noch nie gehabt. Ich sehe mal in den Büchern über Pferdekrankheiten nach. Am besten, wir fragen Vater; vielleicht weiß er Bescheid.“

Nell ließ sich ausgiebig streicheln, erfreut über so viel Aufmerksamkeit. Sie blieb am Zaun stehen, als wir uns zum Gehen wandten. Hazel und Katama waren schon zum Stall vorausgegangen. Sie wussten, was jetzt kam: die vertraute Zeremonie des Hufeauskratzens, Wasser zum Trinken, dann Rückkehr auf die Koppel. Sie brauchten nicht trocken gerieben zu werden, denn sie waren nicht verschwitzt.

„Vielleicht ist Nell von irgendeinem Tier gestochen worden, das ein Insektengift übertragen hat“, meinte Matty.

„Glaub ich nicht“, sagte Jörn. „Dann dürfte bloß eine Lidspalte zugeschwollen sein. Außerdem, wie erklärst du dir diese komische gelbliche Färbung?“

Ich drehte mich um. Nell hatte dem Koppelzaun gerade das Hinterteil zugekehrt und begann zu den anderen Pferden zurückzugehen. Dicht neben dem Zaun wuchsen zwei alte Eichen, die ihre knorrigen Äste tief über den Boden streckten. Und noch während ich zurückschaute, merkte ich plötzlich, dass Nell gegen einen der Äste stieß.

Ich blieb stehen. „He!“, sagte ich. „Sieht sie denn plötzlich schlecht?“

„Was?“ Jörn blieb ebenfalls stehen und Matty sah über die Schulter zurück. „Wer sieht schlecht?“

„Nell“, sagte ich. „Sie ist gerade gegen einen Ast gerannt. Jetzt ist sie zurückgewichen und macht einen Bogen darum.“

Jörn runzelte die Stirn. „Bist du sicher?“, fragte er. „Du meinst, sie ist wirklich gegen einen Ast gestoßen?“

Ich nickte. „Ganz sicher“, bestätigte ich. „Aber vielleicht hat sie zu den anderen Pferden hinübergesehen und nicht bemerkt, dass ihr der Ast im Weg war.“

Jörn gab keine Antwort. Matty sagte: „Das glaube ich nicht. Es kommt eigentlich kaum jemals vor, dass ein Pferd ein Hindernis übersieht; noch dazu, wenn’s in Augenhöhe ist.“

„Vielleicht sieht sie schlecht, weil ihre Augen entzündet sind“, überlegte ich.

Jörn sagte noch immer nichts. Etwas an seinem Gesichtsausdruck machte mir Angst.

„Was ist los?“, sagte ich. „Was hast du denn plötzlich?“

Er schüttelte den Kopf. Sein Gesicht wurde so verschlossen, als hätte er eine Tür vor mir zugeschlagen.

„Nichts“, murmelte er, doch ich wusste, dass es nicht stimmte. Ebenso gut wusste ich aber auch, dass es jetzt keinen Sinn hatte, in ihn zu dringen. Ich kannte das bei Jörn. Wenn er so „zumachte“, wie ich es insgeheim nannte, hatte er seine Gründe dafür. Dann blieb einem nichts anders übrig, als abzuwarten, bis er es für richtig hielt, sich zu äußern.

Ich wechselte einen Blick mit Matty. Schweigend gingen wir zum Stall, wo Hazel und Katama schon auf uns warteten. Mikesch und Helge waren nirgends zu sehen; die Reitschüler waren längst nach Hause gegangen.

Auf Dreililien war Sonntagsruhe eingekehrt – doch mir war nicht friedlich zumute. Während Matty im Wohnhaus verschwand, führten Jörn und ich die beiden Stuten in ihre Boxen, kratzten ihnen stumm die Hufe aus, tränkten sie, brachten sie dann zu den anderen Pferden auf die Südweide und schlossen das Gatter hinter ihnen.

„Ich gehe jetzt in mein Zimmer“, sagte Jörn, ohne mich anzusehen.

Mein Herz war plötzlich schwer wie ein Sack voller Ziegelsteine. „Ist gut“, erwiderte ich leise. „Wenn du willst ...“ Dann presste ich noch hervor: „Du, ich mache mir solche Sorgen um Nell!“

„Meinst du, ich nicht?“ Jetzt klang seine Stimme richtig angriffslustig, doch ich war ihm nicht böse. Ich wusste, es kam daher, weil er Angst hatte, genau wie ich – und weil er etwas vermutete, was er mir nicht sagen wollte.

Bedrückt ging ich nach Hause. Jetzt bereute ich es, dass ich das Buch über Pferdekrankheiten nicht längst gekauft hatte, das mir Alex, der Neffe unseres Tierarztes, empfohlen hatte. Doch irgendwie war nie genug Geld dafür da gewesen, es hatte immer Wichtigeres gegeben; Hazel vor allem, die Reise nach Amsterdam, neue Jeans, weil die alten total durchgescheuert waren ...

Alex! Sollte ich ihn anrufen und mit ihm reden? Vielleicht konnte er herausfinden, was Nell fehlte.

Schon war ich entschlossen, es zu tun; doch als ich das Kavaliershäusl erreichte, überlegte ich es mir wieder anders. Ich würde es noch früh genug erfahren – von Jörn. Ich wollte abwarten, bis er es mir sagte.

Als ich am Montagnachmittag von der Schule nach Hause kam, stand Dr. Hofbauers Wagen vor dem Tor von Dreililien.

Ich sah ihn und radelte gar nicht erst zum Kavaliershäusl, um zu essen und mich umzuziehen, wie ich es sonst immer tat. Ich warf mein Fahrrad in die Wiese, rannte in den Stall der Jährlinge und fand dort weder den Tierarzt noch Mikesch oder Helge; Matty war noch in der Schule, das wusste ich. Alle Boxen waren leer, auch die von Nell. Also mussten sie auf der Koppel sein.

Wieder wurde ich von Furcht ergriffen. Als ich den Innenhof verließ und um die Ecke bog, sah ich in einiger Entfernung eine Gruppe von Männern stehen. Es waren Dr. Hofbauer, Mikesch und Helge, und zwischen ihnen eine kleine Gestalt, die sich auf Krücken stützte: Herr Moberg.

Ich blieb stehen. Meine Hände zitterten so, dass ich sie in die Hosentaschen steckte. Von Nell war nichts zu sehen. Trotzdem wusste ich mit untrüglicher Sicherheit, dass es um sie ging, dass die vier dort standen und über sie sprachen.

Ich schluckte, doch der Kloß in meiner Kehle saß

fest. Sie sahen mich nicht, denn ich stand im Schatten des Hauses; und nach einer Weile drehte ich mich um, ging zu meinem Fahrrad zurück und schob es nach Hause.

An diesem Nachmittag ging ich nicht mehr nach Dreililien. Etwas Scheußliches war im Anzug, ich spürte es in allen Knochen und hätte mich am liebsten versteckt. Um mich abzulenken, räumte ich meinen Schreibtisch auf, dann die Kommodenschublade, und flickte schließlich sogar noch die alte indianische Decke auf meinem Bett.

Dann saß ich lange in der beginnenden Dunkelheit am Fenster und sah nach Dreililien hinüber, wo schon die Hoflampe brannte. Die Pferde bekamen jetzt ihr Abendfutter, und ich wusste, man würde mich bei der Arbeit vermissen. Es war auch nicht richtig, dass ich mich nicht um Hazel kümmerte. Sie war mein Pferd, und es war selbstverständlich, dass ich sie regelmäßig selbst versorgte. Doch an diesem Abend konnte ich einfach nicht hinübergehen. Ich vertraute darauf, dass Matty sich um sie kümmern würde.

Beim Abendessen hatte ich überhaupt keinen Hunger. Ich aß ein paar Löffel Suppe und verschwand dann mit einer gemurmelten Entschuldigung wieder nach oben.

Eine Viertelstunde später kam Jörn. Plötzlich stand er in meinem Zimmer, in seiner alten Arbeitshose und dem ausgebeulten Pullover, der nach Stall roch. Seine zusammengepressten Lippen verhießen nichts Gutes.

Ich sagte: „Tut mir Leid, dass ich heute nicht gekommen bin, aber ich ... ich konnte einfach nicht."

Er ließ sich ziemlich weit entfernt von mir auf dem Teppich nieder. „Dann weißt du es also schon?"

Der Kloß in meiner Kehle wuchs. „Nein", sagte ich. „Ich weiß gar nichts. Ist es ... steht es schlecht mit Nell?"

Jörn vermied meinen Blick. „Sie vermuten, dass es Mondblindheit ist", sagte er.

„Mondblindheit?" Ich starrte ihn an. „Was ist das, Mondblindheit? Davon hab ich noch nie was gehört. Soll das heißen, dass Nell blind ist?"

„Nein, das ist sie nicht – jedenfalls noch nicht." Das „noch nicht" sagte er leise, aber ich hörte es und mir wurde ganz kalt. „Warum diese Krankheit so heißt, weiß ich auch nicht. Wir haben so etwas auf Dreililien noch nie gehabt, aber ich habe davon gelesen. Es ist eine Krankheit, bei der man nicht so ganz sicher ist, woher sie kommt; höchstwahrscheinlich wird sie aber durch Viren ausgelöst, die von Mäusen übertragen werden."

Mäuse! Ich dachte an die Scharen von Mäusen, die seit einigen Wochen in den Ställen herumliefen, zwischen Pferdebeinen huschten, ihre Nester im Heu bauten, aus den Futterkrippen fraßen ...

„Aber es ist doch heilbar, nicht?“, fragte ich wie betäubt. „Nells Augen können wieder in Ordnung gebracht werden, es gibt doch sicher eine Medizin gegen diese verdammte Mondblindheit!“

Jörn zeichnete mit dem Finger das Muster meines Teppichs nach. Eine Weile sagte er gar nichts und ich wurde fast verrückt von diesem Schweigen. Dann erwiderte er langsam: „Wenn es wirklich Mondblindheit ist, dann ist es unheilbar. Sie wird noch eine Weile sehen können, aber nach einiger Zeit wird sie völlig blind werden. Und was das Schlimmste ist: Die Krankheit ist ansteckend. Durch die Mäuse kann sie auf andere Pferde übertragen werden. Was das für Dreililien bedeutet, wirst du dir ja vorstellen können.“

Ich starrte ihn an. Mir war richtig übel vor Schreck und Angst. Eine ansteckende Krankheit auf einem Gestüt wie Dreililien ... was das bedeuten konnte, mochte ich mir jetzt nicht ausmalen. Im Augenblick konnte ich nur an Nell denken. Ich sah sie wieder mit unsicheren Beinen zum ersten Mal auf der kleinen Koppel stehen und sich aus großen, verwunderten Augen umsehen. Wie unschuldig hatte sie gewirkt, wie vertrauensvoll und arglos ...

Wenn sie jetzt blind wurde, wusste ich, dass ihr Schicksal besiegelt war. Ein blindes Pferd hat keinen Wert in einem Gestüt, ist nur eine Belastung. Und für wertlose Tiere ist kein Platz in einem Betrieb, der Gewinn bringen muss.

Meine Stimme zitterte, als ich sagte: „Sie werden sie töten, nicht?"

Jörn stand auf und setzte sich zu mir. „Dr. Hofbauer weiß ja noch nicht mit Bestimmtheit, ob es wirklich Mondblindheit ist", erwiderte er.

Doch ich spürte, er war selbst überzeugt davon, dass es Mondblindheit war, und sagte das nur, um mich zu trösten. „Sie wird jetzt von den anderen Jährlingen abgesondert und eine Weile beobachtet. Dann wird sich ja herausstellen, was ihr fehlt. Es gibt immer noch eine kleine Hoffnung, dass es etwas anderes, Harmloseres ist."

Ich merkte, dass ich weinte. Die Tränen liefen mir nur so übers Gesicht und ließen sich nicht zurückhalten. An diesem Abend erschien mir das Leben grausam.

5

An einem der letzten Oktobertage musste Nell sterben.

Ich hoffte bis zuletzt, dass sie wie durch ein Wunder wieder gesund werden würde. Anfangs machte ich jeden Tag einen Sehtest mit ihr, und für kurze Zeit sah es auch so aus, als hätten sich ihre Augen gebessert. Die Schwellung der Lider ging zurück, sie sah wieder, wenn ich ihr eine Karotte oder eine Banane entgegenstreckte. Doch als ich freudestrahlend zu Mikesch lief und schrie, dass Nell doch nicht die Mondblindheit hätte, dass ihre Augen sich gebessert hätten und dass sie wieder gesund werden würde, sagte er nur: „Du machst dir falsche Hoffnungen, Nell. Dr. Hofbauer hat mich schon darauf aufmerksam gemacht, dass es bei dieser Krankheit eine zeitweilige Besserung gibt, die aber trügerisch ist."

Zwei Tage später sah sie den Apfel nicht, den ich ihr mitgebracht hatte. Sie wurde nun auf eine kleine, eigens für sie eingezäunte Wiese verbannt, und ich hätte heulen können, wenn ich sie da unter den Bäumen stehen sah, einsam, mit hängendem Kopf. Sie sah mich wohl nur noch als schattenhaften Umriss, doch sie hörte mich; sie hörte meinen Schritt, wenn ich kam, und erkannte ihn.

Ich verbrachte viele Stunden mit Nell, auch dann noch, als ich es aufgegeben hatte, Sehtests mit ihr zu machen. Ich saß nur einfach bei ihr, streichelte sie und redete mit ihr; und oft weinte ich heimlich, weil ich wusste, dass uns der Abschied bevorstand.

Es gab Augenblicke, in denen ich verzweifelt war und überlegte, ob es für Nell nicht die gleiche Lösung geben konnte wie für Hazel. Herr Moberg hätte sie mir vielleicht sogar umsonst überlassen; doch er wäre sicher nicht bereit gewesen, neben Hazel noch ein zweites Pferd umsonst auf seinem

Gestüt durchzufüttern, auch wenn ich dafür bei ihm arbeitete. Und doch wäre es vielleicht eine Möglichkeit gewesen, Nell zu retten – die einzige.

Nachts grübelte ich lange darüber nach und redete schließlich mit Jörn und Matty. Dabei gerieten wir fast in Streit, denn sie waren beide der Meinung, dass es Tierquälerei sei, ein blindes Pferd um jeden Preis am Leben zu halten.

„Siehst du nicht, dass sie leidet?", sagte Matty. „Allein auf der Koppel, allein im Stall, ohne die anderen Jährlinge. Sie sieht kaum noch etwas, und wer weiß, sicher hat sie auch Schmerzen."

Jörn sah mich an und fragte: „Ist es nicht einfach so, dass du sie bloß nicht hergeben kannst, Nell?"

Es endete damit, dass ich die beiden anschrie und in Tränen ausbrach. Ich fühlte mich schrecklich verlassen und unverstanden. Und jeden Tag, wenn ich von der Schule nach Hause kam, fürchtete ich, Nell könnte nicht mehr da sein.

Inzwischen wurden die Mäuse in den Ställen erbarmungslos verfolgt. Ein Schädlingsbekämpfer kam aus Rosenheim; man legte Gift aus, wo immer es ging, stellte Fallen auf, erschlug die Mäuse mit Knüppeln. Es war ein einziger Albtraum, eine Zeit, von der ich wusste, dass ich sie nie im Leben vergessen würde.

Dann erkrankten zwei weitere Jährlinge an Mondblindheit. Nun geriet wirklich alles auf Dreililien in Panik. Der Stall, in dem die Jährlinge standen, wurde völlig ausgeräumt, desinfiziert, frisch gestrichen; der gesamte Heuvorrat wurde verbrannt, da Dr. Hofbauer meinte, er könnte der Nährboden für die Viren sein, die die Krankheit verursachten, weil die Mäuse dort genistet hatten. Und dann kam, was ich insgeheim schon lange befürchtet hatte: Herr Moberg verlangte, dass die erkrankten Pferde sofort ins Schlachthaus gebracht werden sollten.

Ich hatte es geahnt und doch nicht wahrhaben wollen. Als ich jetzt vor der vollendeten Tatsache stand, als es nichts mehr zu hoffen oder zu ändern gab, war ich eine Weile wie betäubt; so, als hätte mich jemand mit einem Sandsack auf den Kopf geschlagen.

Dann ging ich zu Herrn Moberg und sprach mit ihm. Schon nach wenigen Minuten merkte ich jedoch, dass es sinnlos war. Im vergangenen Jahr, als es um Hazel ging, hatte er sich umstimmen lassen. Diesmal aber stand sein Entschluss fest und nichts konnte ihn davon abbringen.

Nun blieb nur noch Mikesch. Ich fand ihn in der alten Remise, wo er am Traktor herumbastelte. Wir setzten uns auf die Werkzeugkiste, und er wartete geduldig, bis ich mich ausgeweint hatte und einigermaßen ruhig sprechen konnte.

„Ich will nicht, dass Nell stirbt“, sagte ich. „Ich dachte, ich könnte vielleicht ... Ich könnte Herrn Moberg vielleicht den Schlachtpreis bezahlen und

Nell zu mir nehmen. Wir müssten eben den Holzschuppen hinter dem Kavaliershäusl zum Stall ausbauen. Mein Vater würde mir schon helfen."

Mikesch schüttelte den Kopf. „Ich glaube nicht, dass das gut wäre", erwiderte er dann. „Weder für dich noch für Nell. Ein junges Pferd so allein ..."

Ich unterbrach ihn. „Aber ich könnte doch Hazel dazustellen!"

Er seufzte. „Ein Stall für zwei Pferde, da wäre schon ein großer Umbau nötig. Und abgesehen von den Kosten für Futter, den Tierarzt und den Hufschmied – glaubst du wirklich, dass das Leben für Nell noch schön wäre, wenn sie blind ist? Sie braucht sehr viel mehr Fürsorge und Pflege als jedes andere Pferd; woher willst du die Zeit nehmen? Ich glaube, es lässt sich einfach nicht ändern – auch wenn es noch so hart ist, vor allem für dich. Glaub mir, ich weiß, wie dir zumute ist. Ich habe das selbst schon so manches Mal erlebt. Im Rennstall meines Vaters mussten viele Pferde sterben, weil sie bei den Wettkämpfen Verletzungen davongetragen hatten, die nicht mehr heilbar waren. Das hat mir sehr viel ausgemacht, weil ich an manchen Pferden sehr hing."

Ich musste wieder weinen. „Aber Mikesch", schluchzte ich, „ich kann's einfach nicht ertragen, mir vorzustellen, wie Nell fortgebracht wird, ins Schlachthaus, wo sie doch genau spürt, was ihr bevorsteht. Wie sie von fremden Menschen zum Bolzenschussapparat gebracht wird und ..." Jetzt heulte ich so, dass ich nicht mehr weiterreden konnte.

Mikesch sah mich an, lange. Dann legte er den Arm um meine Schulter, zog mich an sich und streichelte mein Haar. „Ich verstehe", sagte er leise. „Ja, ich weiß, das ist schrecklich. Kein Tier sollte so sterben müssen, genauso, wie man die Menschen in den Krankenhäusern nicht einsam und voller Furcht sterben lassen sollte. Vielleicht hilft es dir, wenn ich dir etwas verspreche. Nell und die beiden anderen Jährlinge werden nicht ins Schlachthaus gebracht. Ich sorge dafür, dass Dr. Hofbauer kommt und sie einschläfert – hier, auf Dreililien, wo nichts sie ängstigt. Es wird ein schnelles, sanftes Ende ohne Schrecken für sie sein."

Ich hob den Kopf und sah ihn aus meinen vom Weinen verquollenen Augen an. „Würdest du das tun, Mikesch? Aber Herr Moberg ..."

„Ich rede mit ihm", sagte er. „Den Schlachtpreis, der ihm dadurch entgeht, und die Unkosten für den Tierarzt und den Abtransport können wir irgendwie verrechnen. Schließlich bin ich hier Teilhaber und arbeite nur für ein Taschengeld. Da kann er mir auch entgegenkommen." Er griff in die Brusttasche seiner Arbeitshose und gab mir ein Taschentuch, auf dem Schmierölflecke waren. „Ich weiß, es ist kein wirklicher Trost. Aber vielleicht macht es doch alles ein bisschen leichter."

Ich kämpfte die ganze Nacht mit mir, ob ich mit dabei sein sollte, wenn Nell die Spritze bekam. Am liebsten wäre ich weggefahren, nach München vielleicht, und erst abends wiedergekommen, wenn alles vorüber war. Doch diese Lösung erschien mir feige und unwürdig.

Als der Morgen heraufdämmerte, wusste ich, dass ich mich nicht drücken durfte, auch wenn ich das Bild von Nells Tod noch lange mit mir herumtragen würde.

Ich ging nicht zur Schule. Kirsty rief im Sekretariat an und entschuldigte mich. Sie drängte mich nicht zu frühstücken, brühte mir nur eine Tasse starken Kaffee auf und saß dann schweigend neben mir am Küchentisch, das schlafende Kathrinchen im Arm, bis es neun Uhr war.

Dann ging ich nach Dreililien. Nie zuvor war ich den kurzen Weg so widerstrebend gegangen, mit so schwerem Herzen. Ich musste mich zu jedem Schritt zwingen. Als ich in der Ferne den Wagen des Tierarztes die Allee heraufkommen sah, bekam ich wildes Herzklopfen. Am liebsten wäre ich umgekehrt und in den Wald gelaufen.

Mikesch hatte Nell und die beiden anderen Jährlinge auf die kleine Koppel gebracht. Dort standen sie im Morgennebel am Zaun, ohne zu wissen, was sie erwartete.

Noch war niemand bei ihnen. Nell spitzte die

Ohren, als sie meinen Schritt hörte, und ich begrüßte sie ein letztes Mal.

Kirsty hatte mir eine Tüte voller Kekse mitgegeben. Ich verteilte sie mit zitternden Händen an die drei. Es war ihre Henkersmahlzeit, doch sie wussten es nicht. Ich streichelte Nell, die noch immer auf der Suche nach Leckerbissen an mir herumschnupperte, und auch die beiden anderen Jährlinge drängten sich um mich, versuchten vergebens mit ihren gelblichen, blicklosen, kranken Augen herauszufinden, ob ich noch etwas für sie hatte.

Gleich darauf kam Mikesch mit Dr. Hofbauer, gefolgt von Matty. Jörn war schon in die Klinik gefahren. Ich glaube, er war an diesem Tag froh darüber, dass er nicht zu Hause bleiben musste.

Dann ging alles sehr schnell. Ich saß im Gras, hielt Nells Kopf in meinem Schoß und weinte wie seit Jahren nicht mehr. Es war, als könnte ich nie wieder damit aufhören. So endete Nells kurzes Leben. Ich war dabei gewesen, als sie geboren wurde, und ich war dabei, als sie starb.

Jemand streichelte meinen Rücken, aber ich fühlte mich sehr allein – allein mit Nell. Ich sah mich wieder mit ihr über die Wiese zum Wald laufen – an einem Sommertag, als sie noch ein Fohlen war, mit tollpatschigen Sprüngen, voller Lust am Leben. Jetzt lag sie da in meinen Armen und atmete nicht mehr. Nell würde nie wieder über eine Wiese laufen.

6

Tagelang ging ich nicht nach Dreililien. Ich konnte einfach nicht hinübergehen; alles, was ich dort liebte, war voller Erinnerungen an Nell. Ich fühlte mich krank und elend von dem, was ich erlebt und gesehen hatte, und die Bilder von Nells Ende taten ebenso weh wie die Bilder von glücklicheren Tagen, als sie noch Marnies Fohlen war, gesund und voller Leben.

Jörn besuchte mich abends, wenn er von der Klinik nach Hause kam. Wir machten in der beginnenden Dunkelheit lange Spaziergänge, bei denen wir uns viel über den Tod unterhielten und das, was danach wohl kommen mochte.

Ich war froh, dass er mich verstand, wenn ihn Nells Schicksal auch nicht so traf wie mich. Doch er hatte das Gleiche ja schon mit anderen Pferden erlebt, die er liebte. Er sagte nicht: Sie war doch nur ein Tier. Es ging ja gar nicht so sehr darum, ob es nun der Tod eines Menschen oder eines Tieres war. Es ging um den Verlust an sich, die endgültige Trennung, die unbegreifliche Vorstellung, ein vertrautes Wesen nie mehr wieder zu sehen.

Die Tatsache, dass ein junges Geschöpf sterben muss, die Frage, warum so etwas geschieht und was mit ihm nach dem Tod passiert, beschäftigte in diesen Tagen nicht nur mich. Auch Jörn, der während seines Dienstes im Krankenhaus viel mit Sterbenden zu tun hatte, quälte sich mit dem Problem. „Es muss doch etwas geben“, sagte ich verzweifelt. „Eine Art Weiterleben, sonst hätte doch alles keinen Sinn! Oder meinst du, dass man plötzlich ganz einfach aufhört zu existieren, nur weil der Körper nicht mehr funktioniert?“

„Ich glaube schon, dass der Geist weiterlebt, wenn es für uns auch unvorstellbar ist, wie und auf welche Weise“, erwiderte Jörn. „Doch ebenso unvorstellbar ist es ja auch für uns, wo wir waren, ehe wir geboren und gezeugt wurden. Ich hab da einmal einen Spruch auf einem Grabstein gelesen, der mich sehr beeindruckt hat: *Woher ich kam, da ging ich hin. Ich bin in euch, ihr seid in mir. Ewig.*“

Ich dachte lange über diesen Spruch nach und er tröstete mich auf geheimnisvolle Weise. Vielleicht war Nell wirklich wieder dorthin gegangen, woher sie gekommen war – sie und alle anderen Menschen und Tiere, die man im Laufe seines Lebens geliebt hat und verliert.

Nach diesem Gespräch konnte ich wieder nach Dreililien gehen, konnte es auch vertragen, dass die Reitschüler mich mit Fragen bestürmten. Ich schaffte es sogar, zu erzählen, wie alles gewesen war, und schämte mich nicht, dass ich dabei weinte, denn auch Roddy, Alex und die sonst so alberne Charly bekamen feuchte Augen. Es war fast, als könnte ich mir das dunkle Erlebnis ein bisschen von der Seele reden.

Hazel geriet richtig aus dem Häuschen, als sie mich sah. Sie tat, als wäre ich wochenlang nicht mehr bei ihr gewesen, schüttelte aufgeregt den Kopf, wieherte vorwurfsvoll und scharrte mit dem Vorderhuf, dass das Gras nur so flog.

„Sie hat kaum gefressen während der letzten Tage", sagte Matty, der dabeistand und zusah. „So schlimm war's nicht mal in den Ferien, als du mit Jörn nach Amsterdam gefahren bist. Irgendwie muss sie gespürt haben, dass etwas faul war."

Ich nahm mir zwei Stunden Zeit für Hazel, gab ihr Hafer und Mineralien, Äpfel und Karotten. Dann striegelte ich sie besonders sorgfältig, kratzte ihre Hufe aus, kämmte ihren Schweif und flocht die Mähne zu vielen kleinen Zöpfen. Das mit den Zöpfen wäre eigentlich nicht nötig gewesen, doch Hazel liebte es, wenn ich an ihr herumpusselte.

Schließlich war sie wieder ganz zufrieden, und ich sattelte und zäumte sie und ritt mit ihr ins Dorf, um Jörn vom Bus abzuholen. Er hatte wieder einmal Wochenenddienst, und da der Volkswagen morgens nicht angesprungen war, hatte er den Bus nehmen müssen.

In Mariabrunn war Stille eingekehrt, seit die letzten Feriengäste abgereist waren. Glänzende Kastanien lagen auf der Straße vor dem Wirtsgarten. Hinter den Zäunen blühten die letzten Dahlien, Astern und Sonnenblumen.

Als ich abstieg und Hazels Zügel um einen Zaunpfosten vor der Gastwirtschaft schlang, kam Carmen den Kirchberg heruntergeradelt.

„Hallo, Nell!", schrie sie. „Zu euch wollte ich gerade. War Roddy heute da?"

„Ja", sagte ich erstaunt, während sie vom Rad stieg und zur Begrüßung einen freundschaftlichen Puff von Hazel erhielt. „Hat er denn nicht bei dir vorbeigeschaut?"

Roddy und Carmen waren seit einem Dreivierteljahr befreundet. Die beiden verstanden sich großartig und sahen sich häufig; umso mehr überraschte es mich, dass er hier gewesen war, ohne Carmen zu besuchen.

Sie sagte: „Ach, der ist zur Zeit völlig fertig. Ich weiß gar nicht, was ich mit ihm machen soll. Hat er euch noch nichts davon erzählt?" Sie warf mir einen Seitenblick zu und fuhr dann rasch fort: „Aber bei euch ist ja im Moment auch der Teufel los, da wollte er wohl nichts sagen. Ist noch einer von den Jährlingen krank geworden?"

„Bis jetzt nicht. Diese verdammten Mäuse ..." Ich sah den Bus um die Ecke biegen und fragte: „Aber was ist denn mit Roddy?"

„Ich erzähl's euch gleich." Carmen schob ihr Fahrrad zur Seite, und Hazel wieherte aufgeregt, als der

Bus hielt. Jörn und die Frau des Postboten waren die Einzigen, die ausstiegen.

Wie immer schlug mein Herz einen Purzelbaum, als ich Jörn sah. Wir lächelten uns an. Der Fahrer winkte uns zu und fuhr dann weiter.

„Habt ihr auf mich gewartet?“, fragte Jörn. „Mann, tut das gut, nach Hause zu kommen! Ich bin hundemüde. Den ganzen Tag mit den schweren Betten die Gänge hinauf und hinunter, hinein in den Aufzug und wieder heraus ... und dazu noch das Telefon in der Notaufnahme!“

Hazel versuchte ihm das Gesicht abzulecken, und er gab ihr einen Klaps auf die Nase. „Lass das, du verrücktes Pferd“, sagte er. „Bist wohl froh, dass sie sich endlich wieder um dich kümmert, wie?“

Ich band Hazel los. „Sie hat heute einen Zirkus veranstaltet, als sie mich sah“, erwiderte ich. Wir überquerten die Straße, ich mit Hazel am Zügel, Carmen, die ihr Fahrrad schob, und zwischen uns Jörn. „Aber du wolltest doch gerade etwas von Roddy erzählen, Carmen. Hat er Schwierigkeiten zu Hause?“

„Ach, es ist eigentlich wieder die alte Geschichte; bloß scheint sich jetzt alles total zuzuspitzen. Ihr wisst ja, dass er im Sommer von der Schule abgegangen ist und seit zwei Monaten bei seinem Vater in der Lebensmittelhandlung als Lehrling arbeitet.“

„Ja“, sagte ich. „Deshalb kommt er jetzt auch immer sonntags zum Reiten.“

„Eigentlich wollte er doch gar keine Ausbildung als Lebensmittelkaufmann machen", warf Jörn ein. „Mir hat er gesagt, dass er viel lieber Schreiner werden möchte."

„Das ist ja eben der Mist. Sein Vater lässt da einfach nicht mit sich reden. Er will, dass Roddy später mal seinen Laden übernimmt, und damit basta, ganz gleich, ob ihm das gefällt oder nicht. Das zählt bei ihm gar nicht."

„So ein Schwachsinn", sagte ich. „Er kann Roddy doch nicht einfach dazu zwingen, einen Beruf zu ergreifen, der ihm keinen Spaß macht!"

„Seiner Meinung nach ist Roddy noch nicht reif genug, das selbst zu entscheiden. Er sagt, man müsste heutzutage heilfroh sein, wenn man überhaupt einen Job findet und einen Beruf erlernen kann, der einigermaßen krisenfest ist und etwas einbringt."

„Lehrstellen sind Mangelware, das stimmt", sagte Jörn. „Trotzdem ..."

„Aber er könnte doch auch bei seinem Onkel eine Schreinerlehre machen!", fuhr Carmen dazwischen. „Darum geht's ja. Obwohl Roddy stockunglücklich mit seiner Arbeit im Laden ist, lässt ihn sein Vater einfach nicht weg. Wenn das so weitergeht, dreht er noch durch. Er sagt, er würde am liebsten auf und davon gehen."

„Schöne Scheiße", sagte Jörn müde. „Was macht man bloß in so einem Fall?"

Wir sahen uns ratlos an. Hazel hatte sich losgemacht und folgte uns in einigem Abstand mit schleifenden Zügeln. Ich murmelte düster: „Warum muss bloß im Leben immer alles so scheußlich kompliziert sein?"

„Nicht immer", verbesserte Jörn. „Manchmal. Aber man kann wirklich froh sein, wenn man Eltern hat, die einigermaßen vernünftig sind und einen als eigenständigen Menschen anerkennen, statt dauernd zu denken, sie müssten ihre Kinder zu etwas zwingen, was sie für Glück halten."

Carmen seufzte tief und stieß einen Stein mit der Schuhspitze vor sich her. Ich sah sie von der Seite an und dachte plötzlich, dass sie in den letzten Monaten hübscher geworden war. Sie war nicht mehr so mollig wie früher; vor allem ihr Gesicht, das immer so pausbäckig gewirkt hatte, war schmäler. Sie trug die Haare jetzt kurz und hatte sie mit Saft aus Walnussblättern dunkler getönt, weil sie die „semmelblonde" Farbe hasste. Nur ihre Haut mit den zahllosen Sommersprossen, die sie selbst verächtlich „Schweineschwarte" nannte, war rosig wie immer.

„Aber was soll man denn bloß tun?", fragte auch ich. „Vielleicht könnte ja Mikesch mal mit Roddys Vater reden, was meint ihr?"

Jörn lachte spöttisch. „Mikesch ist dein siebzehnter Nothelfer, der große Wunderheiler, wie? Du meinst also, es bringt etwas, wenn er zu Roddys

Vater geht und sagt: ‚Guten Tag, ich bin der Reitlehrer Ihres Sohnes und muss Ihnen leider sagen, dass Sie mit seiner Erziehung großen Mist bauen. Lassen Sie ihn gefälligst Schreiner werden, sonst melde ich Sie beim Jugendamt!'"

Verärgert starrte ich ihn an. „Sehr lustig! Du weißt genau, dass Mikesch mit Eltern umgehen kann. Das hat er schließlich schon oft genug bewiesen. Und man kann sich darauf verlassen, dass er einem hilft, wenn ihm das nur irgendwie möglich ist."

Carmen war nachdenklich. „Ich weiß nicht", sagte sie, „ich glaube, dass Roddy da selbst durchmuss. Ich meine, er muss lernen, sich gegen seinen Vater durchzusetzen. Jetzt braucht er bloß noch ein bisschen moralische Unterstützung – von mir und von euch. Wenn wir ihn darin bestärken, dass er das Recht hat, selbst über seine Zukunft zu entscheiden, wird er's hoffentlich auch schaffen, das seinem Vater klar zu machen."

Auf Dreililien holten Matty und Helge gerade die Jährlinge von der Koppel. Ich ertappte mich dabei, wie ich unwillkürlich nach Nell Ausschau hielt. Eine neue Welle von Traurigkeit überkam mich, als ich daran dachte, dass ich sie nie wieder sehen würde.

Es dauerte Wochen, ja Monate, bis es nicht mehr wehtat, an Nell zu denken, bis ich aufhörte, darunter zu leiden, dass ich sie hatte sterben sehen und es nicht verhindern konnte. Der Schmerz verging, doch vergessen habe ich sie nicht. Ich weiß auch, dass ich sie nie vergessen werde, solange ich lebe.

7

Der Herbst kam mit Nebel, Sturm und Regenschauern. Der Wind fegte brausend über die Wälder und heulte um den alten Vierseithof und um unser kleines Kavaliershäusl. Abends, beim Einschlafen, lauschte ich gern auf das wilde Brausen und Singen, und oft kam mir dabei eines meiner Lieblingsmärchen von Andersen in den Sinn, *Die Schneekönigin,* in dem es heißt: *Und der Wind sang alte Lieder.*

Auf Dreililien ging alles wieder seinen gewohnten Gang. Keines der Pferde erkrankte mehr an Mondblindheit. Dr. Hofbauer meinte, wir müssten noch froh sein, dass die Seuche nur drei Tiere befallen hätte. Froh! Ich konnte nicht froh sein. Immerhin waren die Mäuse jetzt aus den Ställen verschwunden.

Die Herbstferien kamen und gingen und mit ihnen ein Dutzend Reitschüler aus ganz Deutschland. Roddy schaffte es mit der Unterstützung seines Onkels, seinen Vater davon zu überzeugen, dass er sich besser zum Schreiner eignete als zum Lebensmittelhändler. Er war überglücklich, als er im

November endlich die Schreinerlehre bei seinem Onkel beginnen konnte.

Doch Roddy war nicht der Einzige, der Probleme mit seinen Eltern hatte. An einem grauen Freitagnachmittag mit Nebel und Nieselregen tauchte ganz unvermutet Maja auf, im Regenumhang und mit einem großen Rucksack. Sie war den ganzen Weg von Aschaffenburg bis Rosenheim getrampt und dann mit dem Bus nach Mariabrunn gefahren.

Nicht einmal Matty hatte von ihrem Kommen gewusst. Mikesch, Carmen und ich standen auf dem Innenhof um die nasse, durchgefrorene Maja herum und bestürmten sie mit Fragen, während Matty stumm neben ihr stand. Ihm hatte es vor Überraschung offenbar die Sprache verschlagen. „Ich hab's zu Hause einfach nicht mehr ausgehalten", erklärte Maja geduldig und fuhr sich mit dem Handrücken über die rote Nase. „Die Schule hing mir zum Hals raus, und mein Vater will unbedingt, dass ich Abitur mache. Es geht einfach nicht in seinen Kopf hinein, dass ich Pferdewirtin werden möchte. Und meine Mutter hat gedroht, sie geht auf und davon, wenn die ewige Streiterei nicht endlich aufhört."

„Da bist du auf und davon gegangen", sagte Mikesch.

Maja nickte. „Ja. Ich konnte einfach nicht mehr."

„Und den ganzen Weg hierher bist du getrampt?", fragte ich.

Wieder nickte sie.

„Und die Schule?“, fragte ich. „Bleibst du einfach so von der Schule weg?“

„Ja“, sagte Maja. „Ich hab keine Lust mehr, mich mit irgendwelchem Zeug voll stopfen zu lassen, das man doch nie im Leben brauchen kann.“

Mikesch fragte: „Wissen sie zu Hause, wohin du gefahren bist?“

„Nein“, sagte Maja und Trotz schwang in ihrer Stimme. „Das wissen sie nicht. Sonst würden sie gleich morgen hier auftauchen und mich zwingen, wieder mit ihnen zurückzufahren.“

„Sie werden sich Sorgen machen“, sagte Carmen. „Sie werden denken, dass dir was passiert ist.“

Maja schüttelte den Kopf. „Ich hab einen Zettel hinterlassen, auf dem steht, dass ich in Ordnung bin, und dass ich wegmusste, weil ich's zu Hause einfach nicht mehr ausgehalten habe.“

Endlich tat auch Matty den Mund auf. „Jetzt reicht's aber mit der Fragerei“, sagte er ungewöhnlich entschieden. „Komm, Maja, du nimmst erst mal ein heißes Bad, ziehst trockene Sachen an und trinkst dann einen Tee mit Rum.“

„Ja“, erwiderte Maja dankbar. „Gern. Und Hunger hab ich auch.“ Sie sah sich auf dem alten Innenhof um. „Ist das schön, wieder hier zu sein!“, fügte sie hinzu. Dann folgte sie Matty ins Wohnhaus, eine kleine, durchnässte Gestalt mit schwerem Rucksack.

„Verdammt“, sagte Mikesch, während wir ihr nachsahen. Ich wusste, was das hieß: neue Probleme, von denen wir auf Dreililien doch eigentlich schon selbst mehr als genug hatten.

Am nächsten Tag arbeitete Maja – „das Mädchen mit den Pfefferkuchenaugen“, wie wir sie auch nannten – wieder im Stall, als wäre das für sie der einzig richtige Platz auf der Welt. Es war wirklich, als gehörte sie hierher. Die Pferde kannten sie von den Ferienaufenthalten, bei denen sie stets im Stall half und dafür kostenlose Unterkunft und Verpflegung bekam, und vertrauten ihr. Maja wusste sich in jeder Lage zu helfen; sie ging sanft, aber bestimmt mit den Tieren um, und keiner brauchte ihr etwas zu sagen. Sie sah selbst, wo Hilfe nötig war, und packte überall stillschweigend mit an.

Trotzdem war die Sache natürlich nicht so einfach, dass Maja einfach auftauchen und bleiben konnte. Da waren erst einmal Herr und Frau Moberg, vor denen sie sich nicht versteckt halten konnte. Matty erklärte seinen Eltern, Maja sei nur für ein paar Tage gekommen, um ihn zu besuchen und auf dem Gestüt mitzuhelfen.

Das größere Problem jedoch waren Majas Eltern. Sogar Matty sagte: „Du kannst sie nicht so im Ungewissen lassen.“

Doch Maja machte ein trotziges Gesicht und meinte, das wäre ihre eigene Entscheidung. Dabei war ihr natürlich ebenso klar wie uns allen, dass irgendetwas passieren musste und dass sie nicht einfach stillschweigend auf Dreililien bleiben konnte, so gern sie das auch getan hätte. Wie Hopfi, die große Philosophin, einmal so treffend gesagt hatte: „So einfach is' halt im Lebn net, dass ma bloß da hingehn braucht, wo's einm gfalln tuat, und sich dort niederlasst." Hopfis Traum war es nämlich, in den sonnigen Süden zu ziehen und dort ihren Lebensabend zu verbringen, was sie allerdings doch nie schaffte, weil hier ihre Kinder und Enkel lebten und weil ihre Rente viel zu klein für derart große Pläne war.

Am dritten Abend nach Majas Ankunft waren wir bei Mikesch eingeladen. Ich vermutete gleich, dass es ihm darum ging, die Sache mit Maja gemeinsam zu klären, nachdem er schon einmal versucht hatte, mit ihr allein darüber zu reden. Erreicht hatte er jedoch nichts, das wusste ich von Matty.

Ich holte Jörn vom Bus ab, und als wir in die ehemalige Fuhrknechtskammer kamen, saßen sie alle schon auf Kissen und Sitzpolstern am Boden: Matty und Maja, Helge und Carmen. Mikesch stand in der kleinen Kochnische, die er sich erst vor kurzem neu eingerichtet hatte, und kochte einen Riesentopf voller Spagetti.

Carmen hatte Most aus den Äpfeln des Bergerhofs mitgebracht, und wir wurden bald alle recht lustig. Sogar Helge lachte ein paarmal, was für ihn höchst ungewöhnlich war. Sonst „brachte er kaum die Zähne auseinander", wie Carmen das nannte.

Wir aßen Spagetti mit Tomatensoße. Jörn saß neben mir und ich war zum ersten Mal seit Nells Tod wieder glücklich. Solche Abende wie dieser waren selten geworden, seit Jörn in der Klinik arbeiten musste und seit Helge dazugekommen war.

Jörn erzählte von einer älteren Frau, die heute ins Krankenhaus eingeliefert worden war, weil ihr kleiner Enkel die Klobrille mit Klebstoff bestrichen hatte. Es hörte sich schrecklich komisch an, und wir lachten uns halb tot, obwohl es eigentlich gar keine so lustige Sache war, denn die Frau hatte ernste Hautverletzungen erlitten. „Sie klebte an der Klobrille fest, und der Notarzt wusste nicht, wie er sie da wieder wegbringen sollte", sagte Jörn. „Stellt euch das vor! Schließlich musste sie mitsamt der Klobrille ins Krankenhaus gebracht werden, und da hat es dann Stunden gedauert, bis das richtige Lösungsmittel für den Klebstoff gefunden war. Ein Teil der Haut wurde beim Ablösen richtig weggerissen. Jetzt muss sie wohl ein paar Hautverpflanzungen über sich ergehen lassen."

Darauf erzählte Helge von einem Streich, den er selbst als Junge einer Heimleiterin gespielt hatte. Der Streich hörte sich recht bösartig an, doch die Heimleiterin war offenbar auch nicht gerade ein Engel in Menschengestalt gewesen.

„Einer von den kleinen Jungen, ein furchtbar ängstlicher Kerl, war Bettnässer“, erzählte Helge. „Sie konnte es ihm einfach nicht abgewöhnen. Wenn sie lieb und verständnisvoll mit ihm umgegangen wäre, hätte sich das wahrscheinlich mit der Zeit von selbst gelegt, aber solche ‚Methoden‘ waren ihr fremd. Sie dachte wohl, alles müsste mit Strenge und Disziplin zu lösen sein. Und als ihre ganzen Erziehungskünste nichts halfen, kam sie auf die Idee, den Kleinen einen ganzen Tag lang mit einem Schild um den Hals herumlaufen zu lassen, auf dem stand: Ich bin ein Bettnässer!“

Mikesch schüttelte den Kopf. „Und so was wird auf Kinder losgelassen!“, sagte er. „Daraufhin hast du ihr dann den Schweineschwanz hinten an den Mantel genäht, als sie in die Stadt zum Einkaufen fuhr?“

„Ja“, sagte Helge. „Sie hat nie herausgefunden, wer es war.“

„Und der kleine Junge?“, fragte Maja. „Was ist aus ihm geworden?“

„Durchgedreht hat er“, sagte Helge in seinem unberührten Ton, hinter dem er so geschickt jedes Gefühl verbarg. „Eines Abends haben sie ihn dabei erwischt, wie er versuchte, Nägel zu schlucken. Da haben sie ihn in die Nervenklinik gebracht. Was dann weiter mit ihm war, weiß ich nicht.“

„Und seine Eltern?“, fragte ich. „Hatte er denn keine Eltern mehr?“

„Doch, schon, aber die haben sich nie um ihn gekümmert. Sie hatten vier Kinder, die alle in verschiedene Heime abgeschoben wurden."

Mikesch sagte: „Eltern sind auch bloß Menschen. Das kapiert man nur nicht immer. Ich hab jedenfalls sehr lange gebraucht, um es zu verstehen." Er sah Maja ruhig an. „Ich weiß, du hörst es nicht gern, aber ich fände es trotzdem gut, wenn du deine Eltern anrufen oder ihnen schreiben würdest. Stell dir mal vor, sie hätten es umgekehrt so gemacht wie du, wären einfach verschwunden, weil sie die Schnauze von all der Streiterei voll hatten, ohne zu hinterlassen, wohin sie fahren. Würdest du das gut finden?"

„Es geht nicht darum, was ich gut finde oder sie oder du", erwiderte Maja heftig. „Es geht darum, dass ich ein Recht darauf habe, mein Leben selbst zu bestimmen. Oder würdest du dich zwingen lassen, etwas zu tun, was dir keinen Spaß macht?"

„Man ist oft gezwungen, etwas zu tun, was einem keinen Spaß macht", sagte Mikesch. „Das klingt jetzt zwar vielleicht blöd und onkelhaft, aber so ist es. Und ich hab nicht gesagt, du sollst klein beigeben und tun, was sie dir vorschreiben. Es ist bloß unfair, sie nicht wissen zu lassen, wo du bist."

Wir hörten schweigend zu. Im Moment hatte es keinen Sinn, sich einzumischen, das war uns klar. Maja hätte dann das Gefühl gehabt, dass wir alle gegen sie wären.

Erregt sagte sie: „Aber kapierst du denn nicht, dass sie sofort hier aufkreuzen und mich zwingen, nach Hause zu kommen, wenn sie erst wissen, wo ich bin?"

„Aufkreuzen werden sie vermutlich, ja. Aber ob sie dich zwingen mitzukommen? Da bin ich nicht so sicher. Es könnte doch sein, dass sie in diesen paar Tagen, in denen du verschwunden warst, ein bisschen nachgedacht haben und bereit sind, mehr Verständnis für dich aufzubringen."

Mikesch schwieg einen Augenblick, während Maja aufstand, zum Fenster ging und in die Dunkelheit hinaussah.

„Ich hätte dir ein Angebot zu machen", sagte er dann. „Gestern habe ich mit Herrn Moberg gesprochen. Er wäre bereit, dir einen Lehrvertrag als Pferdewirtin zu geben. Du könntest sofort bei uns zu arbeiten anfangen. Allerdings unter der Voraussetzung, dass deine Eltern einverstanden sind."

Maja hatte ruckartig den Kopf gehoben. Jetzt wandte sie sich langsam um. In der Fuhrknechtskammer war atemlose Stille. Ich sah Matty an. Sein Blick war auf Maja gerichtet. Er wartete wohl am gespanntesten von uns allen auf ihre Antwort.

Maja war blass geworden. Sie schwieg noch immer. Ehe sie etwas erwidern konnte, stellte Helge unvermittelt sein Glas hart auf den Boden. Alle musterten ihn überrascht.

„Großartig“, sagte er. „Ich werde da natürlich überhaupt nicht gefragt. Du und Herr Moberg und möglicherweise noch Matty und Jörn, ihr kocht da über meinen Kopf hinweg etwas aus, und ich muss es einfach hinnehmen. Dabei tut ihr immer so, als wären wir hier ein Team, bei dem es auf jeden Einzelnen ankommt. Schönes Team, ich danke!“

Neben mir holte Jörn tief Luft. Jetzt mischte sich Matty ein. „Weder Jörn noch ich haben etwas davon gewusst“, erklärte er. „Das kannst du mir glauben. Und was das Angebot betrifft, dass Maja bei uns anfangen kann, so bist du doch derjenige, der dauernd darüber meckert, dass ihm hier die Arbeit über den Kopf wächst. Der Sepp kommt viel zu selten, Mikesch hat alle Hände voll mit der Reitschule zu tun, bei mir kommt die Schule sowieso zu kurz, weil ich dauernd auf dem Gestüt mithelfen muss ... Wir könnten eine zusätzliche Arbeitskraft wahrhaftig brauchen. Und jetzt, wo wir jemanden kriegen könnten ... Was regst du dich also auf?“

„Weil ich gefragt werden will“, knurrte Helge.

„Ich hätte euch wohl alle fragen sollen“, sagte Mikesch. „Aber ich hab nicht damit gerechnet, dass es irgendwelche Einwände gibt. Ich dachte, es ist in eurem Sinn, wenn ich mich dafür einsetze, dass Maja bei uns arbeiten kann. Die Idee ist ja auch nicht neu.“

Maja ging durchs Zimmer und ließ sich neben Matty auf dem Kissen nieder. Ihre Stimme zitterte leicht, als sie sagte: „Was hast du eigentlich gegen mich, Helge?“

Er sah sie unfreundlich an. „Nichts“, erwiderte er. „Ich hab nichts gegen dich persönlich. Ich will bloß gefragt werden. Ich kann's nicht leiden, wenn Leute über meinen Kopf hinweg etwas bestimmen, was mich angeht, verstehst du?“

Sie erwiderte seinen Blick offen und ohne Feindseligkeit und nickte dann.

„Und was willst du jetzt machen, Maja?“, fragte Carmen ungeduldig. Das kleinliche Hin und Her wurde ihr offenbar zu viel. „Willst du mit deinen Eltern reden?“

Maja seufzte. „Es bringt ja doch nichts. Sie erlauben mir nie, vorzeitig von der Schule abzugehen und hier eine Lehre zu machen. Ich hab doch tausendmal mit ihnen darüber gesprochen. Warum sollten sie mich jetzt plötzlich verstehen?“

„Versuch's noch mal“, sagte Mikesch. „Schreib ihnen ein paar Zeilen, dass du auf Dreililien bist. Und wenn sie herkommen, rede ich mit ihnen, falls du das möchtest.“

Maja gab keine Antwort.

„Versuch's“, sagte auch Matty.

Ein paar Tage später, ausgerechnet an einem Samstag, tauchten Majas Eltern auf.

Der Innenhof von Dreililien war gerade voller Reitschüler und Pferde, bereit zum Ausritt, die auf

Mikesch warteten. Maja putzte die Stallfenster, ich bearbeitete Hazels alten Sattel mit Sattelseife, Martina und Lisa stritten lautstark über irgendetwas. Sepp hatte eine Fuhre Heu von seinem Hof gebracht und war damit beschäftigt, es mit der Heugabel in die Luke über der Sattelkammer zu befördern.

Wir hörten nicht einmal einen Wagen kommen. Plötzlich standen ein Mann und eine Frau mitten in all dem Trubel und sahen sich um, als wären sie bei einem feindlichen Indianerstamm gelandet, der gerade Kriegsrat hält.

Maja, die auf der Leiter stand, ließ den Putzeimer fallen. Er landete polternd auf dem Pflaster. Das Wasser spritzte nach allen Seiten.

„Mein lieber Schwan!", sagte Matty neben mir durch die Zähne. „Da sind sie schon!"

Das fremde Paar und Maja starrten sich über Reitschüler und Pferde hinweg an. Dann kletterte Maja von der Leiter. Nun hatten auch die Reitschüler bemerkt, dass sich etwas tat, und machten neugierige Gesichter. Die Pferde scharrten aufgeregt mit den Hufen und wieherten. Nur Sepp beförderte ungerührt weiter sein Heu durch die Luke.

Maja und die beiden Leute, die ihre Eltern waren, sagten gar nichts. Irgendwo schlug eine Tür. Dann erschien Mikesch in seiner ältesten Reithose, die mit lauter verschiedenfarbigen Flicken ausgebessert war, und einer gammeligen Wildlederjacke.

Er übersah die Lage mit einem Blick, kam ganz unbefangen auf Majas Eltern zu, streckte ihnen die Hand entgegen und sagte: „Herr und Frau Soltau, nicht wahr? Ich bin Mikesch. Wir haben Sie schon erwartet."

Sie schüttelten sich die Hände. Maja stand unter den neugierigen Augen der Reitschüler noch immer am Fuß der Leiter, bis Mikesch sich umdrehte und lauter hinzufügte: „Führt jetzt bitte die Pferde durchs Tor. Draußen könnt ihr schon aufsitzen. Matty, reitest du voraus? Ich komme gleich nach."

Zehn Minuten später war der Innenhof leer bis auf Mikesch, Maja und ihre Eltern, Sepp mit seinem Heu und mich mit Hazels Sattel auf dem Schoß. Irgendwo in der Remise rumorte Helge. Frau Moberg tauchte an einem der Fenster auf, warf einen Blick auf uns und zog eilig wieder den Kopf zurück.

„Maja, du kannst mit deinen Eltern in mein Zimmer gehen, wenn ihr euch in Ruhe unterhalten wollt", sagte Mikesch noch. „In einer Stunde bin ich wieder zurück. Ich hoffe, Sie bleiben eine Weile. Ich würde auch gern noch mit Ihnen sprechen." Dann führte er Marnie aus dem Innenhof.

„Hier bist du also", sagte Majas Vater, als das Hufgeklapper sich entfernte. Es klang ziemlich hilflos. Ich kam mir plötzlich überflüssig vor, nahm meinen Sattel und das Putzzeug und verkrümelte mich in die Sattelkammer. Ehe ich die Tür hinter mir schloss, hörte ich Maja noch antworten: „Ja, hier bin ich. Und hier bleibe ich auch." Ihre Stimme war trotzig und ängstlich zugleich.

Die drei waren verschwunden, als ich einige Zeit später die Sattelkammer verließ. Dafür schleppte Helge gerade eine wurmstichige Tür aus der Remise; Sepp setzte sich auf seinen Traktor und fuhr ratternd und tuckernd mit dem leeren Anhänger davon.

Ich hörte erst abends, was in der Fuhrknechtskammer ausgebrütet worden war, denn am Nachmittag fuhr ich nach Rosenheim, holte Jörn vom Krankenhaus ab und ging mit ihm zu einem Treffen von Greenpeace-Leuten. Bei der kleinen Versammlung ging es darum, wie man die Bauern im Chiemgau über die Gefahr der Verwendung von Schädlingsbekämpfungsmitteln und chemischer Düngung aufklären konnte. Irgendwie musste man versuchen, ihnen klar zu machen, dass es sich lohnt, schrittweise wieder zum biologisch-organischen Anbau überzugehen, wie ihn ihre Vorfahren durch Jahrhunderte erfolgreich betrieben hatten.

Es waren kleinere Aktionen im ganzen Chiemgau geplant. Auch Jörn und ich erklärten uns bereit, an einem Sonntag im Dezember vor der Kirche in Mariabrunn einen Stand aufzustellen und Flugblätter und Informationsmaterial an die Bauern zu verteilen. Da wir in unserem Dorf seit einiger Zeit einen jungen, aufgeschlossenen Pfarrer hatten, waren wir sicher, dass er uns dabei unterstützen würde. „Die Leute gefallen mir", sagte Jörn auf dem Heimweg. „Sie haben Mut und setzen sich für das ein, woran sie glauben. Eigentlich halten sie doch stellvertretend für uns alle die Köpfe hin, wenn sie beispielsweise mit ihren kleinen Booten auf die Nordsee hinausfahren, um die Industrieriesen daran zu hindern, ihren Giftmüll ins Meer zu schütten. So etwas bewundere ich mehr als irgendwelche Sportler, die Rekorde aufstellen. Die Leute von Greenpeace nehmen eine ganze Menge auf sich – und nicht nur für sich selbst, sondern auch für die Millionen anderen Menschen, die ihre Köpfe in den Sand stecken und sich nicht dafür zuständig fühlen, dass unsere Welt langsam vor die Hunde geht."

Als wir nach Dreililien kamen, war Maja fort.

„Dann haben sie sie also doch mitgenommen", sagte ich zu Matty, der im Stall gerade das Abendfutter verteilte. „Sie hat's ja gewusst. Wir hätten sie nicht drängen dürfen."

Aus einer der Boxen erklang Mikeschs Stimme. „So wär's aber auf die Dauer auch nicht gegangen, Nell", erwiderte er. „Und übrigens ist Maja freiwillig mit zurückgefahren."

Matty lehnte die Heugabel gegen eine der alten Steinsäulen und erklärte: „Sie haben sich geeinigt. Maja hat versprochen, dieses Schuljahr noch fertig zu machen. Wenn sie im nächsten Sommer noch immer sicher ist, dass sie Pferdewirtin werden will, sind ihre Eltern einverstanden, dass sie zu uns kommt. Mein Vater hat sich bereit erklärt, sie auch dann noch einzustellen."

„Das ist ja besser als nichts", meinte Jörn.

„Ja. Maja hat sowieso gesagt, sie hätte nie geglaubt, dass sie mit ihren Eltern überhaupt so weit klarkommen könnte."

„Bis nächsten Sommer – das sind immerhin noch acht Monate", murmelte ich, weil ich an Matty dachte.

Doch er schien keineswegs so unglücklich zu sein wie sonst, wenn Maja hier gewesen war und wieder nach Hause fuhr. „Sie kommt bestimmt in den Weihnachtsferien und zu Ostern", sagte er. „Und acht Monate kann man schon mal warten. Hauptsache, ich weiß, dass sie dann bleiben darf."

„Das Ergebnis eurer diplomatischen Verhandlungen ist jedenfalls, dass wir jetzt mit der ganzen Arbeit wieder allein dastehen", sagte Helge mürrisch aus Solveigs Box, worauf wir alle über ihn herfielen und ihm vorwarfen, dass er eine blödsinnige Art hätte, von einer Minute auf die andere seine Meinung zu ändern.

„Ich hab ja nie behauptet, dass ich Maja nicht als Arbeitskollegin will", verteidigte er sich. „Ich hab bloß gesagt, dass ich bei solchen Sachen gefragt werden möchte."

8

Der Spätherbst brachte noch mehr Regen. Dunkle Wolken hingen tief über unserem Tal und hüllten es in düsteres Licht. Die fernen Berggipfel waren schon weiß vom Schnee, und manchmal goss es so, dass wir die Pferde nicht auf die Koppeln bringen konnten. Es war die dunkle Zeit vor der Wintersonnwende, in der die Tage spät anbrechen und früh enden; jene Zeit, in der man sich freut, unters schützende Dach zu kommen, in Wärme und Helligkeit. Jetzt konnte ich abends nicht mehr mit Hazel nach Mariabrunn reiten, um Jörn vom Bus abzuholen, denn dazu war es zu finster. Nur einmal wöchentlich, wenn Jörn seinen freien Nachmittag hatte, ritten wir gemeinsam über die nassen Wiesen oder zum Waldweiher; ich auf Hazel und er auf Solveig, denn seine Schimmelstute Katama war trächtig und durfte so kurz vor dem Abfohlen nicht mehr belastet werden.

Eines Tages kam Hopfi zu ihrer üblichen Putzerei ins Kavaliershäusl und verkündete, dass das ehemalige Weberhäusl am Dorfrand an eine Städterin verkauft worden sei.

„A ganz a Gspinnerte“, sagte sie und verdrehte die Augen zur Küchendecke. Gestern war die neue Besitzerin des Weberhäusls in der Bäckerei aufgetaucht und hatte nach biologischem Vollkornbrot verlangt. Biologisches Vollkornbrot in Mariabrunn! Man hatte ihr erklärt, das hiesige Bauernbrot wäre auch so gesund und wohlschmeckend und man hätte diesen „biologischen Schmarrn“ hier nicht nötig.

„An langen, bunten Rock hat's anghabt und a alte Pelzjackn als wia a Zigeunerin“, berichtete Hopfi, während sie Kathrinchens Hände aus der Teigschüssel nahm. „Lass jetzt dös bleiben, du kloana Teifi!“

Ich verbiss mir das Lachen und wechselte einen Blick mit Kirsty, die nachsichtig lächelte – schließlich lief sie selbst am liebsten in bunten Schlabberröcken herum – und fragte, ob die Fremde das Weberhäusl als Wochenendhaus gekauft hätte oder um ständig darin zu wohnen.

Auch darüber wusste Hopfi genau Bescheid. Sie versicherte, das Stadtfräulein wolle ganz hierher ziehen, das hätte sie vom Wirt erfahren, und der müsse es wissen, weil er das Weberhäusl ja verkauft hätte.

„A Gschäft will's aufmachen“, sagte sie verächtlich. „Bei uns in Mariabrunn! Ja, was soll denn dös nachher für a Gschäft werden, frag i. Mir ham doch scho alles, was mir brauchn! An Supermarkt, an Bäcker, an Schmied und an Metzger. Wann die moant, dass wir da heraußn a Botik brauchn, oder wia des hoaßt ...“

Ich ging in mein Zimmer hinauf und lachte. Am

nächsten Tag, als ich mit dem Bus von der Schule zurückkam, ließ ich mein Fahrrad beim Wirtsgarten stehen und ging ein Stück den Kirchberg hinauf, wo hinter dem Friedhof, am Ende des Dorfes, das Weberhäusl stand – ein sehr altes und schon recht schiefes Bauernhaus ganz aus Holz, mit winzigen Fenstern und einer geschnitzten Tür, von der die Farbe abblätterte.

Jahrelang hatte dort keiner gewohnt, und das sah man dem Haus auch an. Es war jämmerlich vernachlässigt. Auch der Garten war völlig verwildert. Der Zaun hing wie betrunken nach hinten und wurde nur von einigen Büschen am Umfallen gehindert. Zwei Handwerker saßen auf dem Dach und warfen schadhafte Schindeln herunter. Eines der Fenster stand offen. Aus dem Kamin stieg Rauch auf.

Eine Woche später war die neue Besitzerin des Weberhäusls Tagesgespräch im Supermarkt von Mariabrunn. Ich hörte, wie sich zwei Frauen darüber unterhielten, dass die Fremde im Weberhäusl Wolle verkaufen würde, selbst versponnen und mit Pflanzenfarben eingefärbt; dazu noch handgewebte Stoffe und Wandteppiche.

Das klang interessant. Ich erzählte es Kirsty, als ich nach Hause kam. „Du, das ist prima!“, sagte sie erfreut. „Vielleicht ist da endlich mal jemand, von dem ich ein bisschen Anregung bekomme. Ich sitze mit meinen Töpfen ja ganz allein hier herum. Was meinst du, soll ich in ein paar Tagen einfach beim Weberhäusl vorbeischauen und sie einladen, sich meine Werkstatt anzuschauen? Oder ist das aufdringlich?“

Ich wusste längst, dass Kirsty sich manchmal allein fühlte, obwohl sie auf dem Land glücklich war und mit Kathrinchen und ihrer Töpferei alle Hände voll zu tun hatte.

„Überhaupt nicht“, erwiderte ich. „Mach das nur. Diese Frau wird sicher froh sein, dass hier noch jemand wohnt, der kunstgewerblich arbeitet. Wer weiß, vielleicht freundet ihr euch sogar an!“

„Das wäre zu schön, um wahr zu sein“, sagt Kirsty sehnsüchtig. „Genau das, was mir hier draußen noch fehlt! Aber so viel Glück kann man gar nicht haben, das wäre doch einfach unverschämt ...“

Sie hatte Glück – und nicht nur sie. Doch das mit Mikesch war eine Sache für sich, die später kam; etwas, womit keiner rechnete. Es begann damit, dass Kirsty an einem Samstag wirklich Mut fasste, Kathrinchen in Vaters Obhut zurückließ, sich auf ihr Fahrrad schwang und bei Wind und Regen nach Mariabrunn fuhr, um der neuen Bewohnerin des Weberhäusls einen Besuch abzustatten. Als „Antrittsgeschenk“ hatte sie einen ganzen Nusskuchen in ihren Korb gepackt.

Erst bei Einbruch der Dunkelheit kam sie zurück, freudestrahlend, mit roten Backen und glänzenden

Augen wie ein Kind, das dem Weihnachtsmann begegnet ist. Ich saß gerade vor dem Ofen, um meine Haare zu trocknen, während Vater das Kathrinchen in der alten Zinkbadewanne einer gründlichen Säuberung unterzog.

„Dieses Haus!", stieß Kirsty keuchend hervor und legte ihren Lodenumhang ab. Offenbar war sie die ganze Strecke im Rekordtempo geradelt. „Die Mauern sind feucht, die Fenster müssen erneuert werden, überall pfeift der Wind durch die Ritzen, der Kachelofen zieht nicht, die Türen sind von der Feuchtigkeit aufgequollen und schließen schlecht ..."

Ich unterbrach ihren aufgeregten Redefluss. „Wir wollen nicht wissen, wie das Haus ist", sagte ich streng. „Wie ist *sie?*"

„Gesine? Oh, ich mag sie. Sie strickt wunderbare Sachen – absolut traumhaft, sage ich euch! Pullover und Jacken mit ganzen Landschaften drauf, und die Wolle mit Brombeerblättern, Holunder und allen möglichen anderen Pflanzen eingefärbt. Das gibt die schönsten Farben! Und erst ihre Wandteppiche!"

Jetzt mischte sich mein Vater ein. Während er Kathrinchen in ein vorgewärmtes Handtuch wickelte, sagte er: „Ja, aber wie will sie all das Zeug hier draußen verkaufen, wo fast nur Bauern wohnen? Die Frauen stricken ihre Sachen selbst, und ob sie besonders viel Sinn für naturgefärbte Wolle haben, die sicher sehr teuer ist, das bezweifle ich."

Kirsty ließ sich in den Korbsessel fallen. „Puh!“, sagte sie. „Ich bin ganz außer Atem. Was den Verkauf angeht, so hat Gesine in München ein paar Läden und Galerien, die sie mit Wolle, Stricksachen und Wandteppichen beliefert. Ab und zu macht sie auch eine Verkaufsausstellung mit ihren Teppichen. Ich glaube nicht, dass sie darauf angewiesen ist, hier in Mariabrunn etwas von ihren Sachen loszuwerden.“

„Aber wie ist sie?“, wiederholte ich ungeduldig. „Ich meine, so als Mensch? Lebt sie ganz allein? Wie alt ist sie? Hat sie gesagt, warum sie aufs Land gezogen ist?“

Kirsty lachte, worauf Kathrinchen ebenfalls zu kichern begann. „Ihre Lebensgeschichte hat sie mir nicht erzählt“, erwiderte sie dann. „Aber offenbar hat sie von der Großstadt die Nase voll. Und sie scheint allein zu leben, wenn man ihre Katze und ihren Hund nicht mitzählt. Der Hund ist schon ziemlich alt und ein bisschen schwerhörig. Ihr werdet sie bald kennen lernen. Ich habe sie für nächste Woche zum Kaffee eingeladen.“

„Und sieht sie wirklich wie eine Zigeunerin aus?“

Wieder lachte Kirsty. „Ich glaube, Hopfi hat damit nur ihre Kleidung gemeint. Nein, sie hat ziemlich blasse Haut, braune Augen und hellbraunes Haar. Ich glaube, sie ist ein bisschen scheu. Trotzdem hatte ich das Gefühl, sie war froh, dass ich so einfach vor ihrer Tür aufgetaucht bin und ihr meinen

Kuchen unter die Nase gehalten habe. Übrigens ist die Welt wirklich klein. Wir haben ein paar gemeinsame Bekannte in München."

So froh und aufgedreht hatte ich Kirsty lange nicht mehr gesehen. Singend begann sie das Abendessen vorzubereiten. Mein Vater wickelte und fütterte Kathrinchen. Ich ging in mein Zimmer hinauf, um mich umzuziehen, denn ich war abends zu Carmen auf den Bergerhof eingeladen, zusammen mit Jörn und Matty. Auch Roddy sollte kommen. Das einzige Problem war, dass Carmen sich geweigert hatte, auch Helge einzuladen – „weil er einem mit seiner miesepetrigen Art immer die Stimmung verdirbt", wie sie sagte.

Ich war dafür gewesen, Helge einfach nichts von dem Fest bei Carmen zu erzählen, damit er sich nicht ausgeschlossen fühlte. Jörn und Matty aber fanden, dass es besser war, ihm die Wahrheit zu sagen, da er es vermutlich doch irgendwie herausbekommen würde, was die Sache dann nur noch schlimmer gemacht hätte. Also hatte Matty am Morgen bei der Fütterung ganz nebenbei erwähnt, dass wir abends bei Carmen eingeladen waren, und seitdem war die Stimmung auf Dreililien nicht gerade rosig.

„Wir müssen ihm klipp und klar sagen, warum Carmen ihn nicht eingeladen hat", meinte Matty, als wir zusammen im Volkswagen ins Dorf fuhren. „Am besten, sie erklärt es ihm selbst. Das ist sicher wichtig für ihn. Er blickt vielleicht überhaupt nicht durch, was Carmen gegen ihn hat. Jedenfalls schadet es ihm nicht, wenn er ab und zu mal eine Rückmeldung über sein Verhalten kriegt. Nur so kann er es ändern."

Man merkte, dass Matty seit ein paar Wochen ganze Stöße von Psychologiebüchern verschlang. Carmen gab später auch zu, sie sehe ein, dass es vernünftig sei, Helge die Wahrheit zu sagen; nur fände sie es blöd, dass Matty seit kurzem immer so hochtrabende Ausdrücke wie zum Beispiel „Rückmeldung" benutze.

„Kannst du denn nicht mehr reden, wie dir der Schnabel gewachsen ist?", sagte sie in ihrer unverblümten Art.

Matty wurde ein bisschen rot. „Aber das sind Fachausdrücke!", verteidigte er sich. „Wer sich mit Psychologie beschäftigt, weiß genau, was damit gemeint ist ..."

„Man braucht nicht unbedingt Psychologie zu studieren, um zu wissen, dass man in menschlichen Beziehungen mit Ehrlichkeit am weitesten kommt", mischte sich Jörn ein. „Und ich glaube, so was versteht man auch ohne hochgestochenes Fachkauderwelsch."

Matty meinte friedlich, das sehe er schon ein, aber er wäre eben so voll von dem, was er da täglich in seinen Büchern lesen würde, dass er nicht so recht wieder davon loskäme. Dann erzählte Roddy von seiner Schreinerlehre, die ihm ganz besonderen Spaß machte, weil sein Onkel hauptsächlich alte Bauernmöbel für ein Museum und mehrere Antiquitätenhändler in München ausbesserte.

„Die alten Sachen sind einfach wunderbar, die leben richtig“, sagte er schwärmerisch. „Alles ist noch mit Holznägeln gemacht, und mein Onkel sagt, das Holz ist viel widerstandsfähiger und haltbarer als das, was heute verarbeitet wird, weil man früher die Bäume nach überliefertem Wissen gefällt hat – meistens im Winter, wegen der Säfte, und man hat sich dabei nach dem Mond gerichtet. So hat man das Holz nicht erst mit allen möglichen chemischen Mitteln behandeln müssen wie heutzutage. Dabei sind die Möbel, die wir restaurieren, oft schon ziemlich alt und haben manchmal lange in feuchten Ställen und Scheunen herumgestanden. Das würden unsere modernen Möbel bestimmt nicht aushalten.“

„Bloß schade, dass die Bauern früher so viel weggeworfen haben“, sagte Carmen. „Von meinen Eltern weiß ich, daß wir hier auf unserem Hof vier bemalte Schränke und ein halbes Dutzend alte Truhen und Kommoden hatten, dazu Bauernbetten mit Rosen und Heiligenbildern drauf. Das ist alles zerhackt und verheizt worden, als ich noch klein war, weil man das ‚alte Gerümpel‘ plötzlich nicht mehr mochte. Ich könnte heulen, wenn ich an all die schönen Sachen denke, in denen meine Großeltern und meine Urgroßeltern gelebt haben!“

Von den alten Möbeln kamen wir auf die neue Besitzerin des Weberhäusls zu sprechen, das man vom Balkon des Bergerhofes aus gut sehen konnte. Im Dorf wunderten sich die Leute darüber, dass die „Städterin“ das alte Haus mit so viel Mühe und Kostenaufwand wieder herrichten ließ, statt es gleich abzureißen und ein neues hinzustellen oder wenigstens neue Fenster und Türen einsetzen zu lassen.

„Sie verstehen 's halt immer noch nicht, dass so ein altes Haus, aus dem man die kleinen Sprossenfenster herausreißt und sie durch moderne ersetzt, aussieht wie jemand, dem man die Augen ausgestochen hat“, sagte Carmen. „Und dass so ein Holzhaus mit den bemoosten Dachschindeln und den uralten Balken, die von Wind und Wetter schon ganz grau sind, viel schöner ist als ein geleckter Neubau. Ein Glück, dass es ab und zu noch einen gibt, der Sinn dafür hat.“

Ich erzählte von Kirstys Besuch bei Gesine, von den Wandteppichen, die sie webte, der Wolle, die sie selbst verspann und färbte, und von ihren schönen Stricksachen.

„Hast du sie schon mal gesehen?“, fragte ich Carmen.

„Nur von weitem. Du?“

„Überhaupt nicht. Aber Kirsty ist ganz begeistert von ihr.“

Zur allgemeinen Überraschung sagte Matty: „Sie sieht Maja ähnlich, finde ich."

„Was?" Ich starrte ihn an. „Du hast sie schon gesehen? Warum hast du nichts gesagt?"

„Weil mich keiner gefragt hat. So wichtig fand ich's auch nicht. Ich bin ihr im Dorf begegnet. Natürlich wusste ich sofort, wer sie ist, denn hier laufen ja nicht alle Tage fremde Frauen herum. Sie hatte einen Hund dabei. Beinahe hätte es eine Rauferei mit Diana gegeben."

„Dann war's wohl eine Hündin", meinte Jörn. „Wollt ihr jetzt noch fünf Stunden über diese Wolltante reden, oder habt ihr auch mal Zeit, die Greenpeace-Aktion durchzusprechen?"

Ein schneidend kalter Wind war aufgekommen und pfiff um den Bergerhof, als wir um Mitternacht aufbrachen. Der Himmel war klar und voller Sterne.

„Schneewind", sagte Jörn. „Es wird bald schneien."

9

Ich sah „Gesine vom Weberhäusl", wie wir die neue Bewohnerin von Mariabrunn inzwischen nannten, in der kommenden Woche nicht, denn ich musste auf Dreililien Hebammendienste leisten. Katama, Jörns geliebte Schimmelstute, sollte ihr erstes Fohlen bekommen. Da sie sehr unruhig war, hielt ich zusammen mit Jörn viele Stunden bei ihr Wache.

Bei Einbruch der Abenddämmerung kam das Fohlen zur Welt. Es war dunkel, aber Jörn behauptete, es würde im Laufe der Jahre ein Schimmel werden, genau wie seine Mutter – ein weißer Hengst, der nach seinem Vater „Balder" heißen sollte.

Als ich müde und glücklich nach Hause kam, war Gesine schon fort. Sie hatte zwei Knäuel wunderschöne brombeerfarbene Wolle dagelassen, aus der Kirsty eine Jacke für Kathrinchen stricken wollte.

Mein Vater sagte: „Eine sehr sympathische Frau, wirklich. Und gar nicht überspannt, wie es Künstler manchmal sind!" Dabei zwinkerte er mir lachend zu, und Kirsty meinte, wenn das eine spitze Bemerkung sein solle, ließe es sie kalt, weil sie selbst Handwerkerin sei und keine Künstlerin.

„Übrigens hat Gesine sich sehr für die Reitschule interessiert. Sie sagt, Reiten wäre so ein Kindheitstraum von ihr, der nie in Erfüllung gegangen ist. Sie wollte wissen, was eine private Reitstunde auf Dreililien kostet, aber wir konnten es ihr nicht genau sagen. Allerdings fürchtet sie, sie könnte schon zu alt sein, um noch Reiten zu lernen."

„Blödsinn!", sagte ich. „Mit dreißig ist man doch nicht zu alt! Sie wird schon nicht gleich den Ehrgeiz haben, Turnierreiterin zu werden, oder? Am besten, sie schaut mal vorbei und redet mit Mikesch."

„Das haben wir ihr auch geraten“, erwiderte mein Vater.

Zwei Tage später, an einem nebligen Nachmittag, kam jemand in einer roten „Ente“ die Zufahrtsstraße nach Dreililien heraufgetuckert. Ich stand gerade beim Torbogen und unterhielt mich mit Mikesch über die geplante Wurmkur für unsere Fohlen. Zwischen uns lag Diana, den Kopf auf die Vorderpfoten gelegt, und beobachtete eine der zahlreichen Hofkatzen. Als sie das Auto näher kommen hörte, sprang sie auf und rannte bellend den Weg entlang.

Die rote „Ente“ hielt, die Wagentür tat sich auf, und eine schwarze Gestalt kam herausgeschossen. Sie stürzte sich auf Diana – oder Diana stürzte sich auf sie, so genau konnte man das nicht erkennen –, und ein wildes Gebell, Gejaule und Geknurr erhob sich.

Die Katze flüchtete entsetzt auf einen Baum.

„Verdammt!“, sagte Mikesch. „Ich glaube, die verbeißen sich ineinander.“

Wir rannten los. Die Frau, die im Auto gesessen hatte, kam herbeigelaufen und versuchte, die Hunde zu trennen, doch das war nicht so einfach. Sie wälzten sich im welken Laub, dass die Blätter nur so flogen; einmal war der schwarze oben, dann wieder der weiße mit den schwarzen Flecken, also Diana.

Schließlich standen wir zu dritt um die Raufbolde herum. Ich packte Diana am Schwanz und zog daran, Mikesch versuchte den schwarzen Hund an der

Nackenfalte zu erwischen, die Frau schrie „Pfui!“ und „Aus!“, was überhaupt nichts nützte, und verlor bei dem Versuch, ihren Hund wegzuzerren, das Gleichgewicht.

Plötzlich saß sie auf dem Boden. Der schwarze Hund drehte sich blitzschnell um und Mikesch zog mit einem Fluch seine Hand zurück.

Vor Schreck ließ ich Dianas Schwanz los. Mikesch war gebissen worden! Ich sah, dass seine Hand blutete. Während die junge Frau sich aufrappelte und die Hunde voneinander abließen, ein Stück über die Wiese rasten und dann wieder aufeinander losstürzten, lief ich durch den Torbogen und über den Innenhof, um Alkohol und Verbandszeug zu holen.

Als ich zurückkam, war die Rauferei beendet. Der schwarze Hund saß im Auto und sah mit gefletschten Zähnen durch die Windschutzscheibe auf Diana, die eine Wunde an ihrer Pfote leckte. Mikesch hatte seine Hand notdürftig mit einem Taschentuch verbunden. Er sah blass aus. Vor ihm stand die Frau im Strickmantel, ebenso blass und mit erschrockenen Augen. Sie entschuldigte sich unablässig.

„Es tut mir so Leid. Wenn ich das geahnt hätte, hätte ich Malchen nicht mitgenommen! Sie ist sonst so lieb und gutmütig, aber ... Sie hat noch nie jemanden gebissen! Oh, es tut mir so Leid, verzeihen Sie mir! Es tut sicher sehr weh ... Ich fahre Sie gleich zum Arzt, damit er Ihnen eine Tetanusspritze gibt ...“

„Nicht nötig", sagte Mikesch, als er endlich zu Wort kam. „Ich bin gegen Wundstarrkrampf geimpft. So schlimm ist es auch gar nicht, machen Sie sich keine Sorgen. Ich bin selbst schuld. Ich hätte vorsichtiger sein müssen."

Gemeinsam gingen wir in den Innenhof und setzten uns auf die Bank. Diana folgte uns hinkend und verzog sich dann in den Holzstall. Während ich Mikeschs Hand verband, sah die junge Frau mit ängstlichem, schuldbewusstem Gesicht zu.

Erst jetzt hatte ich Zeit, einen genaueren Blick auf sie zu werfen. Sie sah Maja ähnlich – als mir das klar wurde, wusste ich auch, wer sie war.

Sie sagte: „Ich bin eigentlich hergekommen, um zu fragen, ob ich hier Reiten lernen kann. Aber jetzt hat sich Malchen so unmöglich aufgeführt und alles verdorben. Ich sollte vielleicht besser ..."

Sie verstummte. Mikesch krempelte seinen Pulloverärmel herunter und erwiderte: „Unsinn. Dass die Hunde miteinander gerauft haben, hat doch nichts mit Ihrem Entschluss zu tun, Reiten zu lernen. Haben Sie schon mal auf einem Pferd gesessen?"

„Einmal nur, als kleines Mädchen", sagte sie eifrig. „Seitdem hab ich mir eigentlich immer gewünscht, reiten zu können. Aber bis heute hab ich's irgendwie nie geschafft ... Und jetzt bin ich hierher aufs Land gezogen, und als ich erfuhr, dass es ganz in meiner Nähe einen Reiterhof gibt ..."

Sie hatte eine komische Art, Sätze nicht zu Ende zu sprechen. Das war wohl ein Teil ihres schüchternen Wesens. Einen Moment lang fragte ich mich, wie sie es fertig gebracht hatte, so ganz selbstständig ein Haus auf dem Land zu kaufen und sich um alles zu kümmern, was damit zusammenhing.

Mikesch lächelte. „Dann wohnen Sie also jetzt im Weberhäusl? Ich hab schon von Ihnen gehört. Hier draußen spricht sich so etwas schnell herum. Ich heiße übrigens Mikesch Andergast."

Diesmal nannte er ausnahmsweise seinen Familiennamen. Gesine stellte sich ebenfalls vor; sie hieß Tanner. Wieder fragte sie Mikesch, ob er Schmerzen hätte, und er erklärte, der Biss würde nur noch ein bisschen brennen und es sei wirklich nicht weiter tragisch. Auf mich achteten sie nicht. Ich glaube, sie merkten es nicht einmal, als ich das Verbandszeug nahm und wieder damit verschwand.

Ich weiß noch, dass ich dachte: Oh! oder so ähnlich. Dann versorgte ich Hazel und kümmerte mich nicht weiter um die beiden. Erst als mich Jörn abends fragte, woher Diana die Bisswunde am Bein hätte, fiel mir alles wieder ein.

„Wär gut für Mikesch, wenn etwas daraus würde", sagte er nachdenklich. „Auf die Dauer ist das nichts, dass er so allein herumkrebst. Und wie soll er hier draußen auf dem Land eine Frau finden? Es wäre toll, wenn sich die zwei zusammentun würden."

„Ja, aber ich weiß nicht, ob sie die Richtige für ihn ist. Sie wirkt so schüchtern und ängstlich, weißt du. Irgendwie kann ich mir bei ihr nicht vorstellen, wie sie im Leben allein zurechtkommt."

„Da kann man sich täuschen", erwiderte Jörn. „Es gibt Leute, die schaffen allerhand, was man ihnen nie zutrauen würde. Wie sieht sie denn aus?"

„Wie Maja, nur fast doppelt so alt", sagte ich.

„Pfefferkuchenäugig?"

Wir lachten. Ich sagte: „Du wirst sie ja sehen, wenn sie zum Reiten kommt."

Im Stall war es warm. Hinter den kleinen Fenstern herrschte schon pechschwarze Dunkelheit. Wir standen vor Katamas Box und sahen zu, wie sie Balder, ihr Fohlen, säugte. Etwas unendlich Friedliches ging von den beiden aus.

Plötzlich musste ich wieder an Nell denken. Die Erinnerung an sie schmerzte noch immer. Ich wandte mich ab und ging zu Hazel, die mich mit ihren milden Augen liebevoll ansah und ihre Nüstern in meine Handfläche schmiegte. Da wurde mir wieder leichter ums Herz. Sie zumindest hatte weiterleben dürfen. Keiner konnte ihr etwas anhaben, denn sie war mein Pferd. Dass auch Hazel krank werden konnte, dass sie eines Tages sterben würde, war mir im tiefsten Innern bewusst, doch jetzt wollte ich daran nicht denken.

„Sie liebt dich", sagte Jörn, der uns von Katamas

Box aus beobachtete. „Ich glaube, so können nur Tiere lieben – so bedingungslos und beständig."

„Du meinst, wir Menschen sind nicht zu einer so vollkommenen Liebe fähig?", fragte ich.

„Ich glaube nicht, Nell."

Ich sollte in den kommenden Tagen noch oft an dieses Gespräch im Stall zurückdenken

10

Eigentlich fing es damit an, dass unser Biologielehrer krank wurde. Seine Stunde fiel wegen Grippe aus, was wir besonders praktisch fanden, weil es die letzte an diesem Mittwoch war. Und da mehrere Lehrer „das Bett hüten mussten", wie die Sekretärin es vornehm ausdrückte, gab es keinen Ersatz für ihn, und wir konnten früher nach Hause gehen.

Mein Bus fuhr allerdings erst um zwei. Ich wusste, dass Jörn um eins Mittagspause hatte. Also beschloss ich, ihn abzuholen und mit ihm zusammen in den kleinen vegetarischen Stehimbiss zu gehen, wo es preiswerte Salate und Quarkspeisen gab.

Bisher hatte Jörn immer Bescheid gewusst, wenn ich kam. Ich stand für gewöhnlich am Fuß der Treppe, die zum Klinikeingang führt, und wartete dort auf ihn. Diesmal wusste er es nicht. Ich wollte zur

Aufnahme gehen und den Pförtner bitten, die Unfallstation anzurufen und Jörn Bescheid zu sagen.

So weit kam es jedoch nicht. Als ich die Straße überquerte, die an der Klinik vorbeiführte, sah ich ein junges Paar aus dem Haupteingang kommen. Obwohl ich noch ein ziemliches Stück entfernt war, erkannte ich Jörn doch sofort an den blonden Haaren, die vom Stirnband zurückgehalten wurden, und der Art, wie er sich bewegte.

Ich hatte den Fahrradweg erreicht und er kam die Stufen herunter. Schon wollte ich seinen Namen rufen, doch irgendetwas hielt mich davor zurück. Ich blieb stehen, halb verdeckt von einem Alleebaum.

Ein Mädchen war bei ihm. Sie hatte Jörn das Gesicht zugewandt. Die beiden lächelten sich an. Dann sah ich, wie Jörn den Arm um ihre Schultern legte und sie leicht an sich drückte – so, wie er es auch bei mir immer tat.

Ich beobachtete die beiden wie erstarrt. Jetzt hatten sie den Bürgersteig erreicht, drehten mir den Rücken zu und gingen gemeinsam die Straße entlang. Ich sah, dass das Mädchen dunkles Haar hatte. Sie war zierlich, trug eine große Wolljacke und einen langen bunten Schal.

Ich stand noch lange da und starrte die Straße hinunter, obwohl die beiden längst um eine Ecke verschwunden waren. Mein erster Gedanke war: Jetzt ist alles aus.

In diesen Augenblicken spürte ich weder Zorn noch Trauer, nur eine schreckliche Leere, so, als wäre plötzlich alles sinnlos geworden. Ich wusste nicht mehr, was ich tun sollte – hier bleiben oder umkehren, zum Bus gehen und nach Hause fahren oder mich einfach an den Straßenrand setzen. Plötzlich schien es für mich kein Ziel mehr zu geben, nichts und niemand, wohin ich mich wenden konnte.

Mechanisch drehte ich mich um und ging über die Straße zurück. Bremsen quietschten; ein Wagen hielt dicht vor mir. Der Fahrer kurbelte das Fenster herunter und schimpfte, doch ich hörte nicht hin. In meinem Kopf war nur immer dieses *Jetzt ist alles aus* wie ein bitterer Kehrreim, und etwas in meiner Brust schmerzte so, dass ich an das Märchen vom Eisernen Heinrich denken musste, der ein Eisenband um sein Herz schmiedete, damit es nicht brechen konnte.

Ziellos ging ich durch die Stadt, bis ich schließlich eine kleine Anlage erreichte. Dort standen steinerne Bänke unter kahlen Bäumen. Weit und breit war kein Mensch. Nur ferner Verkehrslärm war zu hören wie ein unaufhörliches Brausen.

Ich setzte mich auf eine der Bänke, starrte auf Jörns Ring nieder – den irischen Ring mit den ineinander verschränkten Händen, den er mir zum vergangenen Weihnachtsfest geschenkt hatte.

Keiner sah mich, und jetzt konnte ich endlich weinen. Die Tränen kamen wie eine Sturzflut. Ich sah

Jörn mit dem fremden Mädchen, dachte an meine Mutter, an Nell. Alles, was in meinem Leben schlimm und traurig gewesen war, schien unversehens auf mich einzustürmen wie eine Schar schwarzer Reiter.

Weil ich kein Taschentuch hatte, benutzte ich welke Blätter, um meine Nase zu trocknen. Seltsamerweise tröstete mich der Geruch des Laubes ein wenig – vielleicht war es aber auch das Weinen, das mich erleichterte. Ich saß ganz still da, den Kopf zurückgelehnt, schluchzte noch ein bisschen und schaffte es für eine Weile, an gar nichts zu denken.

Als die Kälte durch meine Jacke drang, stand ich auf und ging zur Bushaltestelle. Unterwegs sahen mich Leute neugierig an. Ich wusste, dass mein Gesicht vom Weinen rot und verquollen sein musste, doch es war mir gleichgültig. Jetzt zählte nur noch die Sache mit Jörn. Ich hatte ihm vertraut und er hatte mich getäuscht, hintergangen.

Auf der Fahrt nach Mariabrunn kam es mir vor, als würde ich nie wieder einem Menschen trauen können. Ich liebte Jörn; er war zur wichtigsten Person in meinem Leben geworden. Ich hatte so fest geglaubt, dass auch er mich liebte. Jetzt war ich nicht mehr so sicher.

Ich redete mit niemandem darüber – weder an diesem Tag noch am nächsten oder übernächsten. Als ich nach Hause kam, sagte ich zu Kirsty, ich hätte

Kopfschmerzen. Sie sah mich forschend an, legte die Hand auf meine Stirn und meinte, ich hätte vielleicht Fieber und sollte Temperatur messen. Dann bot sie mir an, Tee für mich zu kochen, doch ich lehnte ab. Ich ging in mein Zimmer und verkroch mich unter der Bettdecke wie ein krankes Tier.

Gegen Abend kam mein Vater, um nach mir zu sehen. Er setzte sich auf die Bettkante und fragte besorgt, was mir fehle.

„Nichts", sagte ich und vermied seinen Blick. „Ich hab nur Kopfschmerzen. Vielleicht brüte ich eine Erkältung aus."

„Ich bringe dir das Abendessen nach oben", sagte er.

Ich schüttelte den Kopf. „Ich mag nichts essen."

„Dann wenigstens Saft. Ich presse ein paar Orangen für dich aus, ja?"

Um ihn nicht zu kränken, stimmte ich zu. Nachdem er den Saft gebracht hatte, ging er wieder, und ich hatte Ruhe. Weinen konnte ich nicht mehr. Ich brütete dumpf vor mich hin, überlegte tausendmal, was ich Jörn sagen wollte, verwarf es wieder und wäre am liebsten auf und davon gegangen, um ihn nie wieder sehen zu müssen.

Draußen war es schon dunkel, als die Klingel schrillte. Ich war sicher, dass Jörn gekommen war, um nach mir zu fragen. Leise stand ich auf, ging zur Tür und schob den Riegel vor.

Wenn er heraufkam, würde ich ihn nicht einlassen. Er sollte verschwinden! Doch er kam nicht herauf. Vermutlich hatten ihm Vater und Kirsty gesagt, dass ich mich nicht wohl fühle und schlafen müsse.

Ich ging ans Fenster und drückte das Gesicht gegen die kühle Scheibe. Die Gartenpforte fiel ins Schloss. Ein Schatten bewegte sich den Pfad zwischen den Haselnusssträuchern entlang. Es war zu dunkel, um zu erkennen, wer da ging; doch ich wusste, dass es Jörn war.

In dieser Nacht schlief ich überhaupt nicht. Am nächsten Tag blieb ich im Bett. Vielleicht ahnte Kirsty die Wahrheit, wenn sie auch so tat, als glaubte sie an meine Erkältung. Sie brachte mir Kräutertee und Müsli und ließ mich in Frieden, und ich war ihr dankbar dafür.

Abends kam Jörn wieder; und diesmal ließen sie ihn zu mir. Ich hörte ihn kommen, verriegelte die Tür jedoch nicht. Ich konnte mich ja nicht ewig vor ihm verkriechen. Es tat mir fast körperlich weh, als ich seinen Schritt auf der Treppe hörte und ihn dann im Zimmer stehen sah, außer Atem und ahnungslos.

„Was hast du?“, fragte er. „Kirsty sagt, du wärst krank.“

„Ich glaube, ich bin erkältet.“ Ich wunderte mich, wie ruhig meine Stimme klang, obwohl meine Hände unter der Bettdecke zitterten. „Geh lieber wieder, sonst steckst du dich noch an.“

„Blödsinn", sagte er, kam durchs Zimmer und setzte sich auf die Bettkante. Dabei betrachtete er mich forschend. Zum Glück brannte nur die kleine Leselampe und ließ mein Gesicht im Schatten. Ich musste mich zwingen, mich nicht von ihm abzuwenden.

„Geht es dir schlecht?"

Am liebsten hätte ich geschrien: Ja, es geht mir verdammt dreckig – und du bist schuld daran! Stattdessen murmelte ich: „Nur ein bisschen Kopfweh und Gliederschmerzen. So schlimm ist es nicht."

Er streckte die Hand aus und berührte meine Wange. Ich merkte, wie ich innerlich zurückzuckte. Ich dachte an das Mädchen und dass er auch sie berührte.

„Matty versorgt Hazel für dich", sagte Jörn. „Er wollte mitkommen, aber ich wusste nicht, ob du Lust auf so viel Besuch hast."

Ich sagte gar nichts. Jörn schien sich zu wundern; natürlich, er ahnte ja nichts. Ich ballte die Hände unter der Bettdecke zu Fäusten. Plötzlich hasste ich ihn richtig, hätte ihn am liebsten ins Gesicht geschlagen. Warum konnte er nicht ehrlich sein? Warum spielte er Komödie, statt zu sagen: Ich hab da ein Mädchen kennen gelernt, in der Klinik, und hab mich in sie verliebt.

Doch wollte ich das wirklich hören? Hätte es etwas geändert? Vielleicht wäre es nur noch schlimmer gewesen, die Wahrheit so unumwunden aus seinem Mund zu hören. Ich wünschte mir brennend, dass er ging. Ich wollte ihn nicht mehr sehen. Er sollte verschwinden! „Ich bin müde“, sagte ich in das Schweigen hinein.

„Ach so.“ Jörns Stimme klang verwundert und verletzt. „Tut mir Leid, das habe ich nicht gewusst. Wenn du schlafen möchtest, gehe ich natürlich wieder.“

Ich gab keine Antwort. Da stand er auf, wartete eine Weile mit hängenden Armen vor meinem Bett, als wüsste er nicht, was er noch sagen oder tun sollte, murmelte dann: „Gute Nacht, Nell, und gute Besserung“ und verließ das Zimmer.

Ich hörte, wie sich seine Schritte über die Treppe entfernten, und begann bitterlich zu weinen. Dass ich ihn gesehen hatte, schien alles nur noch schlimmer zu machen. Ich hatte nichts von dem getan, was ich eigentlich tun wollte – hatte ihm nicht gesagt, was ich wusste, ihn nicht gefragt, was er für dieses Mädchen empfand, ihm nicht vorgehalten, wie sehr er mich enttäuscht hatte. Ich hatte ihn weder geschüttelt noch weggestoßen. Nichts ist schrecklicher, als so stumm und starr zu sein und genau das Gegenteil von dem zu tun, wonach einem zumute ist.

Am nächsten Morgen ging ich wieder zur Schule, weil ich es nicht mehr aushielt, im Bett zu liegen und zu grübeln. Matty und Carmen fuhren mit mir im Bus. Ich gab mir alle Mühe, fröhlich und unbeschwert zu erscheinen, doch es gelang mir wohl nicht so recht, denn ich merkte, dass Matty mich mehrmals forschend von der Seite betrachtete.

„Kommt Maja in den Weihnachtsferien?“, fragte ich, um ihn abzulenken.

„Ja“, sagte er. „Und diesmal gab's zum Glück auch keine Schwierigkeiten mit ihren Eltern.“

„Du zählst wohl schon die Tage?“, neckte ihn Carmen.

Er wurde rot. Voller Bitterkeit dachte ich, dass ich ihn und Maja immer bemitleidet hatte, weil sie so weit auseinander wohnten, und für wie glücklich ich mich noch bis vor kurzem hielt, weil ich Jörn hatte und weil er in meiner Nähe war.

In der Schule verpatzte ich eine Chemieprüfung, doch es ließ mich völlig kalt. Es schien, als wären solche Fehlschläge, die mich sonst bedrückt hatten, plötzlich bedeutungslos geworden.

Als ich nach Hause kam, sattelte ich Hazel und machte einen langen Spazierritt durch den Wald. Wir ritten über Pfade, die ich mit Jörn nur selten einschlug, und mieden den Waldweiher. Es war frostig und sehr still; so still, dass man die Tropfen von den Bäumen und Büschen ins Laub fallen hörte. Kein Vogel sang mehr. Nur der Bach gluckste zwischen Moospolstern. Verlassene Spinnweben hingen in den Zweigen und funkelten, wenn ein Lichtstrahl sie traf.

Während ich ritt, verwandelte sich mein Zorn, meine Enttäuschung und Hilflosigkeit in Trauer. Es war, als würde ein Klotz in meiner Brust schmelzen, der mir die Luft abdrückte, als könnte ich plötzlich wieder freier atmen. Erst als der Nebel sich über das Tal senkte, kehrten wir nach Dreililien zurück.

Auf der Schwammerlwiese hielt Mikesch gerade eine Privatreitstunde ab. Ich führte Hazel am Zaun vorbei und entdeckte, dass die einsame Reiterin auf Solveigs Rücken Gesine vom Weberhäusl war.

Sie machte keine besonders gute Figur im Sattel und erinnerte mich an mich selbst und meine eigene Ungeschicklichkeit bei den ersten Reitversuchen. Angestrengt bemühte sie sich, beim Leichttraben den richtigen Rhythmus zu finden, schaffte es aber einfach nicht – vielleicht gerade deshalb, weil sie sich so sehr bemühte. Möglicherweise ging es ihr mit Mikesch ebenso, wie es mir damals mit Jörn ergangen war: Sie wollte sich vor ihm nicht blamieren, wollte nicht ungeschickt wirken, und das erschwerte nur alles zusätzlich.

Jörn ... Ich brachte Hazel in den Stall. Während ich sie trockenrieb, dachte ich an meinen ersten Frühling und Sommer im Tal von Dreililien, die Zeit, als wir uns kennen lernten.

Rasch und verstohlen fuhr ich mir mit dem Handrücken über Augen und Nase, als Helge aus der Sattelkammer auftauchte, gefolgt von Sepp. Die beiden schienen über irgendetwas zu streiten. Offenbar ging es um einen Sack Hafer, der verschwunden war. Helge wollte wissen, ob ich den Sack gesehen hätte, und ich sagte, nein, das hätte ich nicht.

Plötzlich stand auch Herr Moberg in der Stalltür, fuchtelte mit seiner Krücke herum und machte einen Mordsaufstand wegen des verschwundenen Hafersacks.

Ich gab Hazel zu trinken und führte sie dann rasch auf die Koppel, um dem Streit zu entrinnen. An diesem Nachmittag konnte ich die lauten, angriffslustigen Stimmen am allerwenigsten ertragen.

Eine Weile kauerte ich frierend auf dem Koppelgatter und sah zu, wie die Stuten aus dem Nebel auftauchten und wieder darin verschwanden wie Geisterpferde in einer nordischen Sage. Dann ging ich nach Hause, obwohl ich wusste, dass man mich auf Dreililien in einer Stunde zur Stallarbeit gebraucht hätte.

Es tat gut, in die warme Küche des Kavaliershäusls zu kommen. Kirsty saß am Tisch unter der Lampe und entwarf ein bäuerliches Kaffeeservice aus Keramik; Kathrinchen kroch auf dem Teppich herum und spielte Hund.

Ich kochte Tee, setzte mich neben Kirsty und sah ihr schweigend zu. Sie hatte so geschickte Hände mit allem – mit Ton und Zeichenstift ebenso wie mit Stricknadeln, Kuchenteig, wunden Babypopos oder

Blumen; und es war beruhigend, sie bei der Arbeit zu beobachten. In all meiner Traurigkeit über Jörn und seinen Verrat wurde mir doch plötzlich bewusst, was für ein Glück es war, dass ich meinen Vater, Kirsty und Kathrinchen hatte; und das Kavaliershäusl, in das ich gehörte. Meine Familie und dieses Zuhause würden immer ein Zufluchtsort für mich sein, was auch geschah.

Nach dem Abendessen ging ich doch noch nach Dreililien – weil ich die Verantwortung für Hazel hatte und mich um sie kümmern musste, wie ich mir selbst vorsagte. Doch das allein war es nicht. Der Hauptgrund war, dass ich Jörn sehen wollte, trotz allem. Es schien widersinnig, weil ich doch in den letzten beiden Tagen so oft gedacht hatte, dass ich ihn nie wieder sehen wollte, weil ich am liebsten vor ihm weggelaufen wäre. Ich wusste genau, dass alles nur noch schlimmer sein würde, wenn ich ihm begegnete. Trotzdem zog es mich in seine Nähe.

Jörn war bereits zu Hause. Mit Helges Hilfe bereitete er für Joschi ein Dampfbad, denn sie war seit zwei Tagen erkältet und atmete mit leicht rasselndem Nebengeräusch. Er bemerkte mich nicht, als ich kam, und ich blieb neben der Tür stehen und beobachtete, wie er einen Leinwandsack mit Kleie und etwas Hopfen füllte, während Helge mit einer Kanne voll kochendem Wasser kam.

Ich sah zu, wie Jörn den Sack über Joschis Nase

zog und ihn mit Schnüren auf ihrem Kopf befestigte. Er bewegte sich geschmeidig und zielbewusst; wieder einmal musste ich daran denken, dass seine Schulfreunde ihn „Waldläufer" genannt hatten. Jetzt nahm er Helge die Kanne ab und goss langsam etwas von dem heißen Wasser durch eine Öffnung in den Leinwandsack, sodass der Dampf aufstieg.

Erschrocken versuchte sich Joschi loszureißen, doch Jörn hielt sie mit sanfter Gewalt fest, sprach besänftigend auf sie ein, streichelte ihren Hals. Langsam beruhigte sie sich und atmete in tiefen Zügen die lindernden Dämpfe ein.

Ich stand da, ohne mich zu bewegen, starrte auf Jörns Rücken in dem alten Stallpullover, an dem Strohhalme hingen, sah die sicheren Bewegungen seiner schmalen, aber kräftigen Hände, die ich so liebte. Erst nach zehn Minuten, als Jörn den Leinwandsack wieder wegnahm, ging ich über die Stallgasse zu Hazels Box.

Joschi atmete jetzt wieder freier. Jörn sah auf, als er meine Schritte hörte, und lächelte mich an.

„Geht's dir wieder besser?", fragte er. „Oder brauchst du auch einen Dampfsack?"

Ich wandte den Kopf ab und tat, als müsste ich etwas aus Hazels Mähne entfernen. „Es geht schon wieder", sagte ich. „Ich brauch keine Rosskur."

Helge, der gerade an Hazels Box vorüberkam, warf mir einen verwunderten Blick zu. Dann näherte sich

Jörn, den triefenden Sack an der Schnur neben sich hertragend, und sagte: „Na, so besonders scheint's dir ja noch nicht zu gehen. Soll ich Hazel für dich versorgen?"

„Ich schaff's schon, danke." Ich versuchte krampfhaft, meine Stimme freundlich und normal klingen zu lassen, aber so einfach war das nicht. Bei allem, was ich zu Jörn sagte, schwang ein bitterer, anklagender Unterton mit, der sich nur schwer unterdrücken ließ.

Er blieb noch eine Weile unschlüssig stehen. Als ich jedoch nichts mehr sagte und anfing, Hazels Fesseln zu untersuchen, verließ er den Stall und kam kurze Zeit später mit Matty und Mikesch zurück, um die Futtersäcke abzuladen, die Mikesch tagsüber vom Lagerhaus geholt hatte. Damit waren sie beschäftigt, während Helge den Mist hinauskarrte.

Ich gab mir alle Mühe, mich nicht nach Jörn umzusehen, wenn er im Stall auftauchte, doch immer wieder wanderte mein Blick wie magisch angezogen zu ihm hinüber, sobald ich ihn kommen hörte. Irgendwie konnte ich einfach nichts dagegen tun. Und jedes Mal, wenn ich ihn sah, hatte ich ein Gefühl, als müsste ich an dem Kloß ersticken, der in meiner Brust und meiner Kehle saß.

Als Hazel sauber und zufrieden in der frischen Streu stand und an ihrem Futter kaute, ging ich durch die Sattelkammer in den Innenhof hinaus, wo

Mikesch, Matty und Jörn im Schein der Stalllaterne die letzten Säcke abluden. Mikesch fragte mich, ob ich Zeit hätte, morgen ein paar Briefe für die Reitschule zu tippen. Dann schleppte er mit Mattys Hilfe einen riesigen Sack in die Futterkammer.

Schon wollte ich gehen, da kam Jörn mir nach, fasste nach meinem Arm und sagte: „Hast du heute Abend Lust, noch zu mir zu kommen? Ich hab eine neue Platte mit irischer Volksmusik gekauft. Wir könnten doch mal wieder zusammen Musik hören."

Ich war froh, dass die Lampe nur spärliches Licht verbreitete, sonst hätte er vielleicht den Ausdruck in meinen Augen gesehen. In diesem Moment kam er mir wie ein Verräter vor.

„Tut mir Leid", sagte ich, „aber ich muss heute noch Latein büffeln. Wir schreiben am Montag eine Arbeit, weißt du, und ich hab seit ewigen Zeiten nichts dafür getan."

Er ließ meinen Arm los und trat einen Schritt zurück. „Ach so", murmelte er. Wieder klang seine Stimme traurig und verständnislos; vielleicht bildete ich mir das aber auch nur ein. „Ja, dann ... mach's gut. Bis morgen, Nell."

Mir war elend zumute, als ich zum Kavaliershäusl ging. Es löste keinerlei Gefühl von Triumph in mir aus, dass ich Jörn zurückgewiesen hatte. Später, allein in meinem Zimmer, fragte ich mich, wie alles weitergehen sollte. Ich konnte ja nicht ewig in dieser abweisenden Haltung verharren, konnte nicht dauernd Ausflüchte gebrauchen. Ja, ich musste mit Jörn reden – bald schon. Doch jetzt noch nicht. Ich wusste, ich konnte ihm einfach noch nicht sagen, was ich gesehen hatte, und von ihm die Wahrheit erfahren. Zwar fiel mir das alte Sprichwort ein: „Besser ein Ende mit Schrecken als ein Schrecken ohne Ende" – doch das änderte nichts daran, dass ich noch nicht den Mut hatte, mich der Wahrheit zu stellen.

Weil ich abends noch lange in mein Tagebuch schrieb und erst weit nach Mitternacht einschlief, kam ich am nächsten Morgen spät aus dem Bett. Auf Dreililien war der Reitschulbetrieb schon in vollem Gang. Zum Glück hatte Jörn wieder einmal Wochenenddienst, und ich musste nicht fürchten – oder hoffen –, ihm zu begegnen.

Mikesch, Matty und die Reitschüler machten die Pferde gerade zum Ausritt fertig. Im Stall wurde gelacht und geredet, die Stuten schnaubten, die Spreu prasselte. Roddy winkte mir zu und erklärte, er hätte diesmal ausnahmsweise Zeit, wieder am Sonntag zu kommen, da sein Onkel zu einer Handwerksmesse gefahren war.

Roddy hatte es nicht leicht mit Jessie, die sich meistens wie ein Ballon aufblähte, sobald man ihr den Sattel auflegte und den Gurt festzurren wollte. Martina und Lisa, die stämmigen Frasdorfer Freundinnen, schnatterten aufgeregt miteinander über die Boxwand hinweg. Nur Sabine Mayreder, still und zuverlässig wie immer, hatte Eileen bereits gesattelt und gezäumt. Sie kam ausgezeichnet mit der Stute zurecht.

Diesmal waren auch Mücke und Charly dabei. Sie hatten seit kurzem mit den Zwillingen getauscht, die nun jeden Sonntag zum Reitunterricht kamen. Ihre Eltern hatten samstags keine Zeit mehr, sie nach Dreililien zu bringen.

„Reitest du mit?“, fragte Matty, der mit rotem Gesicht und wirren Haaren schon ganz geschafft aussah, obwohl die Reitstunde erst begonnen hatte.

Ich schüttelte den Kopf. Mir war nicht danach zumute, mit einer ganzen Kavalkade über die Felder zu reiten. „Ich wollte mit Hazel zum Kiefernwäldchen und Barbarazweige für Kirsty holen“, sagte ich.

Er sah mich von der Seite an und legte dann kurz den Arm um mich. „Möchtest allein sein, wie?“ Er sprach halblaut, sodass nur ich ihn verstehen konnte.

Ich merkte, wie mir die Tränen in die Augen stiegen. Rasch ging ich in Hazels Box. Sie war sichtlich erfreut darüber, dass sie nicht im Stall bleiben musste, während die anderen Stuten hinausdurften, und puffte mich ungeduldig, als ich ihr ein wenig ungeschickt den Sattel auflegte. Ich kam etwas später als die Reitschüler nach Dreililien zurück. Sie standen in der Sattelkammer um Mücke herum, die auf der

Bank saß und mit einer erschrockenen Grimasse auf ihren rechten Fuß starrte. Den Reitstiefel und die Socke hatte sie ausgezogen. Ihre Zehen waren feuerrot und dick geschwollen.

„Herrje, was ist passiert?“, fragte ich.

„Emily ist ihr auf die Zehen getreten“, erklärte Roddy gelassen. „Allerdings ist sie selber schuld, weil sie natürlich mal wieder Quatsch gemacht hat.“

Während die Reitschüler wild durcheinander redeten und Matty mit dem Arzneikasten auftauchte, erzählte mir Roddy, dass Mücke und Charly unterwegs auf die glorreiche Idee gekommen waren, beim Reiten die Pferde zu tauschen, als Mikesch und Matty gerade nicht hinsahen.

„Mücke hat versucht, in Charlys Sattel hinüberzuklettern, und Charly hat versucht, in Mückes Sattel zu steigen“, sagte er. „Dabei ist Mücke abgerutscht und zwischen die beiden Pferde geraten. Natürlich ist Emily erschrocken. Sie ist plötzlich zurückgewichen und Mücke auf den Fuß getreten, als sie am Boden landete. Mücke hat sowieso noch ein Schweineglück gehabt, dass nichts Schlimmeres passiert ist. Die Stute kann jedenfalls überhaupt nichts dafür.“

Matty kniete vor Mücke nieder und begann ihr einen Alkoholumschlag zu verpassen. Sie quiekte, sobald er ihre Zehen berührte, doch er sagte unbarmherzig, sie solle sich nicht so anstellen, schließlich hätte sie es ja nicht anders gewollt.

Aus dem Stall kam Mikesch. Sein Gesicht war eine einzige Gewitterwolke. Er war nicht so leicht aus der Fassung zu bringen, aber wenn es um die Pferde und den sicheren, vernünftigen Umgang mit ihnen ging, konnte er fuchsteufelswild werden.

Die Reitschüler machten ihm Platz, erschrocken über seine finstere Miene, und er baute sich vor Mücke und Charly auf und sagte: „Ich find's absolute Scheiße, dass ihr mich zwingt, euch jetzt eine Strafpredigt zu halten. Eigentlich müsstet ihr ja selbst genug Grips in euren Köpfen haben, um zu wissen, dass ihr bei uns Reiten lernen sollt, anstatt irgendwelche schwachsinnigen Zirkuskunststücke auszuprobieren. Wenn ihr denkt, wir drehen hier einen Witzfilm, dann solltet ihr besser wegbleiben. Was ihr beide da vorher getrieben habt, hätte verdammt leicht ins Auge gehen können. Habt ihr schon mal davon gehört, dass Menschen zwischen Pferdeleibern eingeklemmt worden sind? So etwas ist eine lebensgefährliche Sache, und Mücke hat mehr Glück als Verstand gehabt, dass sie bei diesem himmelschreienden Blödsinn nur ein paar gequetschte Zehen davongetragen hat."

Er musterte Mücke einen Augenblick lang und fügte dann hinzu: „Ich hoffe, dein Fuß tut dir noch recht lange höllisch weh, denn ich hab langsam das Gefühl, dass du nur durch solche handfesten Denkzettel etwas dazulernen kannst."

Betretenes Schweigen folgte dieser langen und ungewöhnlich groben Rede. Mücke, die zuerst bleich im Gesicht gewesen war, lief rot an, und Charly sah auch nicht gerade glücklich aus. Irgendwie taten mir die beiden fast Leid. Ich wusste ja, dass sie nicht boshaft waren, sondern ganz einfach albern und übermütig wie ein Sack voll junger Katzen.

„So“, sagte Mikesch, „das war's. Und jetzt fahre ich euch beide nach Hause, denn in diesem Zustand kann Mücke natürlich nicht radeln.“

Jemand seufzte erleichtert, und Mücke, froh darüber, dass das Gewitter vorüber war, zwängte ihren bandagierten Fuß in die Wollsocke und versuchte dann, den Stiefel wieder anzuziehen, was ihr jedoch nicht gelang. So humpelte sie mit einem Stiefel und einer roten Socke recht jämmerlich an Charlys Arm aus der Sattelkammer. Ich sah, dass sie die Tränen mühsam zurückdrängte. So eine Quetschung tat verdammt weh, das wussten wir alle; doch Mücke tat keinen Mucks mehr.

Jetzt erst kam ich dazu, Hazels Sattel aufzuhängen. Die Reitschüler verschwanden einer nach dem anderen. Mikesch nahm den Schlüssel des Lieferwagens vom Haken neben der Tür. Ehe er hinausging, drehte er sich um und sagte: „Hast du heute Nachmittag schon was vor, Nell?“

Ich sah ihn erstaunt an. „Nein, hab ich nicht. Warum?“

„Ich dachte, wir könnten uns wieder mal zusammensetzen. Hast du Lust, später auf einen Tee zu mir zu kommen?“

Einen Moment lang zögerte ich. Dann sagte ich: „Ja, gern.“

„Prima.“ Er ging in den Innenhof, und ich stand eine Weile mit hängenden Armen da, starrte die Sättel an und dachte, dass diese Einladung bestimmt nicht von ungefähr kam. Mikesch musste etwas bemerkt haben. Dabei hatte ich mich bemüht, mir nichts anmerken zu lassen. Vielleicht konnte ich mich doch nicht so gut verstellen – nicht bei Leuten, die so scharfe Augen hatten wie Mikesch, Matty oder Kirsty.

Während der nächsten beiden Stunden hatte ich richtige Angst vor dem Gespräch mit Mikesch. Er war ein Mensch, der jede Art von Unehrlichkeit hasste und die Auffassung vertrat, dass es bei Freundschaft und Liebe nicht ohne absolute Aufrichtigkeit geht. Deshalb glaubte ich schon jetzt zu wissen, welche Ermahnungen er mir erteilen würde: lauter Ratschläge, die ich eigentlich selbst kannte, aber im Moment einfach nicht beherzigen konnte.

Carmen kam, um Roddy abzuholen, und wir unterhielten uns eine Weile über Mückes Unfall, bis Mikesch mit dem Lieferwagen zurückkam.

„Wie haben's Mückes Eltern aufgenommen?“, fragte Roddy.

„Sehr gelassen. Sie sind es offenbar gewöhnt, dass ihre Töchter ab und zu mal angeschlagen nach Hause kommen. Ein Kratzer mehr oder weniger scheint sie nicht aufzuregen."

„So lange es bloß Kratzer sind, geht's ja noch", meinte Roddy. „Aber ..."

Im gleichen Augenblick hörten wir Matty von irgendwoher schreien: „Schnell! Die Fohlen brechen aus!"

Zu viert rasten wir los, den Abhang zwischen den Koppeln hinunter. Die Stuten drängten sich schon am Gatter. Sie hatten bemerkt, dass etwas nicht stimmte. Die Hangwiese, wohin die Fohlen jetzt zum Winteranfang gebracht wurden, lag verlassen da. Doch als wir zum Bach kamen, wo Helge und Sepp vor kurzem einen Stacheldrahtzaun gezogen hatten, sahen wir sie: Sie hatten es irgendwie geschafft, einen der Zaunpfähle umzustoßen, und drängten sich nun am Bachufer.

Mehrere Fohlen platschten im seichten Wasser herum, und drei oder vier verschwanden bereits mit abenteuerlustig erhobenen Schweifen im Wald. Matty stand zwischen den Bäumen, fuchtelte mit den Armen, schrie und versuchte sie aufzuhalten, doch es nützte nicht viel.

„Hoffentlich hat sich keines verletzt", keuchte Mikesch neben mir. „Diese elenden kleinen Teufel!"

Es dauerte über eine Stunde, bis wir Lily, Star und

Ella wieder eingefangen, alle Fohlen nach Verletzungen untersucht und den Zaun repariert hatten. Zum Glück war keinem der Tiere etwas passiert.

„An Abwechslung fehlt es euch hier jedenfalls nicht", sagte Roddy grinsend, als wir wieder zum Hof hinaufwanderten.

Mikesch schnitt eine Grimasse. „Nein. Das ist das Einzige, was wir hier im Überfluss haben – und Arbeit natürlich."

Weil wir total durchgefroren waren, gingen wir in die Fuhrknechtskammer und steckten so viel Holz in Mikeschs eisernen Ofen, dass die Platte zu glühen begann. Mikesch kochte Tee für alle, und Carmen erkundigte sich, wo eigentlich Helge wäre.

„Der hat heute seinen freien Tag und ist nach München gefahren", sagte Matty.

„Und Jörn? Hat er wieder Wochenenddienst?" Carmen sah mich an.

Ich merkte, wie mir das Blut ins Gesicht stieg, doch zum Glück waren wir alle rot von der Kälte, sodass es wohl nicht weiter auffiel. „Ja", murmelte ich und trank meinen Tee so heiß, dass ich mir die Zunge verbrannte.

Ich hustete krampfhaft, Mikesch schlug mir auf den Rücken, und Roddy wollte wissen, ob dieser Dienst am Wochenende extra bezahlt würde. Dann erzählte er, wie viel er in der Schreinerei seines Onkels für Überstunden bekam, und das Gespräch wandte sich anderen Dingen zu. Ich war heilfroh, fragte mich aber, wie das weitergehen sollte, wenn ich bei der bloßen Erwähnung von Jörns Namen gleich die Fassung verlor.

Gegen drei stand Matty auf und sagte, er müsste sich jetzt endlich hinter seine Schulbücher klemmen. Auch Carmen und Roddy verabschiedeten sich. Ich blieb allein bei Mikesch zurück, mit einem Gefühl wie ein Angeklagter, der auf seine Gerichtsverhandlung wartet.

Mikesch legte Feuerholz nach. Wir hörten, wie unten die Tür ins Schloss fiel. Dann sagte er: „Du machst ein Gesicht wie ein armer Sünder im Beichtstuhl, Nell. Du musst dich doch vor mir nicht für irgendetwas verantworten!“

„Aber du wolltest mit mir reden“, sagte ich.

Er drehte sich zu mir um und lächelte leicht. „Das klingt ja fast wie ‚Du hast mich vorgeladen.‘ Ja, stimmt, ich wollte mit dir reden – aber ich wollte dich nicht zur Rede stellen, das ist der Unterschied.“

Eine Weile schwiegen wir. Dann fragte ich: „Hat Jörn etwas zu dir gesagt?“ Ein leichtes Zittern schwang in meiner Stimme.

Mikesch ließ sich neben mir auf der Matratze nieder, die ihm als Bett diente. „Kein Wort“, sagte er. „Da solltest du ihn eigentlich besser kennen. Jörn ist keiner von denen, die anderen ihr Herz ausschütten.“

Das stimmte. Jörn gehörte eher zu den Menschen,

die alles in sich hineinfressen; und ich wusste nicht recht, was besser war.

„Dann bist du also von selbst darauf gekommen." Es war keine Frage, mehr eine Feststellung.

„Das war nicht weiter schwierig. Ich brauchte mir bloß eure Gesichter anzusehen. Und nach der Art zu urteilen, wie du in den letzten Tagen mit Jörn umgegangen bist, muss von seiner Seite aus irgendwas verdammt schief gelaufen sein, hab ich Recht?"

Minutenlang saß ich stumm da. Was sollte ich sagen? Jörn anklagen? Das wäre mir unfair erschienen. Andernteils drängte es mich plötzlich sehr, alles loszuwerden – ich hatte es einfach zu lange mit mir herumgetragen. Jemand musste erfahren, wie elend und verraten ich mich fühlte.

Fast tonlos sagte ich: „Ich weiß nicht, was ich machen soll, Mikesch."

Er sah mich an. Nun merkte ich nicht mehr, wie unerhört gut er aussah, wie schön sein Gesicht geformt war, welches Strahlen von seinen dicht bewimperten Augen ausging. Ich sah nur, wie viel Zuneigung und Verständnis in seinem Blick lag; und auch etwas wie Güte. Ich hatte dieses Wort immer dumm und hochtrabend gefunden, aber jetzt fiel es mir unversehens ein. Unter diesem Blick stiegen mir die Tränen in die Augen; ich konnte sie einfach nicht zurückhalten. Wie ein Kind begann ich zu weinen, schlug die Hände vors Gesicht und schluchzte.

Mikesch streichelte meinen Rücken, mein Haar. „Weine nur“, sagte er leise und sehr sanft. „Das tut dir gut. Und dann erzähl mir alles – aber nur, wenn du willst. Ich glaube, du solltest mit jemandem darüber sprechen. Die Frage ist bloß, ob ich die richtige Person dafür bin. Vielleicht magst du ja lieber mit jemandem in deinem Alter reden – mit Matty zum Beispiel.“

Ich hob mein tränenverschmiertes Gesicht. „Nein“, sagte ich. „Ich meine, du bist schon richtig. Matty hat Maja, und sie mögen sich und sind sich treu, obwohl sie doch so weit auseinander wohnen.“ Wieder kamen mir die Tränen, aber diesmal drängte ich sie zurück. „Du bist älter als wir und du hast Erfahrung.“

Irgendwie klang das mit der Erfahrung ein bisschen lächerlich, und ich verbesserte mich rasch: „Du hast schon alles Mögliche erlebt und kannst sicher nachfühlen, wie mir zumute ist. Und du kannst mir vielleicht auch sagen, was ich tun soll, weil ich nicht weiterweiß.“

Die unterdrückten Tränen schnürten mir die Kehle zu. Mikesch sagte: „Also, pass auf, Nell, mach dir nicht zu viele Illusionen über mich. Ich hab wirklich schon allerhand erlebt, aber weise bin ich deshalb bestimmt nicht, im Gegenteil. Und gerade in Gefühlsdingen hab ich ein Talent, hartnäckig immer wieder das Falsche zu tun. Allerdings kommt es schon vor, dass man wie vernagelt ist, wenn einen etwas selbst betrifft, und anderen Leuten in einer ähnlichen Lage trotzdem vernünftige Ratschläge geben kann. So, und jetzt haben wir lange genug um den heißen Brei herumgeredet. Erzähl erst mal, was überhaupt los ist. Vielleicht hab ich dann einen Geistesblitz."

Ich holte tief Luft. Der Krampf in meiner Kehle ließ nach, und nach einer Weile brachte ich mit viel Mühe heraus: „Jörn ... Jörn hat ein anderes Mädchen."

Seltsamerweise schien Mikesch nicht überrascht zu sein. Es war sogar, als hätte er etwas Derartiges erwartet.

„Hat er es dir gesagt?", fragte er.

„Gesagt?" Ich schüttelte den Kopf. „Nein. Ich war ... Es ist so, dass ich es durch Zufall erfahren habe. Nicht erfahren, ich hab sie gesehen. Jörn und das Mädchen, meine ich." Es war auf einmal schwierig, mich klar auszudrücken, etwas in Worte zu fassen, was so einfach und doch so folgenschwer war.

„Du hast Jörn mit einem Mädchen zusammen gesehen?" Mikesch sah mich an. „Aber was ist daran so schrecklich, Nell? Warum sollte er nicht mal mit einem Mädchen unterwegs sein? Das kann doch ganz harmlos sein. Vielleicht war's eine frühere Schulfreundin oder irgendeine Bekannte!"

„Irgendeine Bekannte, ja", wiederholte ich bitter.

„Er hat den Arm um sie gelegt – und wie sie sich angesehen haben! Ich würde ja für mein Leben gern glauben, dass es harmlos war, aber das war es nicht, Mikesch."

„Sie haben sich also verliebt angesehen, meinst du. Deshalb, und weil Jörn den Arm um dieses Mädchen gelegt hat, denkst du schon, er würde dich betrügen. Das denkst du doch, hab ich Recht?"

Ich starrte schweigend vor mich hin. Dann sagte ich: „Ja. Ich hab ihm vertraut, und er ... er hintergeht mich. Jetzt kann ich nie wieder jemandem trauen, nie wieder. Ach, ich möchte am liebsten weglaufen, damit ich ihn nie mehr sehen müsste!"

Mikesch erwiderte: „Sei vorsichtig, wenn du ‚nie' sagst. Allerdings muss man im Leben schon lernen, ein Gefühl dafür zu entwickeln, wem man Vertrauen schenken kann und wem nicht. Sonst fällt man nämlich immer wieder auf die Nase. Im Übrigen glaube ich, dass Jörn ein Mensch ist, dem man trauen kann."

„Das hab ich auch geglaubt", sagte ich bitter.

„Und ehe du ihn verurteilst und in Grund und Boden verdammst, solltest du ihm vielleicht erst mal die Chance geben, sich zu rechtfertigen", erklärte Mikesch ernst. „Jeder hat ein Recht, angehört zu werden. Ich find's ehrlich gesagt ziemlich beschissen, dass du mit einem solchen Verdacht und einem derartigen Groll gegen Jörn herumläufst, ohne ihm etwas davon zu sagen."

Mir wurde heiß. „So, ich verhalte mich also beschissen? Ich hätte also die Pflicht, mit Jörn zu reden? Und was ist mit ihm? Er tut so, als wäre alles in bester Ordnung, und trifft sich hinter meinem Rücken heimlich mit einem anderen Mädchen! Wenn er den Mund nicht aufmachen kann, um mir ehrlich zu sagen, was los ist, wieso soll ich dann etwas sagen?"

„Nur weil er sich möglicherweise falsch verhält, musst du es nicht auch gleich tun", erwiderte Mikesch gelassen. „Jedenfalls solltest du dir mal überlegen, ob an eurer Beziehung nicht etwas von Grund auf faul ist, wenn es an so einem wichtigen Punkt keiner von euch fertig bringt, offen mit dem anderen zu reden. Da ist doch schon mal der Wurm drin!"

Ich war richtig wütend auf ihn. Es passte mir nicht, von ihm zu hören, dass in meiner Beziehung zu Jörn der Wurm sei. Sogar jetzt, wo doch alles zu Ende schien, mochte ich das nicht hören, auch wenn es lächerlich war, mich über so etwas noch aufzuregen. Es war auch nicht angenehm, mir Mangel an Ehrlichkeit vorwerfen zu lassen. Und was mich am meisten ärgerte, war der Verdacht, dass Mikesch Recht hatte.

Verbissen murmelte ich: „Du hast gut reden. Wenn du in meiner Lage wärst ..."

Er lächelte. „Ich hab dich ja vorher gewarnt. Ich

hab dir gesagt, es könnte durchaus passieren, dass ich mich selbst in so einer Situation total blödsinnig verhalte und genau das Gegenteil von dem tue, was ich anderen raten würde. Trotzdem – ich glaube einfach daran, dass es schlecht ist, so einen Argwohn in sich hineinzufressen; sowohl für einen selbst als auch für den anderen. Besser, du platzt damit heraus und machst Terror, gibst Jörn einen Tritt in den Hintern, schreist ihn an, irgend so was – alles, bloß nicht hinunterschlucken, dass es dir fast die Luft abdrückt!"

Ich war plötzlich nicht mehr böse auf Mikesch. Ich begriff, dass er nicht gegen mich war, dass es wirklich etwas mit Freundschaft zu tun haben kann, einem anderen etwas Unangenehmes zu sagen, um ihm weiterzuhelfen.

„Gut", sagte ich und seufzte tief. „Ich rede mit Jörn. Es war sowieso längst fällig. Im Grund ist es bloß so, dass ich Angst habe, die Wahrheit von ihm zu hören."

Mikesch nickte. Dann erwiderte er genau das, was ich selbst schon gedacht hatte: „Besser ein Ende mit Schrecken als ein Schrecken ohne Ende. An den alten Sprichwörtern ist manchmal schon etwas dran. Und wer weiß, vielleicht ist alles nur ein dummer Irrtum, und es stellt sich heraus, dass du dich umsonst gequält hast."

„Das wäre schön", sagte ich leise. „Aber es ist kein Irrtum."

11

Die Dunkelheit brachte Kälte und Graupelschauer vom Gebirge her. Mitten während der Stallarbeit schlich ich mich hinaus, schlüpfte in meinen Lodenumhang, zog die Kapuze über den Kopf und stapfte den Pfad zur Wegkreuzung hinauf.

Ich wusste, dass Jörn um diese Zeit zurückkommen musste. Er war mit dem Volkswagen unterwegs. An den Wochenenden, wo zwischen Mariabrunn und Rosenheim im Winter nur zweimal täglich der Bus verkehrte, fuhr er meistens mit dem Auto in die Klinik.

Die kahlen Bäume bogen sich im Wind. Besonders einer ächzte und stöhnte wie ein Lebewesen, das Qualen leidet, doch ich kannte dieses Geräusch längst und hatte keine Furcht – jedenfalls nicht davor. Der Wind schlug mir die Graupeln ins Gesicht, scharf wie Nadelstiche, und zerrte an meiner Kapuze.

Im Schutz eines Baumes blieb ich stehen und wartete auf Jörn. Ich musste mit ihm reden, solange ich den Mut dazu hatte – und ich musste dabei mit ihm allein sein.

Ich zitterte nicht nur vor Kälte, als ich Scheinwerferlicht in der Ferne auftauchen sah. Es verschwand hinter einer Wegbiegung, flammte wieder auf, wurde heller und schnitt große Kreise in die Dunkelheit.

Er sah mich nicht sofort. Erst als ich auf die Straße trat, ins Scheinwerferlicht, bemerkte er mich, hielt an und kurbelte die Scheibe herunter. „Nell!“, sagte er verblüfft. „Was machst du denn hier?“

Ich holte tief Atem. Dann öffnete ich die Wagentür, setzte mich neben ihn und sagte: „Ich muss mit dir reden.“

Schweigend fuhr Jörn den Wagen an den Straßenrand und stellte den Motor ab. Dann lehnte er sich zurück. Ich konnte sein Gesicht in der Dunkelheit nicht sehen, doch seine Stimme klang bedrückt, als er erwiderte: „Darauf hab ich gewartet. Was ist los?“

Meine Lippen zitterten. Auch meine Knie unter dem Lodenumhang zitterten, und meine Hände, die in den Hosentaschen steckten. Erst jetzt merkte ich, dass ich mir nicht einmal überlegt hatte, wie ich anfangen, es ihm sagen sollte. Was für einen Sinn hätte es auch gehabt, umständliche und elegante Vorreden zu gebrauchen?

„Ich hab dich mit einem anderen Mädchen gesehen. Vor drei Tagen“, sagte ich. Es klang fast grob, aber das war alles, was ich herausbrachte.

Jörn beugte sich vor. „Mit einem Mädchen?“, wiederholte er. „Es gibt kein anderes Mädchen, das weißt du genau. Was soll der Schwachsinn?“

Ich gab keine Antwort. Er knipste die Innenbeleuchtung an, was nach der wohltuenden Dunkelheit scheußlich war. Jörn starrte mir ins Gesicht. „Was soll der Schwachsinn?“, sagte er noch einmal scharf. „Du hast mich gesehen, sagst du? Vor drei Tagen? Wann war das ... am Mittwoch?“

Ich nickte.

„Wo?“, fragte er.

„Vor dem Krankenhaus. Ihr seid gerade die Treppe heruntergekommen, du und ... sie.“

Er sah mich noch immer verständnislos an. „Wann?“

„Mittags, so kurz nach zwölf.“

Seine Augen forschten in den meinen. Dann ging ein Ausdruck des Verstehens über sein Gesicht. „Du hast mich mit Anne gesehen!“, sagte er.

Anne, so hieß sie also. Ich hatte plötzlich den überwältigenden Wunsch auszusteigen und nach Hause zu gehen, um nichts mehr hören zu müssen. Jörn wusste ja jetzt, worum es ging. Schon fasste ich nach dem Türgriff, da sagte er: „Bleib hier. Bitte, bleib hier, ich muss dir das erklären. Es ist alles ein Irrtum, ein absolut hirnrissiger Irrtum! Anne ist doch nur eine Kollegin, eine Schwesternschülerin. Ich mag sie gern, aber ... das hat doch überhaupt nichts mit uns zu tun!“

„Nur eine Kollegin!“, sagte ich bitter. „So sah das aber nicht aus. Wie ihr euch angesehen habt – und du hast den Arm um sie gelegt! Warum können wir nicht ehrlich miteinander sein, Jörn? Warum hast du mir nicht gleich die Wahrheit gesagt? Warum versuchst du auch jetzt noch, dich herauszureden?“

„Ich versuche nicht, mich herauszureden“, erwiderte er laut. „So was würde ich nie tun, das weißt du genau! Ich will es dir bloß erklären, verdammt noch eins. Du hast da etwas total in den falschen Hals gekriegt. Es wäre gescheiter gewesen, du wärst gekommen und hättest Anne kennen gelernt, statt uns heimlich zu beobachten und dir die tollsten Sachen über uns auszumalen!“

„Ich brauche mir nichts auszumalen“, fuhr ich ihn an. „Es war eindeutig genug, wie ihr euch benommen habt. Da braucht man keine große Fantasie, um zu wissen, was los ist!“

„Hör mal, ich glaube, du spinnst! Wie haben wir uns denn benommen?“

„Du hast den Arm um sie gelegt“, sagte ich.

„Daran kann ich mich nicht erinnern. Aber wenn schon, was ist dabei? Ich mag sie, das hab ich dir ja schon gesagt, und es geht ihr zur Zeit ziemlich dreckig. Du kannst mir schließlich nicht verbieten, auch noch andere Mädchen sympathisch zu finden, oder?“

„Nein“, sagte ich. „Kann ich nicht. Ich kann dir überhaupt nichts verbieten. Du kannst tun, was du willst.“

Diesmal öffnete ich wirklich die Wagentür. Jörn griff blitzschnell an mir vorbei und zog sie wieder zu. „Du bleibst sitzen!“, sagte er. „Und zwar so lange, bis wir die Sache geklärt haben. Übrigens bin ich verflucht enttäuscht von dir, das kann ich dir mal verraten. Es wäre ja auch eine Möglichkeit gewesen, mir zu vertrauen, statt gleich das Schlimmste von mir anzunehmen.“

Ich war furchtbar wütend auf ihn. Jetzt zitterte ich vor Zorn. „Aha“, sagte ich. „*Du* bist enttäuscht von mir, was? Sehr komisch. Versuch jetzt bloß nicht, den Spieß umzudrehen, sonst ...“

Wir starrten uns an wie Todfeinde, bis Jörn unvermittelt sagte: „So geht's nicht, Nell. Wir kommen so nicht weiter.“

Ein Weile saßen wir ratlos da. Im Auto wurde es kalt. Jörn stellte den Kragen seiner Jacke hoch und steckte die Hände in die Taschen.

„Also gut“, sagte er, „fangen wir von vorn an. Ich werde dir alles erklären – obwohl es da eigentlich nichts zu erklären gibt. Die Frage ist bloß, ob du bereit bist, mir zu glauben. Ich meine, wenn du von vornherein annimmst, dass ich lüge oder alles Mögliche verschweige, hat's gar keinen Sinn, dass ich überhaupt den Mund aufmache.“

Er sah mich an, und ich merkte, dass er blass war. „Ich würde dich nicht anlügen. Das müsstest du eigentlich wissen.“

Plötzlich begriff ich, wie ernst ihm damit war, wusste, dass er mir die Wahrheit sagen würde. Ich nickte wortlos. Jörn hatte die Schultern wie in Abwehr hochgezogen; jetzt sah ich, wie er sich entspannte.

„Wir hatten zwei Schwesternschülerinnen auf der Unfallstation", begann er. „Vor knapp drei Wochen ist noch Anne dazugekommen. Sie hat mir gleich gefallen, weil sie nicht so angepasst ist wie die anderen. Sie fühlt sich verantwortlich für das, was um sie herum geschieht, sitzt auch nach ihrer Arbeitszeit mal bei einem Patienten, dem es schlecht geht, arbeitet bei einer Rosenheimer Friedensinitiative mit. Jedenfalls, wir haben uns auf Anhieb verstanden. In den Pausen sitzen wir oft zusammen und reden über alles Mögliche. Das tut mir gut – vor allem, wenn mal wieder ein besonders schlimmer Fall eingeliefert wird."

Es ging mir durch den Sinn, dass meine heimlichen Befürchtungen offenbar eingetroffen waren. Als Jörn anfing, im Krankenhaus zu arbeiten, hatte ich mehr als einmal überlegt, wie leicht es passieren konnte, dass er dort ein Mädchen kennen lernte. Gemeinsame Arbeit und gemeinsame Erlebnisse schaffen so leicht eine Grundlage für Freundschaft und Liebe, das wusste ich nur zu gut aus eigener Erfahrung.

„Warum ich dir noch nichts von Anne erzählt

habe, weiß ich selbst nicht. Ich wollte sie schon einladen, mal nach Dreililien zu kommen, dann hättet ihr euch sowieso kennen gelernt. Aber dann ... ist leider etwas dazwischengekommen."

Ich war darauf gefasst, dass er jetzt sagen würde: Dann haben wir uns ineinander verliebt. Doch ich täuschte mich. Was er sagte, war: „Ihr Vater ist plötzlich krank geworden. Sie haben ihn in die Krebsstation eingeliefert. Ich glaube nicht, dass er noch lange zu leben hat."

Er fröstelte. „Mit Anne ist das so ähnlich, wie es mit dir war, Nell. Sie hat nur noch ihren Vater. Ihre Mutter ist vor ein paar Jahren gestorben und sie hat keine Geschwister. Sie hängt sehr an ihrem Vater."

Ein Gefühl der Scham überkam mich. Ich ahnte plötzlich, dass wirklich alles anders war, als ich geglaubt hatte.

Jörns Stimme war traurig und irgendwie fern. „Da ist es schon vorgekommen, dass ich sie in letzter Zeit mal in den Arm genommen habe. Wir sind auch manchmal zusammen zum Essen gegangen. Anne braucht ein bisschen Wärme und Mitgefühl – das würde jeder in ihrer Lage brauchen. Ich frage mich sowieso, wie sie die Kraft aufbringen soll, das alles so allein durchzustehen."

Jetzt schämte ich mich wirklich. Das Gefühl war so stark, dass ich keine Erleichterung verspüren konnte, weil es für alles eine „harmlose" Erklärung gab. Ich hatte mich wirklich verdammt beschissen verhalten, genau wie Mikesch gesagt hatte.

Mühsam sagte ich: „Ich bin ein Idiot. Tut mir Leid, Jörn, tut mir wahnsinnig Leid. Bitte sei nicht böse."

Er nickte nur, beugte sich vor und ließ den Wagen an. „Schon gut. Nur ... es ist schade, dass du mir so wenig vertraust."

Dagegen ließ sich nichts einwenden; es war ein berechtigter Vorwurf. Es ging nicht so einfach, dass ich mich nur zu entschuldigen brauchte, und alles war wieder in Ordnung. Jörn trug mir mein Schweigen und mein Misstrauen nach, ich spürte es. Es war, als hätte ich die erste ernsthafte Probe, auf die ich in unserer Beziehung gestellt wurde, nicht bestanden.

12

An diesem Abend sprach ich nicht mehr mit Jörn. Er half noch bei der Stallarbeit und ging dann in sein Zimmer, um Musik zu hören und dann zu schlafen, wie er sagte. Auch ich ging bald nach Hause. Der Druck, unter dem ich während der vergangenen Tage gestanden hatte, war gewichen; doch ich war traurig und machte mir Vorwürfe.

Nach dem Abendessen saß ich noch lange am

Schreibtisch und füllte Seite um Seite in meinem Tagebuch. Dabei wurde mir klar, dass es Unsinn war, mich selbst wegen meines Fehlers anzuklagen. Fehler sind dazu da, dass man sie begeht und aus ihnen lernt. Ich hatte eine Menge gelernt – auch wenn es eine Erfahrung war, auf die ich lieber verzichtet hätte.

Vor dem Einschlafen beschloss ich, Jörn am nächsten Tag in der Klinik abzuholen, wo er bis nachmittags um drei Bereitschaftsdienst hatte. Das war allerdings nicht so einfach, weil um die Mittagszeit kein Bus nach Rosenheim fuhr. Ich musste also schon vormittags los.

Nach der morgendlichen Stallarbeit blieb mir kaum noch Zeit, zu duschen und mich umzuziehen. Dann radelte ich in mörderischem Tempo über die mit Schneematsch bedeckten Wege ins Dorf und erwischte den Neun-Uhr-fünfzehn-Bus in letzter Minute.

In Rosenheim sah ich mir zwei Ausstellungen an, eine mit alten florentinischen Krippen, die andere mit impressionistischer Malerei. Dann ging ich zum Bahnhof zurück, kaufte dort einen Strauß roter Moosrosen, aß einen Apfel und wanderte zu Fuß zum Krankenhaus.

In der Vorhalle wartete ich. Ganze Besucherscharen strömten herein und hinaus. Meine Hände waren eiskalt, und ich dachte, Jörn könnte mich vielleicht missverstehen und glauben, ich wäre gekommen, um ihn zu überwachen. Doch das musste ich eben riskieren.

Fast übersah ich ihn in der Menschenmenge. Erst als er schon am Ausgang war, erkannte ich seinen alten Lammfellmantel und die Stiefel mit den bunt gestrickten Stulpen darüber. Ich lief ihm nach und holte ihn auf der Vortreppe ein.

„Jörn!“, rief ich atemlos.

Er drehte sich um und sah mich überrascht an. Da hob ich den Rosenstrauß in der Zellophanhülle. „Hier“, murmelte ich. „Die sind für dich.“

Ein Leuchten ging über sein Gesicht, und ich wurde so froh. Da standen wir auf der Treppe, Jörn eine Stufe tiefer als ich, und sahen uns in die Augen. Um uns herum kamen und gingen die Leute, doch wir merkten es kaum. Er nahm meine Hand, in der ich den Rosenstrauß hatte; meine war kalt, die seine warm, und er hielt sie mit festem Griff.

Wir waren so ineinander versunken, dass wir zusammenfuhren, als uns jemand anrempelte und eine Männerstimme sagte: „Herrgott noch mal, geht endlich weiter. Ihr haltet ja den ganzen Verkehr auf!“

„Na und?“, erwiderte Jörn laut.

Dann stiegen wir Hand in Hand die Treppe hinunter, den Rosenstrauß zwischen uns.

Ich musste plötzlich lachen und sagte: „Im Kino würden jetzt die Glocken läuten.“

Auf dem Bürgersteig, nicht weit von dem Baum, unter dem ich am Mittwoch gestanden und Jörn mit Anne gesehen hatte, blieben wir wieder stehen und umarmten uns.

Ich war richtig beschwipst vor lauter Glück. Und irgendwie wollte jetzt keiner von uns beiden nach Hause fahren. Wir gingen in eine Disko, die sonntags ab Mittag geöffnet hatte, und tanzten dort wie die Verrückten, bis wir völlig verschwitzt und außer Atem waren. Dann wanderten wir noch in der Abenddämmerung über den Christkindlmarkt, kauften heiße Maroni und Glühwein und bewunderten einen Stand mit indianischen Umhängetaschen und Mokassins, die zwei Freaks von einem Bauernhof am Chiemsee selbst herstellten. Die Taschen waren sehr teuer, aber ich konnte sehen, wie gut sie Jörn gefielen. Heimlich nahm ich mir vor, ihm mit Kirstys Hilfe so eine Tasche als Weihnachtsgeschenk zu machen – aus Wildleder, mit Fransen besetzt und mit bunten Federn und Perlen verziert, ähnlich wie seine indianische Weste, die er so liebte.

Es war schon dunkel, als wir in unser Tal zurückfuhren. Unterwegs erzählte ich Jörn von dem Gespräch mit Mikesch. Irgendwann machten wir Halt und küssten uns.

Als wir nach Hause kamen, war Helge verschwunden. Er hatte nach der Reitstunde mit Anja gestritten und war einfach abgehauen.

„Mit Anja?", sagte ich verdutzt zu Matty. „Wieso ist er denn abgehauen, bloß weil er sich mit Anja gestritten hat?" Anja, die Tochter eines reichen Rosenheimer Metzgermeisters, war mit ihren siebzehn Jahren stets nach der neuesten Mode zurechtgemacht. Nach Mattys Ansicht ritt sie nur, weil sie diesen Sport für schick hielt.

Matty verzog das Gesicht. „Na, weil er doch in Anja verknallt ist, deswegen. Hast du das noch nicht gemerkt?"

„Helge verknallt in Anja?" Offenbar machte ich ein ziemlich fassungsloses Gesicht, denn Matty begann zu grinsen. „Du scheinst ja wirklich blind und taub zu sein! Jedes Mal, wenn Anja auch nur in der Ferne auftaucht, strahlt er von einem Ohr zum anderen."

„Helge und strahlen?" Auch Jörn war verblüfft. „Und ausgerechnet Anja! Da hat er sich gerade die Richtige ausgesucht. Wahrscheinlich hat er's auf eine handfeste Enttäuschung abgesehen."

„Natürlich lässt sie ihn pausenlos abblitzen", gab Matty zu. „Er ist wohl das genaue Gegenteil von dem, was sie sich unter einem passenden Verehrer vorstellt – weder erfolgreich noch schön noch der Sohn reicher Eltern. Aber wie meinst du das, er hat's auf eine Enttäuschung abgesehen?"

Jörn sagte: „Es gibt Leute, die ihre Gefühle immer wieder an jemanden verschwenden, bei dem sie von vornherein wissen, dass es aussichtslos ist. Und ich glaube, dass Helge auch so ein Typ ist. Das passt zu seiner ganzen Art. Wenn's mit Anja schief geht, hat er ja mal wieder den Beweis dafür, dass das Leben für ihn bloß aus Enttäuschungen besteht und dass keiner ihn mag."

„Aha, so siehst du die Sache." Matty betrachtete seinen Bruder mit nachdenklich gerunzelter Stirn.

Ich fragte: „Aber was ist denn jetzt eigentlich vorgefallen? Er hat sich mit Anja gestritten und ist abgehauen, sagst du?"

„Ja, gleich nach der Reitstunde. Er wollte sich wohl mit ihr treffen oder so. Sie haben draußen bei Anjas Auto gestanden und haben sich angeschrien, und dann ist Anja wie eine beleidigte Königin davongefahren. Kurz darauf hat sich Helge auf sein Moped geschwungen und ist ohne ein Wort losgebraust, obwohl er heute Dienst hätte."

„Und Mikesch? Hat er ihn einfach so abhauen lassen?", wollte Jörn wissen.

„Mikesch war schon nicht mehr da. Er wollte nach dem Ausritt ins Dorf, zu Gesine vermutlich. Sie hat ihn zum Essen eingeladen, glaube ich. Jedenfalls haben Helge und ich ihm versprochen, uns darum zu kümmern, dass die Reitschüler die Pferde ordnungsgemäß hinterlassen."

Matty schnitt eine Grimasse. „Das ist wirklich ein ewiger Terror mit diesen verzwickten Liebesgeschichten rundherum!" Dabei warf er mir und Jörn einen viel sagenden Blick zu.

„Brauchst gar nicht so deppert zu schauen", sagte Jörn nicht gerade liebevoll. „Helge wird schon wieder auftauchen, wenn seine Wut verraucht ist. Nell und ich helfen dir mit der Stallarbeit. Du kannst schließlich nicht alles allein machen."

Wir hatten zusammen Musik hören wollen, doch das ging jetzt eben nicht. Es war klar, dass wir Matty nicht hängen lassen konnten. Also schufteten wir gemeinsam und hofften dabei, dass Mikesch bald zurückkommen würde, doch er kam nicht. Natürlich hatte er zwischendurch auch mal einen freien Sonntag verdient – eigentlich war es ja nur ein halber. Außerdem konnte er nicht wissen, dass Helge sich abgesetzt hatte.

Helge tauchte erst am Montagnachmittag wieder auf, mit stocksaurem Gesicht und so vorwurfsvoll, als wären wir schuld an seinem Verschwinden. Wahrscheinlich war das seine Art, wie er Vorwürfen zuvorkommen wollte, doch damit hatte er bei Mikesch kein Glück.

„Einfach abzuhauen, ohne ein Wort zu sagen, so geht's ja wohl nicht", sagte Mikesch bestimmt. „Wie hättest du das gefunden, wenn Matty dich umgekehrt so im Stich gelassen hätte, allein mit der ganzen Arbeit? Ich brauch dir wohl nicht erst zu sagen, dass so was verdammt unfair ist. Wenn du mit Anja nicht klarkommst, ist das deine Privatangelegenheit, aber es sollen nicht alle möglichen anderen Leute dafür büßen müssen."

Ich konnte mir nicht verkneifen zu murmeln: „Ausgerechnet Anja!" – worauf Helge mir einen mörderischen Blick zuwarf und im Stall verschwand. Dort begann er wild an einer schadhaften Box herumzuhämmern.

Mikesch schüttelte den Kopf und meinte, es sei Helges Sache, was für ein Mädchen er sich aussuche und er müsste wohl erst ein paar Mal richtig auf die Schnauze fallen, um die Erfahrung zu machen, dass er auf den falschen Typ abfuhr.

„Ist mit Jörn alles in Ordnung?", fügte er dann noch hinzu. „Aber das brauche ich dich wohl gar nicht erst zu fragen, du strahlst ja aus sämtlichen Knopflöchern. Es war wohl doch ein Irrtum, wie?"

„Ja, das war es. Ich hab wirklich Mist gemacht, du hattest schon Recht." Ich lächelte ihn an. „Du strahlst aber auch."

Er nickte. „Es war ein schöner Sonntag."

„Kirsty findet Gesine sehr nett", bemerkte ich vorsichtig.

Mikeschs Lächeln vertiefte sich. „Da hat sie Recht." Mehr wollte er nicht sagen, und obwohl ich brennend gern Näheres erfahren hätte, stellte ich doch keine Fragen. Es war auch offenkundig, dass Mikesch vorerst nicht über Gesine reden wollte, denn er wechselte gleich das Thema und erzählte, dass vormittags jemand vom Reisebüro angerufen hätte, um ihm zu sagen, dass sich für die Weihnachtsferien bereits zehn Reitschüler angemeldet hätten.

„Mit Carina und Ingo sind das zwölf Ferienreiter", sagte er. „Noch mehr können wir sowieso nicht verkraften."

„Maja kommt auch", fügte ich hinzu. „Aber die zählt eigentlich mehr als zusätzliche Hilfe."

„Hoffen wir bloß, dass Helge nicht plötzlich abspringt", sagte Mikesch halblaut. „Ich meine, einen Ersatz könnten wir rasch finden, aber seinetwegen ... Es wäre schlimm für ihn, wenn er seine Ausbildung abbrechen würde. Eigentlich glaube ich, dass er sich bei uns ganz wohl fühlt, so weit das bei ihm überhaupt möglich ist. Dass er sich von allen Mädchen ausgerechnet Anja aussuchen musste ..."

„Jörn meint ..." Ich kam nicht dazu, Mikesch zu erklären, was Jörn meinte, denn Helge tauchte in der Verbindungstür auf, das Gesicht unter dem dunklen Haar wie eine Gewitterwolke, und fragte drohend, was es da zu flüstern gäbe.

„Wenn du's genau wissen willst, wir haben über dich gesprochen", sagte Mikesch. „Es geht darum, dass ich Angst habe, du könntest dir wegen der Sache mit Anja deine Ausbildung hier vermasseln und dich plötzlich absetzen."

„Mach dir mal um mich keine Sorgen", erwiderte

Helge finster. „Das mit Anja geht nur mich etwas an. Und ich weiß selbst, was gut für mich ist. Dazu brauche ich dich nicht."

Mikesch sah ihn an, ohne mit der Wimper zu zucken.

„Weißt du das wirklich?"

Da stampfte Helge wortlos in den Stall zurück.

Im Kavaliershäusl hatte Hopfi eine ernste Meinungsverschiedenheit mit Herrn Alois. Sie war wieder einmal voller Säuberungsdrang gekommen, um jedem Staubkorn erbittert nachzujagen. Dabei war sie auf einen Knochen gestoßen, den Herr Alois für schlechte Zeiten unter der Eckbank in der Küche versteckt hatte. Natürlich ließ er nicht so ohne weiteres zu, dass Hopfi den Knochen nahm und im Abfalleimer verschwinden ließ. Er hatte da schon seine üblen Erfahrungen mit ihr gemacht, und dieser Knochen war ihm offenbar besonders lieb und teuer. Also saß er mit gefletschten Zähnen vor der Bank und biss in den Besen, sooft Hopfi versuchte, darunter vorzukehren.

„Der g'schneckelte Köter soll mi no kenna lerna!", drohte sie, traute sich jedoch nicht, Herrn Alois anzufassen. Kirsty war mit Kathrinchen zum Kinderarzt gefahren, und wenn sie nicht zu Hause war, hatte Herr Alois immer schlechte Laune und konnte unberechenbar sein.

Da Hopfi behauptete, sie könne unter diesen

Umständen nicht sauber machen, schickte ich sie aus der Küche, redete Herrn Alois gut zu, kroch unter die Bank und holte seinen Knochen hervor. Er war schon total abgenagt und hatte Staub angesetzt, aber Herr Alois nahm ihn liebevoll zwischen die Zähne und trottete damit in den Garten hinaus.

Abends kam mein Vater gemeinsam mit Kathrinchen und Kirsty zurück. Ich hatte Spagetti gekocht, und Kathrinchen beschmierte sich in affenartiger Geschwindigkeit über und über mit Tomatensoße, sodass sie richtig blutrünstig aussah. Sie war in letzter Zeit erstaunlich gewachsen, krabbelte wie ein Wiesel durch die Gegend und konnte sogar schon auf ihren stämmigen Beinen stehen, wenn auch noch recht unsicher.

Es war unglaublich komisch zu beobachten, wie sie sich an einem Möbelstück oder einem Baumstamm hochzog, ein paar Schritte schwankend wie ein betrunkener Seemann herumlief und dann unweigerlich wieder auf ihr windelgepolstertes Hinterteil plumpste. Ich gab mir zwar die größte Mühe, dabei nicht zu lachen, denn das mochte sie nicht, aber es gelang mir nicht immer. Auch Kirsty lachte oft heimlich. Nur mein Vater blieb stets ernst und ermahnte uns, wir sollten daran denken, dass wir auch einmal unsere ersten Gehversuche gemacht hätten und dass es unerfreulich ist, ausgelacht zu werden, wenn man etwas Schwieriges lernen muss.

„Hört auf mit dem albernen Gekicher!“, sagte er nach dem Abendessen erbost. Wir saßen noch am Tisch und tranken Tee. Kathrinchen hatte eine Zeit lang auf dem Teppich gesessen und an einer Banane gekaut. Dann war Herr Alois dahergekommen. Sie hatte die Banane fallen lassen und ihn am Fell gepackt, um sich hochzuziehen. Das tat sie oft, und ich wunderte mich immer wieder, wie geduldig Herr Alois das alles über sich ergehen ließ.

Jetzt torkelte Kathrinchen ein paar Schritte neben ihm her, ließ ihn dann aber wieder los, weil er zu schnell für sie war, versuchte sekundenlang, das Gleichgewicht zu halten, schwankte auf komische Weise vor und zurück, und dann ... Plumps! Da konnte man einfach nicht ernst bleiben. Kirsty und ich wechselten einen Blick und prusteten los.

Wir machten schuldbewusste Gesichter, als mein Vater uns zurechtwies. Kathrinchen blieb auf dem Boden sitzen, sah von Vater zu Kirsty und dann zu mir, und ich hätte schwören können, dass sie alles verstand.

Ich sagte: „Sie weiß doch, dass wir's nicht böse meinen.“

Vater stand auf und nahm Kathrinchen auf den Schoß. „Kinder und Tiere mögen es nicht, wenn man sie auslacht. Das hab ich euch albernen Frauenzimmern schon oft genug gesagt.“

Kirsty zwinkerte mir zu. „Hauptsache, sie weiß,

dass wir sie lieb haben. Dann kann sie es sicher auch vertragen, dass wir sie mal komisch finden, was, Kathrinchen?“

Kathrinchen erwiderte etwas Unverständliches. Sie hatte ihre eigene Sprache, die keiner von uns so recht verstand, obwohl mein Vater behauptete, bestimmte Worte wären schon sehr deutlich. „Blubb“ zum Beispiel bedeutete seiner Meinung nach so viel wie „Papa“. So strahlte er jedes Mal, wenn sie dieses Wort sagte, was sie sehr oft tat, denn „Blubb“ war eine ihrer Lieblingsäußerungen.

Mein Vater fand sowieso, dass Kathrinchen ein ungemein intelligentes und begabtes Kind war. „Sie versteht genau, was um sie herum vorgeht“, sagte er stolz. „Also behandelt sie nicht, als wäre sie ein drolliger kleiner Affe. Ihre geistige Entwicklung macht bemerkenswerte Fortschritte. Du warst übrigens ebenso klug, Elinor. Ich erinnere mich, wie erstaunlich früh du sprechen gelernt hast ...“

Ich musste lachen. „Dann fürchte ich, dass ich später irgendwann mal in meiner Entwicklung stecken geblieben bin“, sagte ich, „denn manchmal bin ich leider überhaupt nicht sehr klug.“

13

Der Wecker klingelte um fünf. Da Sonntag war – der zweite Adventssonntag, um genau zu sein –, dauerte es eine Weile, bis ich begriff, weshalb ich nicht noch drei Stunden liegen bleiben und ausschlafen konnte. Doch dann fiel mir unsere Greenpeace-Aktion ein, die auf diesen Sonntag festgesetzt war. Da kroch ich heldenhaft aus meinem warmen Bett und taumelte schlaftrunken die Treppe zum Badezimmer hinunter.

Eine Wechseldusche mit warmem und kaltem Wasser und eine Tasse starker Kaffee machten mich ein bisschen wacher. Ich zog eine Thermohose an, dazu Fellstiefel und darüber gestrickte Stulpen, ein Sweatshirt, zwei Pullover, eine Strickjacke und den Plüschmantel und dazu pelzgefütterte Handschuhe und eine Wollmütze. So ausgerüstet wanderte ich durch die Dunkelheit nach Dreililien.

An der Wegkreuzung wurde ich beinahe von Mücke und Charly angefahren, die auf ihren Rädern aus der Finsternis auftauchten, munter und voller Tatendrang.

„Wir helfen euch!“, schrien sie. „Wir verteilen Flugblätter! Jörn hat gesagt, wir können mitmachen, wenn wir wollen.“

„Großartig“, sagte ich mürrisch. Für mich war es noch zu früh am Morgen, um über irgendetwas in Begeisterung auszubrechen, und energiegeladene Leute gehen mir morgens immer auf den Geist.

Der Innenhof von Dreililien sah aus wie eine Heinzelmännchenwerkstatt. Er war vom Licht der Stalllaterne und der Lampe über der Haustür schwach erhellt; vor der Remise stand schon das Pferdefuhrwerk bereit. Jörn war damit beschäftigt, Vroni einzuspannen. Alex, der in einem der Gästezimmer übernachtet hatte, half Matty, den Anhänger mit einem alten Tapeziertisch, dem selbst gebastelten Spruchband und ein paar Campingstühlen zu beladen. Alle sahen noch recht verschlafen aus.

„Können wir was tun? Wo ist Mikesch? Dürfen wir mal in den Stall?“, schrien Mücke und Charly.

„Das Beste, was ihr tun könnt, ist, den Schnabel zu halten“, brummte Jörn. „Lasst bloß die Pferde in Ruhe. Mikesch schläft noch – das heißt, ich hoffe, dass es ihm bei dem Krach gelingt. Er und Helge haben heute Vormittag noch genug zu schuften.“

„Habt ihr das Informationsmaterial, die Broschüren und Flugblätter?“, fragte ich.

„Alles noch im Büro“, sagte Matty. „Wahrscheinlich sollten wir das Zeug in Plastiktüten tun. Ich glaube, es fängt gleich an zu schneien.“

Als ich mit den ersten drei Plastiktüten aus dem Büro kam, waren Roddy und Carmen da. Sie hatten das Moped vor dem Gatter stehen lassen, um nicht ganz Dreililien aufzuwecken.

„Ich hab eine Tannengirlande für den Stand gemacht", sagte Carmen. „Wir haben sie gleich vor der Kirche abgeladen."

Jörn schnallte die Außenleine in das Gebiss ein und sagte: „Wir können Vroni doch vormittags bei euch im Stall einstellen, bis wir fertig sind?"

„Klar", erwiderte Carmen. „Mein Vater wird sich freuen, dass mal wieder ein richtiges Pferd im Stall steht. Und unsere beiden Haflinger werden bestimmt fast durchdrehen vor Aufregung über den Besuch."

Die Nächste, die kam, war Sabine Mayreder. Sie hatte es irgendwie geschafft, ihren Vater zu überreden, sie in aller Herrgottsfrühe herzufahren, um uns helfen zu können. Mittags wollte sie Anja bitten, sie nach der Reitstunde im Auto mitzunehmen.

„Eigentlich brauchen wir ja gar nicht so viele Leute", sagte Jörn zu mir, als wir den zweiten Stoß Flugblätter und die Unterschriftslisten holten. „Trotzdem rechne ich es ihnen hoch an, dass sie mitmachen wollen und sogar bereit sind, deswegen so früh aus den Betten zu kriechen."

Ich schwang mich zwischen Jörn und Matty auf den Kutschbock. Alex und Sabine kletterten auf den Anhänger; dann kamen Mücke und Charly, die noch ihre Fahrräder aufluden. Die Spitze des Zuges bildeten mit großem Geknatter Roddy und Carmen.

Der Pfarrer hatte uns erlaubt, unseren Stand im Vorraum der Kirche aufzustellen. Dort war es zwar eiskalt, aber wir waren immerhin vor Schnee und Wind geschützt. Wir bemühten uns sehr, möglichst wenig Lärm zu machen, denn in der Kirche fand bereits der Morgengottesdienst statt. Als schließlich Orgelmusik erklang und die ersten Kirchgänger in den Vorraum kamen, standen wir hinter dem Tapeziertisch, das Info-Material sorgfältig vor uns ausgebreitet, und Carmen, Roddy, Alex, Sabine, Mücke und Charly warteten mit den Flugblättern.

Anfangs ging es ein bisschen zäh, denn zum Morgengottesdienst kamen fast nur alte Weiblein, die hilflos und überrumpelt wirkten und ängstlich auf die Zettel niedersahen, die wir ihnen wortreich in die Hand drückten. Später wurde es besser. Der Pfarrer erklärte in seiner Predigt, weshalb wir uns dort draußen aufgestellt hatten, und erläuterte auch den Zweck und die Ziele von Greenpeace. Seine Stimme hallte laut in dem hohen Kirchenschiff, und wir hörten jedes Wort durch die Pforte, die einen Spalt offen stand.

„Auch wenn es sehr junge Menschen sind, die da draußen mit ihren Flugblättern und Broschüren stehen und auf Sie warten“, sagte er, „so bitte ich Sie doch, diese Jugendlichen nicht einfach als unreife Spinner abzutun, die nicht wissen, wovon sie reden. Sie mahnen zu mehr Respekt vor unserer Erde und ihren Lebewesen, zur Umkehr, ehe es zu spät ist. Auch in der Landwirtschaft müssen wir neue Wege gehen, wenn wir und vor allem unsere Kinder und Kindeskinder gesund leben wollen. Denken Sie daran – es wird so viel über unsere Jugend geschimpft, aber die Welt, in die sie hineingeboren worden ist, haben wir übel zugerichtet. Junge Menschen haben ein Recht darauf, angehört zu werden, wenn sie neue Möglichkeiten suchen, um die Zukunft unserer Erde zu sichern; ob sie nun für den Frieden kämpfen, gegen den Missbrauch unserer Tiere oder die Vergiftung von Boden, Nahrung und Luft."

Ohne die Fürsprache des Pfarrers wären die Bauern, die von Natur aus misstrauisch waren, bestimmt nicht bereit gewesen, uns anzuhören oder auch nur die Flugblätter von uns entgegenzunehmen. Doch auch so mussten wir uns einige unfreundliche Bemerkungen anhören, wovon „Was wisst's denn ös Grünzeig scho vo da Bauernarbat?" noch die harmloseste war.

Zum Glück mussten Mücke und Charly noch während des Vormittags wieder nach Hause. Sie waren so übereifrig, dass sie mehr als einmal mit Leuten Streit bekamen, die ihre Flugblätter nicht nehmen wollten. Wir gingen da schon etwas diplomatischer vor, denn im Grund wussten wir genau, dass es keinen Sinn hatte, jemandem etwas aufzuzwingen. Ich bewunderte besonders Matty, der mit den Bauern ebenso viel

Engelsgeduld bewies wie mit störrischen Pferden und immer freundlich und geduldig blieb, auch wenn er noch so schwach angeredet wurde.

Kurz nach Beginn des Elf-Uhr-Gottesdienstes erschien plötzlich Kirsty. Sie brachte drei Thermosflaschen voller Glühwein mit und hatte ihre neue Freundin Gesine im Schlepptau.

„Wir dachten, ihr friert", sagte sie.

Das taten wir wirklich. Der Vorraum der Kirche war eisig wie eine Gruft, und trotz meiner zahlreichen Strickhüllen klapperte ich mit den Zähnen. Jörn hatte eine blaurote Nase, und am schlimmsten fror Matty, weil er von uns allen der dünnste war. Sabine Mayreder behauptete, ihre Zehen wären bestimmt schon abgefroren, weil sie sie seit einiger Zeit nicht mehr spürte.

Drinnen in der Kirche sangen die Leute „Tauet Himmel den Gerechten", während wir Glühwein aus Pappbechern tranken und Gesines Bratäpfel mit Marmeladenfüllung aßen.

„Ich würde auch gern ein paar Flugblätter verteilen", sagte sie schließlich schüchtern und stellte einen Korb vor uns hin. „Wenn es euch recht ist, meine ich. Vielleicht wollt ihr ja nicht, dass ich mich einfach so anhänge, aber ... Ich dachte, es wäre eine gute Gelegenheit ..."

Ehe sie sich in ihren unvollständigen Sätzen verheddern konnte, erwiderte Jörn: „Das kommt ganz darauf an, was es für Flugblätter sind und worum es geht. Wenn's etwas ist, wofür wir auch eintreten, können Sie gern mitmachen."

Gesine zeigte uns eines ihrer Flugblätter. Es war vom Bund gegen den Missbrauch der Tiere. Tierversuche wurden darin ebenso angeprangert wie die Intensivhaltung von Tieren in der Landwirtschaft, besonders Legehennenbatterien und moderne Kälber- und Schweinezucht.

„Sehr gut", sagte Alex, der mir über die Schulter gesehen hatte. „Das ist genau richtig für die Leute hier. Das könnte sich so mancher hinter den Spiegel stecken."

Jörn nickte. „Den Zettel sollten Sie vor allem einem Ihrer Nachbarn in die Hand drücken, dem Hochederbauern. Nicht, dass es etwas nützen wird, aber trotzdem."

„Ich hab schon von ihm gehört", sagte Gesine und schob ihre beschneite Kapuze zurück. „Und er wird demnächst einen gepfefferten Brief von unserem Verein bekommen, dafür habe ich gesorgt. Ich möchte auch versuchen, ein paar neue Mitglieder zu werben ... Aber das wird hier draußen wohl nicht so einfach sein ..."

„Versuchen kann man's ja", sagte ich aufmunternd. „Und für solche Typen wie den Hochederbauern ist's bestimmt gut, wenn er merkt, dass man ihm von mehreren Seiten auf die Finger sieht und dass er mit seinen armen Schweinen nicht einfach alles machen kann, was ihm passt."

„Na, mir scheint, ihr seid auf dem besten Weg dazu, euch bei der Landbevölkerung beliebt zu machen", meinte Kirsty vergnügt. „Servus, ich muss jetzt wieder los, Kathrinchen hat Durchfall. Wahrscheinlich hat sie gestern zu viele Feigen und Mandarinen verdrückt."

Kurz vor Mittag, als der letzte Gottesdienst vorüber war, begann der große Ansturm. Plötzlich umringte eine Schar von Leuten unseren Stand, und wir hatten alle Hände voll zu tun, das Material zu verteilen und Fragen zu beantworten.

Viele leisteten ihre Unterschrift auf der Liste, die wir ausgelegt hatten, um Stimmen gegen die großen Industriebetriebe zu sammeln, die ihren Giftmüll in die Nordsee oder in Flüsse abladen.

Ich sah aus den Augenwinkeln, dass auch Gesine ihre Sache gar nicht schlecht machte; zwei ältere Frauen unterschrieben gerade eine Beitrittserklärung, während ein junger Bauer sich mit ihr über Legehennenbatterien unterhielt.

Gesine drängte sich bis zum Hochederbauern vor und hielt ihm ihr Flugblatt unter die Nase; doch er nahm es nicht.

Die Leute starrten uns neugierig an.

Dann kam der Pfarrer und gab uns durch einen Wink zu verstehen, dass wir seiner Meinung nach

Schluss machen sollten. Der Hochederbauer aber stürmte mit seiner Frau aus der Pforte ins Freie.

Seltsamerweise hatte dies die Wirkung, dass man Gesine plötzlich die Flugblätter nur so aus der Hand riss und dass sich fast ein Dutzend Leute für die Mitgliedschaft bei ihrem Verein interessierten. Der Bauer von Kramlehen schlug sogar vor, man solle demnächst eine Versammlung in Mariabrunn abhalten, bei der man dann öffentlich über gesunde und vernünftige Tierhaltung und über natürliche Anbaumethoden sprechen könne.

Gesine war Feuer und Flamme. Sie versprach, die Versammlung zu organisieren, beim Bund gegen den Missbrauch der Tiere anzurufen und um Unterstützung zu bitten. Sie wollte auch dafür sorgen, dass von Greenpeace, vom Bund Naturschutz und vom Tierschutzverein jemand kam und zu den Bauern sprach.

„Das hätte ich ihr nie zugetraut", flüsterte ich Jörn zu. „Ich meine, dass sie sich hier so einsetzt, obwohl sie doch noch kaum jemanden kennt. Du, ich glaube, sie passt gar nicht so schlecht zu Mikesch."

Jörn lächelte verstohlen. „Schüchterne Leute sind manchmal mutiger, als man denkt", sagte er. „Sieh dir bloß Sabine Mayreder an. Sie ist immer da, wenn's etwas durchzuboxen gibt. Allerdings hat sie dafür ja leider auch zu Hause bei ihrer Mutter das beste Übungsfeld."

Das Ergebnis unserer Aktion konnte sich sehen

lassen: Wir hatten fast alle Flugblätter verteilt, etwa sechzig Unterschriften gesammelt und sogar fünf Fördermitglieder für Greenpeace geworben. Noch besser hatte Gesine mit insgesamt zehn neuen Mitgliedern für den Bund gegen den Missbrauch der Tiere abgeschnitten; und der schönste Erfolg war nach einstimmiger Meinung die Aussicht auf eine Versammlung in Mariabrunn, die vielleicht der erste Schritt zu mehr Schutz von Tier und Boden in der Landwirtschaft unserer Gegend war.

Trotzdem fand Alex, dass unsere Aktion viel zu zahm gewesen sei. „Überlegt doch mal, was andere Natur- und Tierschützer tun", sagte er während des Einpackens. „Zettel verteilen und Unterschriften sammeln, das ist doch Kinderkram. Da gibt's zum Beispiel Leute, die Versuchstiere aus den Labors holen. Wie wär's, wenn wir mal nachts in den Stall vom Hocheder schleichen und seine Schweine freilassen würden?"

Ich fand die Idee gar nicht so schlecht. „Aber nicht jetzt im Winter", sagte ich. „Die armen Tiere würden draußen gleich verhungern und erfrieren."

„Das sollten wir uns nächstes Jahr im Frühling noch mal genauer überlegen", meinte auch Jörn. „Übrigens glaube ich nicht, dass das, was wir heute gemacht haben, Kinderkram war. Auf diese Weise kann man sicher auch etwas verändern – langsamer und unauffälliger vielleicht, aber trotzdem. Bei so einem Typen wie dem Hocheder muss man allerdings schon mit schwereren Geschützen auffahren, wenn man etwas erreichen will."

Leider hatte dieser zweite Adventssonntag noch ein unangenehmes Nachspiel – nicht für uns, aber für den Pfarrer. Bauer Hocheder beschwerte sich nämlich beim Erzbischöflichen Ordinariat in München über „Belästigung beim Kirchgang", und der Pfarrer musste sich unsretwegen einige Ermahnungen anhören.

Bei seiner Kirchengemeinde trug es ihm allerdings eine Menge Respekt ein, dass er es gewagt hatte, sich gegen den reichsten und mächtigsten Bauern unserer Gegend zu stellen. Das erfuhren wir von Hopfi.

„Dös is als wia in der Bibel", bemerkte sie, als sie nach Dreililien kam, um in den Fremdenzimmern die Betten für die Ferienreiter zu lüften und zu überziehen, Teppiche zu klopfen und Fenster zu putzen. „Aber von solchene Geschichten wißt's ihr jungen Leut natürlich nix mehr. Heutzutag gibt's ja koa Bildung nimmer auf dera Welt."

Ich gab mir Mühe, ein ernstes Gesicht zu machen. „Tut mir Leid, wenn ich dich enttäuschen muss", sagte ich, „aber ich glaube, ich weiß, welche Geschichte du meinst: David und Goliath."

14

Ein Föhnsturm kam übers Gebirge und brachte noch einmal Wärme und frühlingshaft blauen Himmel. Doch als sein Brausen verklang, zogen schwarze Wolken auf, und es begann zu schneien. Zwei Tage und zwei Nächte schneite es ununterbrochen.

Die Pferde wälzten sich voller Behagen im Schnee. Unsere Fohlen, die dieses Wunder zum ersten Mal erlebten, drehten fast durch vor Übermut. Sie rasten über die glitzernde Koppel, spielten Fangen, sprangen wie junge Ziegenböcke mit allen vieren gleichzeitig in die Luft, rollten sich im Schnee und strampelten mit ihren staksigen Beinen. Spätnachmittags, wenn wir sie wieder in den Stall holten, sahen sie wie Eisbären aus.

Ihnen zuzuschauen war besser als jede Zirkusvorstellung, so drollig und liebenswert waren sie. Doch oft musste ich dabei auch an Nell denken, wie sie im vergangenen Winter – dem ersten und letzten ihres Lebens – durch den Schnee gestoben war, voller Übermut und Lebenslust.

Die Weihnachtsferien begannen und Maja kam. Keiner konnte seliger sein als Matty. Wir nannten ihn nur noch „Schneekönig". Er und Maja unternahmen lange Spazierritte über die verschneiten Ebenen und durch die Wälder. Es war, als wollten die beiden alles nachholen, was sie so viele Wochen an Gemeinsamkeit hatten entbehren müssen.

Im Kavaliershäusl brach die große Weihnachtshektik aus. Kirsty hatte meinen Vater überredet, in diesem Jahr auch Mikesch und Gesine einzuladen, mit uns zu feiern. Es sollte ein ganz besonders schönes Fest werden. Unerwartet hatte Kirsty noch einen eiligen Auftrag für eine Serie weihnachtlicher Teller von einem Münchner Einrichtungshaus bekommen, die innerhalb einer Woche fertig sein sollten. Vater nahm Urlaub, um Kathrinchen und den Haushalt zu versorgen, und ich verbrachte zwei schlaflose Nächte damit, Jörns Indianertasche zu nähen.

„Jetzt ist es uns glücklich auch gelungen, uns in den verdammten Weihnachtsstress hineinziehen zu lassen", sagte mein Vater vorwurfsvoll. „War das wirklich so eine gute Idee, Leute einzuladen, Kirsty? Wir vier und Herr Alois, das hätte doch wahrhaftig genügt."

Kirsty erklärte, sie fände es schön, mal mit Freunden zusammen zu feiern, und er müsste sich bemühen, das alles nicht so eng zu sehen. Dann, am Tag vor Heiligabend, stellte es sich heraus, dass es nicht bei zwei Gästen bleiben würde.

Auf Dreililien hatte zwischen Herrn und Frau Moberg das „traditionelle Weihnachtsstreiten", wie

Jörn es halb spöttisch, halb hoffnungslos nannte, bereits früher als sonst eingesetzt. „Für gewöhnlich verkrachen sie sich immer erst ein paar Stunden vor der Bescherung", sagte er. „Aber mir scheint, dass es mit ihnen von Jahr zu Jahr schlimmer wird. Jedenfalls fährt meine Mutter heute noch zu ihrer Schwester nach Oldenburg und bleibt da über die Feiertage. Vater sagt, er will von dem ganzen Schwachsinn nichts wissen und hat sich ins Bett verzogen. O je, du fröhliche, kann ich da bloß sagen."

„Aber was macht ihr dann Heiligabend?", fragte ich erschrocken.

„Wir müssen wohl irgendwas auf die Beine stellen", meinte Matty. „Aber eigentlich hab ich überhaupt keine Lust."

„Dann kommt ihr einfach zu uns", sagte ich spontan. „Ich rede mit Vater und Kirsty. Maja bringt ihr natürlich mit."

„Und Helge?", fragte Jörn zweifelnd. „Wir können Helge doch am Weihnachtsabend nicht allein sitzen lassen."

„Nein", sagte ich, „natürlich nicht. Kirsty wird das sicher verstehen."

Ob mein Vater für diese Weihnachtsinvasion Verständnis haben würde, war eine andere Frage. Es gab dann abends auch eine recht hitzige Meinungsverschiedenheit, bei der ich allerdings mit Kirstys Unterstützung den Sieg davontrug.

Am Morgen des 24. Dezember fuhr ich mit Jörn nach Rosenheim ins Krankenhaus. Er hatte keinen Feiertagsdienst, doch da waren drei schwer kranke alte Leute, von denen er wusste, dass sie allein waren. Die wollte er besuchen, und ich hatte versprochen mitzukommen.

Wir nahmen frische Tannenzweige und köstliche Plätzchen mit, die Kirsty gebacken hatte, doch ich glaube, mit diesen Geschenken wollten wir uns nur selbst beruhigen. Es war ein bedrückendes Erlebnis, die alten Leute in ihren Betten liegen zu sehen, hager, von Krankheit gezeichnet, einsam.

Sie sprachen nicht viel, sahen uns mit großen Augen in eingesunkenen Gesichtern unverwandt an. Eine der Frauen hielt Jörns Hand mit ihren krallenartigen Händen umklammert, als sei das die letzte Verbindung zu Wärme und Leben.

„Muss das Leben eigentlich so enden – so einsam und kalt und hoffnungslos?", sagte ich, während wir den langen Flur entlanggingen.

„Es muss nicht", erwiderte Jörn leise. „Aber meistens läuft es so ab. Weil wir heutzutage mit unserem ganzen Fortschritt so verdammt hilflos sind, wenn's um Menschlichkeit geht."

Auch in die Krebsstation gingen wir noch, und ich lernte Anne kennen, die am Bett ihres Vaters saß. Sie ahnte wohl nicht, dass ich ihr eine Menge böser Gedanken abzubitten hatte.

Fast eine Stunde blieben wir bei den beiden, eine Stunde, in der Jörn von Dreililien erzählte, den Pferden, den verschneiten Wäldern; von den Reitschülern und unserer Arbeit. Vielleicht tat ihnen die Ablenkung gut. Mich drückte die ganze Zeit das schlechte Gewissen Anne gegenüber, und es machte mich traurig, ihren Vater so kraftlos und abgezehrt daliegen zu sehen, denn er erinnerte mich an meine Mutter.

Wir luden Anne noch ein, in den Weihnachtsfeiertagen nach Dreililien zu kommen. Auf der Heimfahrt waren wir beide schweigsam; jeder hing seinen Gedanken nach. Erst später, als wir mit dem Schlitten in den Wald gingen, um eine der Fichten zu holen, die das Forstamt hatte fällen lassen, fühlten wir uns wieder besser.

Herr Alois und Diana waren dabei, sie stoben so ausgelassen durch den Schnee, dass man von ihrer Freude einfach angesteckt wurde. Auch Hazel hatte mitkommen dürfen, ohne Sattel und Zaumzeug. Sie machte sich einen Spaß daraus, so zu tun, als würde sie vor den spielenden Hunden scheuen. Einmal galoppierte sie Herrn Alois nach, als wollte sie ihn überrennen, was ihm einen gehörigen Schrecken einjagte.

Kirsty hatte die Fenster des Kavaliershäusls mit kleinen Buchsbaumkränzen geschmückt und ein Gewinde aus Tannengrün und Ilexzweigen über der

Tür angebracht. Im Haus roch es verführerisch nach Bratäpfeln, Plätzchen, Zimttee und Quarkauflauf, und Kathrinchen saß mit engelhaftem Gesicht auf der Eckbank und schleuderte Nüsse durch die Küche.

„Tack!“, sagte sie jedes Mal begeistert. „Tack! Tack!“ Das sollte „Zack“ heißen, ein Ausdruck, den sie vor kurzem erst von Matty gelernt hatte.

Herr Alois rettete sich vor dem Nussangriff unter den Tisch. Mein Vater schleppte Holz ins Haus, Kirsty kam aus dem Wohnzimmer und bewunderte den Christbaum, den wir mitgebracht hatten.

Den ganzen Nachmittag lang herrschte im Kavaliershäusl totale Hektik. Ich fädelte noch Perlen auf die Fransen von Jörns Tasche, machte Päckchen und versuchte gleichzeitig auf Kathrinchen aufzupassen, während mein Vater eine riesige kalte Platte richtete. Kirsty schmückte inzwischen den Baum, verteilte die Geschenke darunter, deckte den großen Esstisch festlich mit dem schönsten Geschirr. Dann musste Kathrinchen noch mal gebadet werden, weil es ihr in einem unbewachten Augenblick gelungen war, in den Kohlen zu wühlen.

„Du schaust aus wie der Krampus“, sagte ich. „Fehlen bloß noch der Sack und die Rute. Wie schaffst du's bloß immer, auf solche Einfälle zu kommen?“

Sie spuckte ein Kohlenstück aus und versuchte mir

mit ihrer schwarzen Hand das Gesicht zu beschmieren. In der Badewanne gab es dann noch ein kurzes Weihnachtsgeheul, das jedoch rasch wieder versiegte, denn es lag so viel freudige Erwartung in der Luft, dass auch Kathrinchen davon angesteckt wurde und nicht lange böse sein konnte.

Auf Dreililien bekamen die Pferde an diesem Nachmittag eine Extraportion Hafer und als Leckerbissen Birnen dazu. Matty und Helge hatten über jeder Box einen Tannenzweig mit einem roten Band aufgehängt. Ich glaube, auch die Pferde spürten, dass es ein ganz besonderer Tag war, denn sie standen mit gespitzten Ohren in ihren Boxen und beobachteten jede unserer Bewegungen.

Um sieben Uhr kamen Jörn, Matty, Maja und Helge zu uns. Ich schaffte es gerade noch, nach der Stallarbeit zu duschen und mich umzuziehen. Matty hatte seine Mundharmonika mitgebracht, und Helge trug zur Feier des Tages seine neue schwarze Nappalederhose. Kaum waren die vier im Haus, da hörten wir draußen lautes Gewieher.

Erschrocken sahen wir uns an. „Herrje“, rief ich, „sind die Pferde ausgebrochen?“

Wir rannten zur Tür. Vor der Gartenpforte stand im Schein der Hauslampe ein wohlgenährtes Haflinger Pferd mit blonder Mähne, ohne Zaumzeug und Sattel. Auf seinem Rücken saß Carmen mit einem Korb und einer Laterne.

„Nehmt mir bitte mal den Korb ab“, sagte sie. „Und starrt mich nicht an, als wäre ich der Nikolaus persönlich!“

„Wieso reitest du eigentlich am Weihnachtsabend durch die Gegend?“, fragte Matty und nahm den Korb entgegen. „Hallo, da ist ja was Lebendiges drin!“

Carmen lachte. „Ein Geschenk ist es“, sagte sie. „Ein Geschenk für Nell. Ich muss gleich wieder nach Hause – in einer halben Stunde ist bei uns Bescherung. Servus, und schöne Weihnachten!“

„Servus“, echoten wir verdutzt, und ich fügte noch hinzu: „Und danke für das Geschenk!“

Doch das hörte Carmen schon nicht mehr. Sie war mit ihrem Haflinger zwischen den Büschen verschwunden, lautlos im tiefen Schnee, und der schwankende Lichtschein war alles, was man noch von ihr sah.

Aus dem Korb kam ein seltsamer Laut, eine Art Wimmern oder Piepsen, und dazu ein schwaches Scharren.

„Ich glaube, sie hat dir ein Suppenhuhn geschenkt“, sagte Matty.

Ich griff nach dem Korb. „Nicht aufmachen!“, warnte Maja. „Sonst fliegt es vielleicht davon.“

Zitternd vor Kälte gingen wir ins Haus zurück. In der Küche übergab mir Matty den Korb. Ich stellte ihn auf den Tisch und öffnete den Deckel – sehr vorsichtig, denn ich war darauf gefasst, dass mir vielleicht gleich etwas ins Gesicht geflattert kam.

Doch der Inhalt des Korbes konnte nicht fliegen. Da saß auf einem rot karierten Kissen ein Kätzchen, kohlrabenschwarz, mit rosaroter Nase und sehr ängstlichen grünen Augen.

„Verdammich!“, sagte ich. „Eine Katze!“

„Als hätten wir davon nicht schon genug“, bemerkte Jörn.

Eine Katze! Ich hatte eigentlich nie daran gedacht, mir eine Katze zuzulegen. Auf Dreililien gab es ja sowieso jede Menge Getier. Doch das kleine Wesen im Korb, das sein Mäulchen zu einem kläglichen Raunzen verzog, war unbeschreiblich rührend und vollkommen in seiner Winzigkeit, und ich dachte, dass es sicher gerade erst von seiner Mutter und seinen Geschwistern getrennt worden war und sich unter all den fremden Menschen elend und ausgeliefert fühlen musste. Also hob ich es aus dem Korb, nahm es in den Arm, drückte es sacht an mich und streichelte es.

„Es hat was um den Hals“, sagte Helge. „Da! Eine Goldschnur mit einem Zettel daran.“

Ich sah auf den Zettel nieder. Darauf stand in Druckbuchstaben: KATER CARLO.

„Na“, sagte Jörn lachend. „Wenn der so wird wie Kater Carlo in den Micky-Maus-Heften, dann geht’s euch schlecht.“

Herr Alois war auf die Eckbank gesprungen, um mein Geschenk aus der Nähe zu betrachten. Ich spürte, wie sich das Kätzchen in meinem Arm versteifte. Sein Fell sträubte sich, und es begann sehr zart, aber doch hörbar zu fauchen.

„Die Zähne kann's jedenfalls schon zeigen", meinte Maja anerkennend. „Der Winzling ist bereit, sich zu wehren. Wie ein kleines Raubtier sieht es aus."

„Er", verbesserte ich. „Herr Alois, das ist Kater Carlo. Ich hoffe, ihr beide vertragt euch. Hier, du darfst ihn mal anschnuppern – aber mehr nicht, verstanden? Und ich verlasse mich darauf, dass du dich ein bisschen um ihn kümmerst, denn er ist gerade erst von seiner Familie getrennt worden."

Sehr vorsichtig beroch Herr Alois den neuen Hausgenossen. Das Fauchen und Zähnefletschen schien er nicht besonders ernst zu nehmen. Dann kamen Vater und Kirsty herein und waren zum Glück nicht allzu entsetzt über den Familienzuwachs.

„Auf einen mehr oder weniger kommt's nicht an", sagte mein Vater großzügig, und Kirsty meinte: „Wir haben sowieso Mäuse im Haus. Das einzige Problem ist Kathrinchen. Wir müssen gut aufpassen, dass sie Kater Carlo nicht dauernd am Schwanz und an den Ohren zieht oder versucht, sich auf ihn draufzusetzen."

Damit war Kater Carlo in unsere Familie aufgenommen. Er bekam eine kleine Schüssel Sahne vorgesetzt, und dann trug ich ihn den ganzen Abend mit mir herum, weil ich hoffte, dass die Trennung von seiner Mutter dann nicht ganz so schlimm für ihn war.

Um acht kamen Mikesch und Gesine. Ich hatte nie zuvor mit so vielen Leuten Weihnachten gefeiert, aber es wurde ein schönes Fest mit vielen liebevollen, wenn auch nicht besonders teuren Geschenken, denn keiner von uns hatte viel Geld. Am glücklichsten war ich über den Ohrring mit der silbernen Friedenstaube, den Jörn mir schenkte; und darüber, dass er so begeistert von seiner indianischen Tasche war.

Matty bekam endlich die gehäkelte Mütze, die ich ihm schon lange versprochen hatte, und Mikesch hatte ein Plakat für Jörn aufgetrieben, auf dem ein Bild und ein Ausspruch von Albert Einstein war, der uns allen gefiel: „Wem bewusst ist, dass er im Atomzeitalter lebt, und sich dem Militärdienstzwang trotzdem nicht widersetzt – wer gedankenlos in die Kasernen trottet, obwohl er den Kriegsdienst verweigern kann –, den kann ich nicht einmal mehr bedauern. Er hat nur durch einen Irrtum sein Großhirn bekommen, das Rückenmark hätte ihm vollkommen genügt."

Mikesch strahlte, denn Gesine hatte ihm für die Fuhrknechtskammer einen Wandteppich mit einer Frühlingslandschaft gewebt. Auch Helge war sehr zufrieden mit Kirstys selbst getöpferter Teekanne und dem Umweltschutzkalender, den Jörn und ich vormittags noch für ihn in Rosenheim gekauft hatten.

Am seligsten war Kathrinchen. Sie saß unter dem Christbaum, einen viel zu großen Hasen aus echtem Kaninchenfell fest im Arm und mit vor Aufregung krebsrotem Gesicht. Als wir sie gegen zehn Uhr ins Bett bringen wollten, stimmte sie ein solches Zetergeschrei an, dass es keiner von uns übers Herz brachte, sie gewaltsam wegzutragen. Eine Viertelstunde später hatte sie sich dann plötzlich auf dem Teppich zusammengerollt und war fest eingeschlafen. Sie wachte nicht einmal auf, als Matty auf seiner Mundharmonika ein paar Weihnachtslieder spielte.

Gegen Mitternacht brachte Mikesch Gesine nach Hause. Ich legte Kater Carlo in seinen Korb, den ich neben den Kachelofen stellte, und ging noch mit Jörn, Matty, Helge und Maja ins Gutshaus, wo der Weihnachtsklotz schon bereitlag. Es war ein alter Brauch auf Dreililien, in der Weihnachtsnacht einen großen Holzklotz im offenen Kamin der Halle zu verbrennen, die Asche aufzubewahren und im Frühling über die Felder und Wiesen zu streuen, damit es keine Missernten gab.

Ein kalter Wind hatte sich erhoben, er wirbelte Schneewehen auf und seufzte geheimnisvoll in den Bäumen, als Jörn mich zum Kavaliershäusl zurückbrachte.

„Jetzt beginnen die zwölf Raunächte", sagte er. „Das sind die Nächte zwischen Weihnachten und Dreikönig, in denen Dämonen und Geister umgehen sollen."

Ich schauderte leicht. „Das klingt nicht besonders gemütlich."

„Es ist ja nur Aberglaube. Vielleicht hat's etwas mit der Wintersonnwende zu tun. Um diese Zeit kämpfen die Mächte der Finsternis gegen die des Lichts. So haben das jedenfalls unsere Vorfahren gesehen."

„Ja", sagte ich. „Die Tage werden wieder länger."

Hinter Schleiern von Schneestaub stand der Mond als silberne Sichel. Wir blieben stehen und sahen zurück auf die dunklen Hofgebäude von Dreililien. Nur die Lampe am Torbogen brannte, selbst wie ein kleines Gestirn im Frieden der Nacht. Während der Wind alte Lieder sang, küssten wir uns.